Robbie Couch

O AZUL DAQUI É MAIS AZUL

Tradução
Vitor Martins

Dados Internacionais de Catalogação na Publicação (CIP)
(Câmara Brasileira do Livro, SP, Brasil)

Couch, Robbie
  O azul daqui é mais azul / Robbie Couch; tradução Vitor Martins. –
1. ed. – São Paulo: Editora Melhoramentos, 2022.

  Título original: The Sky blues.
  ISBN: 978-65-5539-371-2

  1. Ficção norte-americana I. Título.

22-98367   CDD-813

Índice para catálogo sistemático:
1. Ficção: Literatura norte-americana 813

Eliete Marques da Silva – Bibliotecária – CRB-8/9380

© 2021 by Robbie Couch
Título original: *The Sky Blues*

Tradução: Vitor Martins
Preparação: Carlos César Silva
Revisão: Laila Guilherme e Vivian Miwa Matsushita
Projeto gráfico e adaptação da capa: Bruna Parra
Diagramação: Johannes Christian Bergmann
Capa: adaptada do projeto original
Ilustração da capa: © 2021 by Jeff Östberg
Ilustração de capítulo: Freepik.com

Direitos de publicação:
© 2022 Editora Melhoramentos Ltda.
Todos os direitos reservados.

1ª edição, 4ª impressão, outubro de 2024
ISBN: 978-65-5539-371-2

Atendimento ao consumidor:
Caixa Postal 169 – CEP 01031-970
São Paulo – SP – Brasil
www.editoramelhoramentos.com.br
sac@melhoramentos.com.br

Siga a Editora Melhoramentos nas redes sociais:
 /editoramelhoramentos

Impresso no Brasil

Para as pessoas duronas

Estou no chuveiro ao lado de Ali Rashid. O Ali Rashid. Claro, nós dois estamos completamente pelados e existem várias outras partes do seu corpo que poderiam atrair meus olhos, mas não consigo desviar minha atenção das sobrancelhas dele, dentre todas as coisas. Sobrancelhas grandes, volumosas e gloriosas pra caramba. Antes de Ali, acredito que nunca havia reparado nas sobrancelhas de outra pessoa. Mas as dele são diferentes, acho. Já as encarei tantas vezes — na maioria delas, em meio a salas de aula lotadas, ou cintilando através de filtros do Instagram — que aposto ser capaz de desenhá-las de memória, pelo por pelo. Isso é uma coisa superesquisita e gay de admitir, sei disso.

Mas, oi! Aparentemente, eu sou um gay esquisito.

— Posso te beijar, Sky? — pergunta ele.

Seus olhos castanhos desaparecem por trás dos cílios longos e curvos. Os cílios são tão lindos quanto as sobrancelhas, tão escuros e encorpados que poderiam, tipo, assinar um contrato de modelo por conta própria, juro. Mal posso esperar para contar aos nossos bêgays (bebês + gays) sobre esse momento — o primeiro beijo dos seus pais. Eles provavelmente vão achar nojento, mas tudo bem.

— Sky, anda logo! — grita a mãe de Bree do lado de fora da porta do banheiro. Meu corpo inteiro desperta aos solavancos do meu sonho acordado. Hum, meu... sonho molhado? É. Faz mais sentido. Vamos chamá-lo assim. Meu sonho molhado com Ali. Acontece de vez em quando.

Cambaleando, me estico para agarrar a cortina do chuveiro e retomar o equilíbrio, mas a coisa toda rasga com o meu peso. Meu corpo trêmulo cai no tapetinho do banheiro como se eu fosse um peixe branquelo e escamoso fisgado no Lago Michigan. Parece que uma bomba explodiu – uma bomba molhada, ensaboada e incrivelmente humilhante. Dou um grito, mais de choque do que de dor.

– Ai, meu Deus! – suspira a mãe de Bree do outro lado da porta do banheiro, enquanto o chuveirinho joga água por toda parte, literalmente. As pitbulls de Bree, Thelma e Louise, começam a latir a algumas paredes de distância.

– Você está bem, Sky?

– Não – respondo com um grunhido. – Quer dizer, sim…

Mas é tarde demais.

A porta se abre de repente, e eu vejo a armação vermelha e brilhante dos óculos da Sra. Brandstone por um milésimo de segundo antes de gritar em protesto, caído e totalmente exposto no chão escorregadio. Ela grita também, e bate a porta para fechá-la.

Estou morto de vergonha. Completamente, totalmente, absurdamente morto de vergonha.

Deve estar no meu top cinco momentos vergonhosos, sério. Muito pior do que quando meu melhor amigo, Marshall, soltou um peido monstruoso na aula de Educação Física na sétima série, saiu correndo e todo mundo achou que tinha sido eu.

– Não se preocupe, eu não vi nada – a mãe de Bree mente através da porta. – E, mesmo que tivesse visto, não seria nenhuma novidade, meu bem. Mas, por favor, se apresse! Bree está esperando lá fora. Vocês vão se atrasar.

E, como se estivesse esperando uma deixa, Bree – minha outra melhor amiga – começa a buzinar na garagem, como se fôssemos provocar um apocalipse se chegarmos trinta segundos atrasados para a primeira aula. Ela vai me matar.

– Avisa ela que já estou indo! – Me levanto e desligo o chuveiro antes de arrumar o suporte da cortina. Metade do chão do banheiro está coberta de água.

Que bagunça! O banheiro *e* a minha vida.

Aposto que Ali provavelmente está tendo sonhos molhados com outra pessoa neste exato momento, lá na casa dele, na Avenida Ashtyn. É a terceira casa depois da esquina; aquela com o portão verde como a espuma do mar e o gato, Franklin, vagando pela janela.

Sim, tá legal. Sou apaixonado pelo Ali Rashid.

Não me orgulho disso. Me sinto qualquer coisa, *menos* orgulhoso. Isso me irrita. Me cansa. Queria poder estalar os dedos e esquecer que Ali Rashid existe. Mas ele existe, e eu estou perdidamente, desesperadamente, eternamente apaixonado por ele e suas sobrancelhas sedutoras, seus cílios de outro mundo e o jeito como sua pele enruga um pouquinho quando ele ri de uma das minhas piadas. Principalmente quando ele solta um grunhido, porque aí sei que a risada é genuína.

Porém gostar de alguém nesse nível é bem confuso.

Nos meus dezessete anos de vida neste planeta, Ali é o único garoto que já fez eu me sentir dessa forma. Na verdade, a única *pessoa*, e ponto-final. Se apaixonar assim não é nem um pouco eufórico e celestial, como nos quatrocentos milhões de comédias românticas que eu já assisti até perder as contas.

Tipo quando a Lara Jean finalmente confessa seu amor pelo Peter no campo de lacrosse em *Para todos os garotos que já amei* e todos ganham o final mais feliz possível. Ou em *Fora de série*, quando a Hope aparece na porta da casa da Amy para entregar o seu número de telefone *um pouco antes* de a Amy viajar para passar o verão em Botsuana. (Que conveniente, não é mesmo?)

Tá legal, beleza, tem dias que parecem isso mesmo. Em alguns deles, me sinto como Simon Spier na roda-gigante. Tenho momentos em que posso jurar que o cupido aparece e me acerta com sua flecha gay enorme, e meus olhos se transformam em emojis de coração e perco o fôlego por uns cinco segundos, sem brincadeira.

Mas o problema é que Ali é hétero. Bem, ele *provavelmente* é hétero... Talvez não. Sei lá! Somos meio amigos, mas não Desse Jeito. Pelo menos, ainda não. Não que eu saiba.

Enfim.

Bree – que agora está literalmente segurando a buzina do carro para que o barulho seja constante e irritante a ponto de me tirar do sério – acredita que tenho chances com ele. Ela e o resto da família Brandstone são os únicos que sabem sobre a minha obsessão pelo Ali Rashid, e pretendo manter assim. Bem, pelo menos por mais trinta dias, no mínimo.

Trinta dias, caramba!

Me viro para encarar o espelho embaçado do banheiro e passo a mão pela superfície escorregadia. Meu cabelo loiro, molhado e grudado na testa provavelmente vai precisar ser aparado em breve, e tenho certeza de que uma espinha está nascendo no meu nariz. Pelo menos ainda gosto dos meus olhos – acho que são a minha parte favorita do meu rosto (embora sejam pálidos, comparados com os de Ali). Os meus têm cor de bala de caramelo, como minha mãe disse uma vez quando eu era criança. Por algum motivo, nunca me esqueci disso.

O vapor no espelho se desfaz, mostrando mais do meu peito, e lembro de imediato o motivo de ter implementado a regra número um desde que me mudei para a casa dos Brandstone: nunca, nunca, *nunca* olhar meu reflexo logo depois de sair do banho. Porque a água quente sempre deixa Marte – minha cicatriz de queimadura – muito pior do que geralmente é.

Marte tem se escondido no lado esquerdo do meu peito, bem em cima do coração, desde o acidente. Para ser sincero, ela já é bem feia por si só, mas dez minutos debaixo da água quente? Ela fica um milhão de vezes mais vermelha do que o normal. O que me deixa a cara de um daqueles personagens que você vê na metade dos filmes sobre apocalipse zumbi – sabe o cara que acabou de ser mordido e está prestes a se transformar num monstro canibal? Sou eu!

Minha mãe não tem espelhos grandes na sua casa minúscula e sufo-cante, então era mais fácil evitar olhar para Marte quando eu morava lá. Essa era uma vantagem perversa que eu e meu irmão mais velho, Gus, tínhamos por crescermos com quase nenhum dinheiro, roupas ou espaço: menos oportunidades de dar de cara com Marte sem querer num reflexo. O que não é o caso aqui nos Brandstone, já que estou de pé em frente a um espelho do tamanho de uma lousa de escola.

Maldita Marte.

Bree continua buzinando na garagem, o que já deixou de ser insuportá-vel e se tornou hilário. No geral, ela é obcecada pela escola, mas fica ainda mais intensa das sete às nove da manhã, quando o açúcar do chocolate quente que ela bebe todos os dias bate com força total. Acho que ela está tentando buzinar no ritmo da música nova da Ariana Grande, na qual anda viciada. Não sei. O barulho é totalmente absurdo.

– Sky! – a mãe de Bree grita da cozinha, perdendo a paciência tanto comigo quanto com a filha. Thelma e Louise também estão mais agitadas do que o normal, latindo sem parar. – *Anda logo!*

Seguro a risada e aviso que já estou indo.

Três minutos depois, me jogo no assento do passageiro com minha mochila e o cabelo ainda molhado.

– Desculpa…

Bree pisa fundo no acelerador.

– Vou te matar – diz ela meio séria. O carro ruge enquanto atravessamos a calçada de um quilômetro e meio. (Não tem um quilômetro e meio de verdade, mas a entrada da casa deles é enorme.) – Queria resolver as coisas do Anuário antes da primeira aula.

– Você não pode tirar uma folga das suas obrigações de editora-chefe por um dia? – pergunto enquanto o carro acelera e guincha pela rua lotada de mansões. – Já estou de saco cheio do colégio desde o segundo ano.

– Acredite. – Ela bebe um gole de chocolate quente da garrafa térmica, manobrando pela rua sem saída. – Sei bem como é.

Quem vê só o bairro dos Brandstone deve achar que Rock Ledge é uma cidade de alto nível – ledo engano. Isso é porque Bree mora perto da praia, a única área que tem dinheiro. E, mesmo assim, a maioria das casas é apenas para quem é da capital passar as férias – não para moradores locais. A rua deles fica em uma península privada, com uma praia particular silenciosa e donas de casa *nada* silenciosas. As ruas foram até asfaltadas na última década.

Mas a Rock Ledge de verdade? Imagine aquelas cidades caindo aos pedaços que aparecem em comerciais políticos deprimentes focados em como a economia está horrível, com calçadas vazias em frente a estabelecimentos fechados e pessoas velhas e tristes reunidas nas varandas relembrando os bons tempos. Essa é a verdadeira Rock Ledge.

Atravessamos um trecho arborizado em direção ao lado não turístico da cidade – ilha adentro, bem longe das pousadas que vendem mapas do Lago Michigan por oitocentos dólares –, e a vista é superdeprimente. Porque em março a neve já está quase toda derretida por aqui, mas as árvores continuam secas, e tudo é coberto por grama com cor de xixi e lama com cor de cocô.

– Então – pigarreio –, só para você saber…

Os olhos azuis de Bree ficam intrigados.

– O quê?

– Sua mãe me flagrou…

– Flagrou onde?

– No banheiro.

– Como assim?

– Quando eu estava tomando banho.

Bree respira fundo, surpresa e prazer estampam seu rosto rosado com sardas clarinhas. Imediatamente ela se esquece de como a atrasei.

– Eu estava pelado – completo.

– Bem, é o que se *espera*. – Bree adora reviravoltas. Ela vive dizendo que odeia drama, mas percebi que as pessoas que dizem isso são as mais dramáticas. – Ela viu alguma coisa? – Seus olhos passeiam de um lado para o outro, oscilando entre mim e a estrada, enquanto o carro passeia entre as faixas amarela e branca.

– Não. Bem, não sei. Ela disse que não viu nada.

– Por favor, pelo amor de Deus, não me diga que você estava se masturbando.

– Para!

– Você estava, né?

– Eu mal consigo amarrar meu cadarço antes das oito da manhã, não tenho motivação pra fazer uma coisa dessas antes da aula, Bree.

Ela me ignora, prendendo seu longo cabelo castanho em um coque justo no topo da cabeça.

– Você estava batendo uma pensando no Ali. Não precisa mentir. – Ela controla o volante com os joelhos enquanto arruma o cabelo usando o retrovisor como espelho. Sinto que minha vida está por um fio.

– Eu estava tendo um *sonho molhado* com ele, claro. Mas só isso.

– Sonho molhado? – Ela inclina a cabeça, confusa, enquanto atravessamos com tudo um cruzamento. – Essa é a versão gay de "masturbação"?

Chegamos derrapando no estacionamento do colégio bem na hora em que o último sinal para a primeira aula está ecoando pelo gramado encharcado do pátio principal.

– Me encontra na frente da sala da Winter para almoçarmos? – Antes que eu possa responder, ela salta para fora do carro e se apressa em direção à prisão que é nosso colégio.

– Sim – suspiro para mim mesmo. – Até mais tarde.

Sigo pelo mesmo caminho que ela, mas muito mais devagar, zigueza-gueando por entre os carros em direção à entrada principal, junto com alguns outros alunos do último ano que também já estão de saco cheio. Nosso último semestre é como uma morte lenta e inconsequente, então existe um número cada vez maior de alunos aqui fora toda manhã, evitando as primeiras aulas enquanto bebem café de posto de gasolina e escutam música no último volume no campo de futebol. Hoje deve ter pelo menos uma dúzia, e a música escolhida é um country do qual eu já enjoei desde outubro.

Passo por alguns atletas babacas e sinto seus olhares julgando cada movimento que faço. Alguns soltam risadinhas, e o mais deplorável do grupo, Cliff Norquest – o capitão do time, naturalmente –, imita meu jeito de andar e arranca gargalhadas dos outros.

Meu coração dói.

Percebo que estou balançando demais o quadril, e foi nisso que eles repararam. Então tento andar feito hétero. Quando você é um garoto aber-tamente gay no Colégio Rock Ledge, tão hétero quanto um unicórnio, você pensa nesse tipo de coisa. Constantemente. Quase tanto quanto você pensa nas sobrancelhas do Ali Rashid.

Ah, não posso esquecer dos meus livros. Preciso segurá-los de qualquer jeito sobre a minha coxa com um braço – e não com as lombadas apoiadas na cintura, como a Bree sempre carrega os dela. Isso dá muito na cara.

Minha camisa também! Droga. Eu teria escolhido outra coisa no meu armário se tivesse tido tempo para pensar em meio à buzina da Bree e aos gritos da Sra. Brandstone me apressando. Não tem problema usar essa camisa, tipo, no cinema, ou no shopping, ou em qualquer outro lugar. Mas não no colégio. Não *neste* colégio, pelo menos. É uma camisa rosa-clara de botão que, quando usada por um cara como eu, grita *gaaaaaaay*. Se eu a estivesse vestindo do "jeito certo", teria abotoado tudo até o pescoço. Mas isso aqui não é Paris, França. É Rock Ledge, Michigan.

Então deixo o botão de cima aberto.

Tá, eu sei – se todo mundo em Rock Ledge já sabe que eu sou gay, que diferença faz? Eu deveria poder usar a camisa gay. Carregar meus livros do jeito que eu quiser. Andar do jeito que eu ando. Mas as pessoas nesta cidade são intolerantes com o que é diferente, e eu não quero abusar da sorte.

– Ei, idiota! – Marshall aparece do meu lado, colocando a mão no meu ombro. Ele parece um filhote gigante de cachorro, sempre aparecendo do nada com um sorriso no rosto. – Qual é a boa?

– Você não vai acreditar... – Quase começo a contar todo o drama com a Sra. Brandstone, mas vejo o amigo de Marshall da equipe de corrida, Teddy, ao lado dele e mordo a língua.

Não tenho nada contra Teddy – ele até que é legal –, mas ele é forte como um guarda-costas, sua voz é umas cem oitavas mais grave do que a minha, e ele tem uma Energia de Cara Hétero intensa, que me deixa um pouco mais retraído sempre que está por perto. Se a minha personalidade fosse comparada com a do Teddy usando um diagrama de Venn, não haveria *nem uma* intersecção.

Marshall me encara depois que paro de falar.

– Não vou acreditar no quê?

Penso rápido, revirando os olhos.

– Só que a Bree está irritada porque eu fiz a gente se atrasar para a primeira aula.

Teddy puxa as alças da mochila para a frente e me olha com curiosidade.

– A Brandstone já está no limite de advertências de atraso?

– Não é isso – respondo.

– Entendi, ela ainda não está de saco cheio como o resto dos alunos. – Marshall suspira.

Eles começam a conversar sobre coisas da equipe de corrida enquanto atravessamos o gramado encharcado do colégio, então meus olhos passeiam pelo ambiente em busca de Ali. Aposto que ele está por perto. Sério, às vezes é como se eu tivesse um sexto sentido – não para ver gente morta, mas para saber quando o Ali está num raio de trinta metros de distância. O M. Night Shyamalan morreria de orgulho.

– Ei – diz Marshall, cutucando meu ombro.

– Hã?

Ele aponta para Teddy, que aparentemente está falando comigo.

– Ah! – Viro o pescoço na direção de Teddy. – Foi mal.

Se não entro em encrenca por causa do meu sonho molhado com Ali, entro por sonhar acordado.

Teddy ri.

– Sem problema. Só perguntei onde você comprou seu tênis. É da hora.

Olho para baixo, para o antigo par de tênis nos meus pés, amarelado e coberto de lama. É um par que Gus deixou na casa da nossa mãe há uma eternidade. Não consigo me lembrar da última vez que tive dinheiro para comprar sapatos novos, muito menos onde Gus comprou esses aqui, provavelmente há, tipo, uns cinco anos – mas Teddy não precisa ouvir a história toda.

– Para ser sincero, não lembro o nome da loja – respondo. – Mas obrigado!

– Entendi. – Teddy começa a se separar da gente, indo em direção a uma entrada diferente do colégio. – Tenho aula com o Butterton no primeiro período. Vejo vocês depois.

– Até – diz Marshall.

– Tchau – acrescento.

Quando Teddy já está fora de alcance, conto as *verdadeiras* novidades.

– Aliás – digo para Marshall. – A senhora Brandstone me flagrou pelado no banheiro hoje de manhã.

Marshall fica boquiaberto e me oferece um chiclete de canela. Ele é o tipo de cara que sempre tem chiclete de canela.

– Por que ela fez isso? Ela estava te vigiando ou alguma coisa assim?

Aceito o chiclete e explico exatamente o que aconteceu. Bem, quase exatamente. Digo que a Sra. Brandstone me assustou, que fui traído pela cortina do box e que ela provavelmente viu… tudo. Mas deixo a parte do meu sonho molhado com Ali de fora dos ouvidos héteros do Marshall, já que ainda não contei a ele sobre a minha enorme e avassaladora paixão por Ali.

Marshall fecha os olhos e os abre de repente para expressar quão insano é imaginar essa cena aterrorizante acontecendo. Levando em conta que são duas pessoas héteros, meus melhores amigos são os mais dramáticos do mundo, juro.

Ele começa a rir e implorar por mais detalhes.

– O que ela viu exatamente?

– Não sei.

– Você acha que ela entrou de propósito, sabendo que você estava pelado?

– Meu Deus, espero que não.

– Ela viu seu bingolim?

– Me recuso a responder isso.

– Então quer dizer que sim?

– Não. E que coisa é essa de bingolim? Eca.

– Justo, mas...

– Chega! – eu o interrompo. – Como foi o treino?

– A gente arrebentou. – Desviamos de uma poça de lama que vem se expandindo aos poucos em sua missão de transformar a entrada do colégio em um pântano. – Tipo, faca no peito, marreta na cara, veneno na boca.

– Veneno na boca? Quem diz isso?

– Venci minhas corridas, Teddy mandou bem e Ainsley conseguiu dar uma passada lá. Fiquei feliz.

E lá está ela: Ainsley. Ele quase conseguiu ficar a conversa inteira sem mencionar sua nova (e primeira) namorada. Quase.

Não quero soar como um babaca invejoso – torço por eles como um bom melhor amigo faria, é claro –, mas o jeito como ele é obcecado por ela está começando a passar dos limites. Não chega nem perto da minha obsessão por Ali, obviamente. Mas ainda assim. Limites.

Falando em Ali. Lá está ele.

Olhos castanhos, sobrancelhas e cílios, bem à minha esquerda. E dessa vez não é um sonho molhado. Ele está recostado na parede como um modelo da *GQ*, conversando com seus melhores amigos, que são as pessoas mais sortudas do planeta, juro.

Como ele consegue ser tão maravilhoso? Tipo, como os cromossomos X e Y de duas pessoas relativamente normais se uniram para criar um espécime tão perfeito? Para ser sincero, talvez a ciência nunca descubra. Quer dizer, já terão colonizado a Lua antes de descobrirem o segredo da Beleza de Ali Rashid. Ele também está tão descolado, vestindo calça jeans escura e um boné amarelo vibrante virado para trás. Peraí! Será que ele sabe que amarelo é minha cor favorita? Será que está me enviando algum tipo de sinal?

Claro que não. É só um boné amarelo qualquer. Mas é assim que a minha mente funciona quando se trata de Ali Rashid.

Ele me pega encarando-o e sorri de volta. Meu coração derrete um pouquinho. Muito, na verdade. Derrete pra caramba. Eu gosto demais desse garoto. Muito, muito mesmo.

O negócio é o seguinte. Um negócio meio doido e vergonhoso, eu sei.

Em trinta dias, vou convidar Ali Rashid para o baile. Tipo, de verdade, literalmente, juro por Deus! Por quê? Porque sou doido. Mas Bree ajudou a me convencer de que tenho chance. Uma chance pequena? Talvez. Não sou *tão* ingênuo assim. Mas, ainda assim, uma chance.

Além do mais, quero provar algo.

Qual seria a melhor forma de enfrentar Cliff e seus capangas do que aparecer no baile de mãos dadas com um dos garotos mais lindos e populares da escola? Esse seria o maior murro na ignorância deles em toda a história dos revides do Colégio Rock Ledge.

Sei que convidar o Ali é arriscado. Um risco e tanto.

Ele pode muito bem ser hétero, e eu posso muito bem acabar fazendo papel de trouxa. Mas como é mesmo aquele pôster motivacional com uma cesta de basquete que você sempre vê em salas dos professores? *Você erra cem por cento das jogadas que nunca tenta*, ou alguma coisa assim? É nisso que tenho pensado ultimamente. O que é supercafona e ridículo, eu sei – mas meio que faz sentido. Tenho que arriscar essa maldita jogada, mesmo que haja uma chance muito grande de acabar me dando mal.

Estou com medo. Aterrorizado, na real. Quase incapaz de funcionar direito, de tão intenso que é o pavor. Mas sou um gay do último ano, de saco cheio da escola e pronto para colocar tudo em risco pelo garoto que eu acho que amo.

E só tenho trinta dias.

Para piorar, tenho três aulas com Ali neste semestre: Trigonometria, Anatomia e Anuário. Aquele rosto enorme e lindo, com as sobrancelhas volumosas, está sempre zanzando ao meu redor, implorando para que eu o olhe. É péssimo.

Tipo, agora mesmo, durante uma prova surpresa na aula do Sr. Kam no primeiro período, Ali fica coçando a orelha – só coçando a orelha, apenas isso –, e eu estou hipnotizado. Como se ele fosse o Nick Jonas andando pela rua pelado.

Já não sou muito bom em Matemática e Ciências, e ainda tenho que lidar com uma bela dose de Distração com o Ali durante as aulas de Anatomia e Trigonometria. Vai ser um milagre eu conseguir me formar.

No meio da prova, Marshall me passa discretamente um pedaço de papel laranja dobrado. Fico nervoso, porque o Sr. Kam é um ranzinza de quatrocentos anos e vai perder a cabeça se nos pegar no flagra. Mas é mais seguro do que trocar mensagens de celular; o Sr. Kam consegue farejar um celular vibrando como aqueles cachorros da polícia em aeroportos.

Desdobro o papel em silêncio. É um panfleto da Festa dos Formandos na Praia. No topo, a caligrafia horrorosa do Marshall diz FALTA POUCO! Sinto arrepios de empolgação e pavor. Existe isso? Pavor empolgado? Caso não exista, deveria. Se bem que pavor empolgado deve ser só ansiedade.

A Festa dos Formandos na Praia tem sido o motivo dos meus pesadelos desde que Gus me contou a respeito quando eu estava no Ensino

Fundamental. Todo mês de abril, os alunos do último ano organizam uma festa no Lago Michigan, o que me parece loucura, já que ainda está frio em abril e com certeza a água está congelante. Mas o clima arriscado e a chance de pegar pneumonia fazem parte de toda a empolgação. Ou algo do tipo. Sei lá. Não entendo adolescentes héteros de cidade pequena. Me parece um evento divertido se você for um cara como o Marshall, que é sarado, ama nadar e é simpático com quase todo mundo. Mas não para caras como eu. Porque, quando eu estiver lá na praia sem camisa, Marte – feia e desesperada por atenção – vai roubar a cena. E não de um jeito bom.

Se não ficou óbvio ainda, Marte recebeu esse nome porque se parece com o planeta. Rosa-avermelhada, um pouco esburacada e totalmente irreparável. Ganhei a cicatriz num acidente de carro quando eu tinha cinco anos. Uma batida durante uma tempestade de neve, coisa quase comum demais para qualquer família do norte do Michigan. Meu pai perdeu a vida e eu ganhei Marte. Eba!

Gus inventou o nome logo depois do acidente, e o apelido simplesmente… pegou? O médico de pele todo nervosinho da clínica para famílias pobres costumava dizer que Marte ia se curar sozinha.

– Daqui a uns meses você nem vai ver mais. – Lembro da minha mãe me tranquilizando depois da consulta, meio insegura.

Então, pois é. Eu estou preso com Marte, e Marte está presa comigo.

E é exatamente por isso que eu escolhi a Festa dos Formandos na Praia, em trinta dias, para convidar Ali para o baile. Vou estar sem camisa e apavorado, sem dúvida, mas é o fim do meu último ano, caramba, e me recuso a me despedir como um gay covarde.

Escrevo *!!!!!* e desenho uma carinha sorridente no panfleto antes de passá-lo de volta rapidamente para Marshall – e continuar respondendo às duas últimas perguntas da prova de forma totalmente errada. Sério, eu odeio tanto Trigonometria. Tipo, onde os cossenos e as tangentes serão relevantes fora dessa aula? Fala sério, Sr. Kam.

Ali me cutuca com o ombro na saída da aula. Toda vez que ele reconhece minha existência, sinto um frio no estômago. E no peito, e na cabeça, e… basicamente em todas as outras partes.

Quer dizer, não *todas* as partes.

Pelo menos não agora.

Enfim.

– Sky High – diz ele. É o apelido que ele usa para me chamar. – Qual é a boa?

– Nada! – respondo, mais alto do que deveria, me esforçando horrores para parecer casual. Consigo sentir meu coração batendo na garganta. Acho que estou andando de um jeito bem gay também, então arrumo a postura.

– Sabe o que vai rolar em Anatomia hoje? – pergunta Ali. – Talvez eu mate a aula, a não ser que o professor Zemp passe algo novo.

– Hum… – Tento pensar em alguma coisa (qualquer coisa!) engraçadinha para dizer. – Provavelmente o Zemp vai tagarelar mais um pouco sobre o fígado do gato dele. Tenho certeza de que você não vai perder nada de mais.

Fui astuto o bastante para arrancar uma risadinha dele. Bem rápida, mas já serve.

– Tem razão – diz ele com um sorriso. Nunca sei dizer se devo interpretar esse Sorriso do Ali em específico como um flerte ou se é só o Ali sendo um cara legal. Ele me cutuca com o ombro de novo, antes de se afastar com os amigos, deixando um rastro sutil de perfume terroso para trás. – Até mais, Sky High!

✕ ✕ ✕

É noite de tacos na casa dos Brandstone.

Clare, a irmã mais velha de Bree e chef não oficial da família, põe a mesa com uma refeição que poderia alimentar um bairro inteiro. Três tipos de carnes marinadas, uma grande variedade de queijos e um jardim inteiro de vegetais, que provavelmente vão sobrar para o resto da semana.

– Sky, pega mais um pouco – a Sra. Brandstone basicamente me ameaça, analisando meu prato depois que eu pego uma porção pequena de guacamole. – Temos muito, não vamos deixar estragar, querido. Pode comer.

Ela não está mentindo. Pelo menos dez abacates se sacrificaram para encher essa enorme tigela de guacamole.

Esta noite – como todas as outras em dias de semana na casa dos Brandstone – está caótica. Petey e Ray, os irmãos gêmeos de doze anos da Bree, brigam pela colher de molho por algum motivo desconhecido, mas aparentemente sério. Clare ouve Drake em seus fones de ouvido gigantes, vestindo um casaco rosa-choque que tem um chifre de unicórnio costurado no capuz. Thelma e Louise imploram por comida, torcendo para que alguém deixe qualquer coisa comestível cair no chão.

Além disso, tudo parece dez vezes mais barulhento, porque a casa da Bree é uma daquelas de "planta aberta", como a mãe dela sempre comenta com as visitas; a cozinha, a sala de jantar e a de estar são um único espaço cavernoso, com pé-direito alto, que confirma para qualquer um: "Sim, a família Brandstone *é* de classe média alta-alta".

Porém, curiosamente, eu gosto de toda essa bagunça.

Os Brandstone são muito barulhentos, sempre invadindo sua privacidade e gritando uns com os outros. Mas a sensação é de que uma família de verdade mora aqui. Não era assim na casa da minha mãe, então é bom. Às vezes eu só fico sentado, observando-os como se fossem parte de uma série de comédia ou algo assim. É como assistir à *Grande família Brandstone*, só que com mais palavrões.

Irritado com seus filhos humanos e de quatro patas, o Sr. Brandstone liga a TV no canal de esportes no volume máximo, para ouvir os comentaristas por cima da música do Drake, dos latidos e da briga pela colher de molho.

– Se acalmem! – ele grita para ninguém em particular. Seu olhar encontra o meu no processo. – Obedeça à senhora Brandstone, Sky, e pegue mais guacamole. – Ele sorri. – Mas não derrube nada no chão. Não queremos mais ninguém, sabe como é… escorregando e caindo.

Ele me dá uma piscadinha.

Petey cai na gargalhada; Ray o imita em seguida. Bree tenta não rir, mas não consegue segurar o sorriso. A única pessoa que parece não perceber nada é Clare, que, com aqueles fones de ouvido, provavelmente não escutaria nem uma bomba nuclear explodindo na casa ao lado.

Sinto minhas bochechas ardendo.

– Mark – a Sra. Brandstone suspira, enchendo de queijo ralado uma tigela. – Não dê ouvidos a ele, Sky. Como já disse, eu não vi nada.

– Mãe! – intervém Bree. – Essa é a segunda vez que você diz que não viu nada, e, quanto mais você repete, mais ficamos convencidos de que você com certeza viu alguma coisa.

Sorrio para que eles saibam que estou de boa com as piadas de tiozão, mas, na real, estou morrendo de vergonha. Esquece meu *bingolim*, como Marshall parece se referir a pênis agora; a mãe de Bree nunca viu Marte. Eu me pergunto se ela acabou vendo minha cicatriz hoje de manhã e se a achou nojenta.

Provavelmente sim, para os dois casos.

– Podemos falar sobre qualquer outra coisa, por favor? – brinco, para garantir que saibam que estou rindo *com* eles. – Política? Religião? O sentido da vida?

Os Brandstone são como família para mim – eu e Bree somos melhores amigos desde a sexta série e eu estou morando na casa deles desde o Natal – mas o Sr. Brandstone ainda consegue me matar de vergonha em dois segundos, sem brincadeira.

– Seu aniversário! – exclama a Sra. Brandstone. – Vamos falar sobre isso! Vai chegar num piscar de olhos.

Aff, beleza – qualquer coisa *menos isso*. Na verdade, prefiro falar sobre o sentido da vida com o Sr. Brandstone do que a respeito do meu aniversário. Toda a pressão e ser o centro das atenções? Não, obrigado.

– Não quero festa – digo, sorrindo para ela por educação. – De verdade.

– Dezoito anos! – Ray se empolga. Ele tem autismo e adora aniversários.

– Isso mesmo! – A Sra. Brandstone aponta para o filho, agradecendo o apoio. – Não é todo dia que se faz dezoito anos, Sky.

– Dá para todo mundo deixar ele em paz? – interfere Bree, engolindo a última mordida do seu taco e revirando os olhos para mim. – Ele nunca foi muito de aniversários. Vamos fazer algo discreto.

– *Aaah*, que tal aquele lugar de paraquedismo *indoor*? – grita o Sr. Brandstone. – Deve ser divertido!

– Paraquedismo *indoor* não é nada discreto, pai.

– Podemos fazer uma caça ao tesouro na vizinhança! – grita a Sra. Brandstone. – Imagina que divertido!

– Não é um aniversário de dez anos – Clare entra na conversa. Aparentemente ela consegue escutar muito mais do que eu imaginava com aqueles fones de ouvido.

– São ótimas ideias, muito obrigado – digo para o Sr. e a Sra. Brandstone. – Vou pensar direitinho e falo com vocês.

– Tá bom, tá bom. – A Sra. Brandstone se rende. – Mas não vai levar uma eternidade, hein?

Entendo o porquê de Bree se irritar com aquela atenção constante; ela não sabe como é ter pais que não dão a mínima.

Bree se levanta e gesticula para que eu a siga para fora da cozinha.

– Aonde vocês vão? – pergunta a Sra. Brandstone antes de abrir um sorriso. – Dar uma olhada no Instagram do Ali, aposto.

O Sr. Brandstone solta um uivo. Clare sorri.

E, mais uma vez, meu rosto começa a queimar.

– Mãe! – rebate Bree. – Vocês dois estão impossíveis hoje!

– Ahhh, não precisa ficar nervosinha – diz o Sr. Brandstone com uma risada, desviando o olhar do canal de esportes e limpando o bigode. – Como andam as coisas nesse departamento, Sky? Já tomou alguma atitude?

– Pai!

– Que foi? – Ele ergue as mãos, segurando o guardanapo e a faca. – Ali e Sky já é algo oficial? Qual é o nome de casal dos dois? *Ska-li? Al-ky?* Nenhum dos dois soa muito bem.

Meu rosto? Definitivamente queimando. *Em. Chamas.*

– Por favor, cala a boca! – rebate Bree.

– Não mande seu pai calar a boca! – A Sra. Brandstone dá uma mordida no taco, sujando os lábios de molho azedo. – Mas, sério, Sky – diz ela, baixando o tom de voz. – *Ska-li* já está rolando?

– Vamos tomar sorvete – anuncia Bree, frustrada com sua família intrometida. Ela pega a chave do carro no balcão. Ray se anima, mas, antes que ele possa fazer seu pedido de sorvete, Bree o interrompe: – Voltamos em meia hora.

– Nada de correr! – alerta a Sra. Brandstone.

– Nem de usar o celular ao volante! – completa o Sr. Brandstone.

– Obrigado pelos tacos, Clare – digo, cutucando o ombro dela enquanto saímos. – Estavam deliciosos.

A irmã de Bree assente, espetando pedaços de carne com o garfo.

– Não tem de quê, meu bem.

× × ×

Para minha vergonha, a Sra. Brandstone não estava errada em relação à minha busca sem fim pelo Ali. Só que nesta noite não estamos olhando o Instagram dele, e sim a casa onde ele mora.

Bree estaciona numa rua próxima à entrada da casa dos Rashid. Essa tem sido uma das nossas coisas favoritas na Entediante pra Cacete Rock Ledge desde que tiramos carteira de motorista: comer besteira, ouvir as playlists melancólicas da Bree e observar meu crush na casa dele. Sim, somos completamente fracassados.

É patético, claro. (E ilegal? Stalkear é ilegal?) Mas que seja. Hoje decidimos que a besteira da noite será milk-shake. O dela: manteiga de amendoim, grande. O meu: amendoim com chocolate, grande também. O sol já está baixo o suficiente para nos sentimos escondidos à espreita do lado de fora, como os adolescentes obcecados que esta cidade nos forçou a nos tornar.

Os Rashid moram em um bairro-padrão de Rock Ledge, um pouquinho mais legal que o da minha mãe – e *nem um pouco* parecido com o dos Brandstone, que fica perto do lago. Muitas das casas na cidade são caídas e tristes, com calçadas de concreto rachado tomadas por ervas daninhas. Eu odeio tanto essas calçadas. Tipo, o que custa jogar um pouco de herbicida pelo menos a cada dez anos?

Mas o clima está tranquilo agora, e a beleza da natureza está cobrindo a feiura de Rock Ledge. Desço o vidro do carro e olho em volta, para os gramados aparados e as árvores secas sob o céu lilás. O ar tem aquele cheiro doce de primavera, confirmando que a pior parte do inverno já passou. Mesmo sem conseguir vê-lo, sei que o Lago Michigan desaparece na imensidão bem atrás das árvores – uma das poucas certezas reconfortantes que me mantiveram são pelos últimos dezessete anos. Faz sentido que os turistas da capital venham para cá escapar da própria vida, mesmo sabendo que a maioria de nós está tentando ir embora.

– Queque cêacha queletá fazenoagora? – Bree pergunta alguma coisa com a boca cheia de sorvete.

Volto minha atenção para dentro do carro.

– Oi?

Ela engole, encarando pensativa a casa de Ali, os joelhos pressionados contra o volante.

– O que você acha que ele está fazendo agora?

– Tomara que esteja tendo um sonho molhado comigo.

– Você é nojento.

– Você é muito mais.

Sorrimos um para o outro.

– Ah! Olha lá. – Bree se sobressalta, percebendo um movimento na janela da frente.

– O quê? – pergunto, girando o pescoço.

– *Aff*, nada.

É só o gato do Ali descansando no parapeito da janela.

– Só podia ser o Franklin – diz ela. – Alarme falso.

É esquisito, porque sei que Bree não ama o Ali do mesmo jeito que eu. Ela diz que ele é "um pouco fofinho", e não, tipo, um onze de dez, o que claramente ele é. Mas minha obsessão pelo Ali acabou passando para ela nos últimos dois meses, embora ela não admita. Isso torna essa investigação (provavelmente ilegal) muito mais divertida, para ser sincero. Diferentemente do nosso amigo recém-comprometido Marshall, eu e Bree passamos a vida inteira solteiros, então ficar de olho no Ali é o mais perto que já chegamos de ter um namorado.

Caramba, isso é tão patético.

Mas, enfim. É o nosso jeitinho.

Outra sombra aparece na frente da enorme janela de Ali, mas essa é grande demais para ser Franklin. Congelamos feito dois cervos atingidos pelas luzes do farol de um carro. Quem quer que seja, parece estar olhando em nossa direção – é difícil dizer com certeza.

– Peraí, será que… essa pessoa consegue nos ver? – sussurra Bree, como se fosse possível nos escutar também. Ela abaixa a cabeça atrás do volante.

– Não sei – respondo, entrando levemente em pânico. Visto o capuz e coloco os óculos escuros (tipo aquele meme de *Meninas malvadas*), desesperado para ficar invisível também.

A sombra puxa a cortina para o lado e se aproxima do vidro. É o Sr. Rashid, de óculos e barba.

E, sim, ele está olhando para fora. Bem na nossa direção.

– Anda! – grito.

– Merda, *merda!* – exclama Bree, se atrapalhando ao tentar colocar o milk-shake no porta-copos e acertando a marcha do carro sem querer. O motor ruge e o carro começa a dar ré, quase derrubando a lixeira e a caixa de correio do vizinho. As rodas derrapam no asfalto como adagas, matando o silêncio da vizinhança quando Bree muda a direção do carro, gira o volante e sai correndo como se estivéssemos fugindo do inferno.

Quando estamos seguramente fora de alcance, começamos a rir – e não conseguimos parar. Sinto lágrimas escorrendo pelo rosto. Bree segura o volante com a mão esquerda, as juntas dos dedos esbranquiçadas, enquanto a direita agarra minha coxa. Ela está inclinada sobre o volante, quase incapaz de recuperar o fôlego. O ar fresco do lado de fora balança seu cabelo esvoaçante na minha cara.

– Foi por *pouco!* – ela grita por cima de uma música da Lizzo. Estamos descendo a rua numa velocidade absurda, tomados pela adrenalina, como se estivéssemos numa corrida para cruzar a fronteira com o Canadá. Olho para trás, procurando sirenes vermelhas e azuis. Por sorte não vejo nenhuma.

Parte de mim sabe que um dia, muito em breve, sentirei saudades de momentos como esse.

Dirigimos para casa em direção ao pôr do sol. Quando avistamos o lago, os últimos tons alaranjados refletem cintilantes sobre a superfície da água antes de o céu escurecer completamente e as casas dilapidadas se transformam em Megamansões num estalar de dedos. Vejo famílias reunidas por trás das janelas aproveitando o jantar, pais agasalhados jogando basquete com os filhos nas calçadas pavimentadas sem rachaduras ou ervas daninhas. Me pego pensando em como a vida teria sido diferente se eu e Gus tivéssemos crescido nesse um por cento de Rock Ledge – num bairro como o dos Brandstone – e se o acidente de carro nunca tivesse acontecido.

Meu pai estaria aqui. Marte, não. Minha mãe ainda seria normal. Gus seria muito mais presente. Nossa família poderia ser como uma dessas (tirando a alta renda).

Bree para em um cruzamento e eu vejo, ao lado de uma caixa de correio, uma pedra decorativa na qual está gravado: QUANTO MAIS PERTO DA COSTA, MAIS LONGE DOS PROBLEMAS.

Eles devem achar isso fofo e engraçadinho, mas não fazem a menor ideia.

Ray fica empolgado ao nos ver chegar em casa, torcendo para que Bree tenha trazido um doce surpresa para ele, apesar da regra do Sr. Brandstone que proíbe açúcar para os gêmeos depois das sete da noite. Ray não se decepciona. Com um olhar ameaçador que diz *Nem pense em contar para o papai*, Bree passa para ele um sundae de chocolate meio derretido, e eu deixo Louise lamber um pouquinho do que sobrou do meu milk-shake.

O Sr. Brandstone nos pede ajuda para limpar a cozinha. Ele está mais gentil comigo do que de costume enquanto coloco os talheres na lava-louças; acho que se sente culpado pelas piadinhas com a minha queda no banheiro e as provocações sobre Ali que fez mais cedo. O que, para ser sincero, não tem necessidade. Sei lidar com piadas de tiozão inofensivas. É meio legal ser alvo delas uma vez ou outra quando você cresceu sem ouvir nenhuma.

Então eu e Bree descemos até o porão para relaxar – e, o mais importante, planejar o convite que vou fazer para Ali na Festa dos Formandos na Praia.

Desde o ano passado, os Brandstone vêm construindo no porão uma sala de recreação – ou um minicinema, ou qualquer coisa chique de que não consigo lembrar o nome. Basicamente é um espaço enorme, vazio e empoeirado desde que me mudei para cá. Toda vez que escuto o Sr. e a Sra. Brandstone brigando, o que é bem incomum, tem a ver com amostras de tinta e projetos ou qualquer outra besteira dessas. Sabe como é. Problema de Gente Rica.

O porão também é onde eu tenho morado desde que minha mãe me convidou a me retirar da casa dela. Na verdade, até agora não sei se devo dizer que estou "morando" aqui. Ficando? Passando um tempo? Enfim. O porão dos Brandstone é onde durmo toda noite desde as festas de fim de ano.

– A gente devia dar uma festa aqui embaixo – diz Bree enquanto atravessamos o espaço enorme e desolado, ouvindo nossos passos ecoando no concreto.

– A gente precisaria ter muito mais amigos se quiséssemos dar uma festa.

– Verdade.

– Mas eu, você e Marshall poderíamos arrumar um projetor num fim de semana e maratonar *O senhor dos anéis*!

A expressão dela se ilumina.

– E pedir pizza!

– Por que não fizemos isso ainda?

Meu quarto fica incrustado no canto mais distante da escada, o que me dá uma privacidade que os outros filhos da família apenas sonham ter. É raro alguém descer aqui, tirando um empreiteiro vez ou outra, Thelma e Louise e eu e Bree quando queremos esquecer o resto do mundo, coisa que tem acontecido durante a maior parte do último ano do colégio. O lado ruim é que meu quarto também está incluso na reforma. Digamos que não é tão raro encontrar poeira entre os lençóis.

Assim como todas as outras paredes do porão, as do meu quarto foram pintadas com um branco sem graça. Meu acordo com o Sr. e a Sra. Brandstone é que, em troca de poder ficar na casa deles por um tempo indeterminado, em algum momento devo pintar o quarto de uma cor que eu goste. O que, falando sério, deve ser o *melhor* acordo de aluguel já feito.

Sabendo que uma hora ou outra vou ter que pintar, eu e Bree decidimos utilizar uma das paredes do quarto como uma lousa enquanto ainda há tempo, e cobrimos uma parte com uma tinta lavável que o Sr. Brandstone tinha na garagem. No começo, usávamos a lousa para anotar todos os filmes que queríamos ver juntos, mas rapidamente a parede se tornou uma das manifestações mais óbvias do meu amor por Ali Rashid.

– O planejamento está indo bem – comenta Bree, se jogando no futon que uso como cama e analisando a parede da esquerda para a direita.

Me sento ao lado dela, pegando o resto de chocolate que sobrou no meu copo.

– Temos *muitas* opções para escolher.

No topo da parede, escrevi FALTAM 30 DIAS com canetinha apagável. Logo abaixo, SKY É GAY PELO ALI: IDEIAS PARA O CONVITE DO BAILE. E, sim, a parede se tornou exatamente o que parece: uma contagem regressiva para a Festa dos Formandos na Praia, junto com todas as ideias que tivemos para convidar o Ali para o baile.

Já comentei que somos exagerados?

O negócio é o seguinte: não posso simplesmente *chamar* o Ali para o baile. Em Rock Ledge, os convites são tipo Uma Grande Coisa para os alunos do último ano, e as expectativas são superaltas. Então, abaixo de FALTAM 30 DIAS e SKY É GAY PELO ALI: IDEIAS PARA O CONVITE DO BAILE, existem três colunas que fomos preenchendo com nossas ideias: POSSIBILIDADES REAIS, TALVEZ e KKKK NEM SONHANDO (apenas para documentar as ideias mais absurdas).

Tipo, uma vez Bree achou mesmo que seria uma boa ideia se eu convidasse Ali vestido como uma versão drag da Megan Fox – a atriz viva mais gostosa, como Ali disse uma vez para um de seus amigos enquanto eu o bisbilhotava na aula de Anatomia. Acho que Bree estava meio alegrinha demais, depois de passarmos três horas jogando Mario Kart com Petey numa sexta-feira, quando sugeriu isso. Petey riu tão alto que cuspiu Coca-Cola, o que nos deu a resposta de que precisávamos. MEGAN FOX DRAG foi direto para a lista KKKK NEM SONHANDO.

– Ah! – diz Bree, pulando do futon, ainda segurando seu copo de milk-shake. – Hoje eu reparei num adesivo do time de basquete Detroit Pistons no carro dele. Ele torce pra eles?

– Muito.

Ela morde os lábios com empolgação.

– Beleza, então… – Ela começa a perambular. – E se você escrever "Basquete ou Baile?" numa bola de basquete e chamar ele para jogar uma partida um contra um na quadra que fica perto do lago durante a festa…

– Atento.

– Daí, quando vocês estiverem jogando, ele vai ver o que você escreveu e, desse jeito, se estiver meio hesitante em dizer "sim" para o *baile*, ele tem a opção de ir com você a um *jogo do Pistons*. Sacou? Basquete ou Baile?

Eu a encaro.

– Você pode oferecer uma segunda opção para ele que talvez seja até melhor! – esclarece, incomodada por eu não ter me empolgado logo de cara.

– Beleza, mas como um jogo do Pistons pode ser uma opção melhor do que o baile? Eu odeio basquete. O único esporte de que gosto é o bobsled olímpico masculino.

– Ah, claro. Por causa dos uniformes coladinhos.

– Exato.

– Num jogo do Pistons, você estaria sozinho com o Ali. Bem, tirando os milhares de torcedores presentes no estádio. Mas serão todos desconhecidos. No baile, você ficaria preso com todas as pessoas irritantes da *nossa turma*. Um jogo de basquete seria um encontro de verdade. E talvez, quem sabe, ele diga "sim" para as duas coisas! – Ela dá uma piscadinha.

Reviro os olhos e abro um sorriso.

– Você me emprestaria seu carro para eu ir até Detroit?

– Claro! Que pergunta…

Penso por um instante.

– Gosto da ideia de incluir o jogo como uma opção, mas odeio a ideia de jogar basquete na praia e parecer um completo idiota. – Penso mais um pouco. – Vamos colocar no TALVEZ.

– Eba!

Sem chance de eu fazer uma coisa dessas, mas Bree parece especialmente empolgada com a ideia. Não quero deixá-la triste.

Ela pega a canetinha, pula até a parede e escreve BASQUETE OU BAILE? na coluna TALVEZ, logo abaixo de BOLO DE ESPONJA DO BOB ESPONJA – uma ideia da Clare que já devia ter ido para a coluna KKKK NEM SONHANDO.

Então, com a manga do suéter, Bree apaga o número 30 na contagem regressiva e substitui por 29.

Vinte e nove, caramba!

A hora está chegando.

Bree se joga no futon e abre seu notebook.

– Quer ver *Kimmy Schmidt*? – Ela se espalha sobre meus cobertores. – Ou *Schitt's Creek*?

Me aconchego nela, puxando um cobertor sobre meu corpo, porque o porão é cronicamente gelado, e inclino a cabeça para conseguir ver a tela.

– Pode escolher.

Pensar nas ideias para convidar o Ali para o baile é legal e tal. Mas, de verdade, gosto mais de passar o tempo com Bree aqui embaixo, sem pensar na minha mãe, ou em Marte, ou no que vou fazer depois que me formar, ou se vou conseguir entrar na faculdade comunitária no outono, ou em todas as pessoas péssimas desta cidade horrorosa.

Aqui embaixo é como se tivéssemos doze anos de novo. Não sei como o mundo lá fora consegue desaparecer tão fácil entre essas paredes brancas, mas é isso que acontece. Acho que é por isso que estamos há semanas anotando ideias sem decidir nada. No fim das contas, isso tudo não é inteiramente sobre o Ali.

— Não olha agora, mas o Dan está à sua direita – avisa Marshall num sussurro, sem mover os olhos pela praça de alimentação. – Acha que devemos dar oi pra ele?

Dan e Bree se aproximaram este ano, então devemos, no mínimo, acenar. Mas ver fora da escola pessoas que não são nossos amigos pode ser fatalmente constrangedor.

Dou uma espiada rápida; Dan está sentado com sua irmã mais nova perto de uma pizzaria, escondido debaixo de um gorro de inverno e do capuz do casaco.

— Você *quer* dar oi?

— Não.

— Então não.

— O Dan é gay, né?

Reviro os olhos.

A verdade é que, sim, Dan provavelmente *é* gay. Pelo menos me deu essa impressão nas nossas breves interações durante os últimos meses, depois que ele se transferiu para Rock Ledge, vindo de uma escola da Península Superior, e começou a andar com Bree com mais frequência. Mas o que o Marshall tem a ver com isso?

Ver pessoas héteros especulando sobre a sexualidade dos outros sem necessidade me dá nos nervos. Se não faz diferença para você, pra que transformar tudo numa Grande Coisa? Comentários como esse são o motivo pelo qual tenho hesitado em contar para ele que gosto do Ali.

– Não sei – respondo, claramente irritado. – Que diferença faz?

Ele dá de ombros.

– Nenhuma. É só que o Dan parece gay. Seu gaydar não deveria ser melhor que o meu?

Olho para ele com impaciência.

Então decido que a culpa de ignorar quem talvez seja o único outro gay da escola pesa mais do que um possível constrangimento de reconhecer a existência um do outro. Viro o pescoço na direção de Dan e o encaro, esperando ele reparar. Aceno quando parece que nos viu – mas ele não reage.

– Caramba – diz Marshall. – Ele está ignorando a gente na caradura.

Por mais que possa parecer legal ter outro amigo gay em Rock Ledge, Dan nunca demonstrou interesse em se aproximar de mim, e Bree nunca se esforçou para fazer essa aproximação acontecer. Então acho que estamos limitados a ignorar um ao outro em praças de alimentação durante um futuro próximo.

Enfim. Não é nada de mais.

Voltamos para os nossos hambúrgueres e batatas fritas com queijo do CELM. Se pronuncia "cel-mi", a propósito – Centro de Entretenimento do Lago Michigan. Poderíamos apenas chamar de "o shopping", como as pessoas normais. Mas, a essa altura, eu, Bree e Marshall meio que gostamos de ter nosso próprio idioma.

O CELM é tudo de bom, porque – a não ser que você goste de ficar de bobeira no Taco Bell até a loja fechar, ou ficar chapado no porão de um amigo – não tem nada para fazer nos fins de semana de inverno em Rock Ledge. Ele fica a uma hora de carro, em Traverse City, e mantém a minha sanidade e a dos meus amigos. Sério. Nós três somos muito viciados em filmes, e o CELM tem o cinema mais próximo com boas opções em cartaz e lançamentos – embora ainda esteja parado no tempo quando se trata de lugar marcado e IMAX. Se tornou nosso destino garantido de todo sábado desde que tiramos carteira de motorista.

Só que o CELM também pode ser tudo de ruim, já que todos os moradores de Rock Ledge parecem ter o mesmo plano em mente. Você está fadado a encontrar aproximadamente um milhão de pessoas com as quais não quer interagir.

Neste caso: o constrangimento com Dan Christiansen.

Marshall, que deve ter um estômago maior do que o meu e o da Bree juntos, termina suas batatas e começa a comer as minhas. Empurro a mão dele para longe.

– É sua vez de comprar os doces, aliás – digo com a boca cheia de hambúrguer e aponto para a loja do Moe, do outro lado da praça de alimentação.

Toda semana, revezamos quem entra no cinema com comida escondida, e o Moe é tipo uma loja de conveniência que vende todo tipo de doce três vezes mais barato do que a bomboniere do cinema. Daí nós contrabandeamos para dentro.

– Não fui eu quem pegou os doces na semana passada?

– Semana passada vimos *Vingança das baleias*, e eu comprei bala azedinha e biscoito de chocolate. Lembra?

Ele lembra, e rouba mais batatas minhas só de raiva.

– Podemos revezar na hora de pagar, mas acho que você deveria esconder os doces toda vez.

– Isso não é justo!

– É, sim. Não vai pegar bem se o único cara negro no shopping inteiro for flagrado entrando no cinema com doces escondidos.

– Não seja idiota – digo, empurrando a mão dele para longe das batatas de novo, com mais agressividade dessa vez. – Você é o único garoto negro no norte do Michigan, não só neste shopping.

Ele sorri.

– *Touché!*

Sou uma das únicas pessoas próximas o suficiente de Marshall para brincar desse jeito. Ele provavelmente brigaria até com a Bree (ou pelo menos olharia torto para ela).

Mas eu não o culpo; ele tem lidado com muita merda por ser literalmente um dos quatro alunos não brancos em uma escola com um número perturbador de carros com adesivos dizendo MAKE AMERICA GREAT AGAIN no estacionamento.

De alguma forma, Marshall consegue se manter sempre animado e de cabeça fria, apesar de tudo. Não sei como. A única vez que o vi demonstrar qualquer tipo de emoção relacionada a questões raciais foi quando se meteu numa discussão com o Cliff no primeiro ano, debatendo em uma aula de História se os monumentos dos confederados deveriam ser derrubados.

Sério. Cliff é péssimo.

E ele não é horrível só com o Marshall.

Cliff era meio a fim da Bree desde o segundo ano, mas ela vivia dando fora nele por motivos óbvios. Ele só foi cair na real recentemente e, desde então, tem sido um completo babaca com ela também – do jeito como meninos de sete anos zombam das garotas de quem gostam. E, claro, eu sou o melhor amigo gay dela, então ele sussurra "bicha" para mim nos corredores e debocha do meu jeito de andar, como se estivesse interpretando o papel de valentão numa comédia dos anos noventa.

Agora, Bree, Marshall e eu estamos na listinha dele por batermos de frente com suas babaquices, cada um do seu jeito – o que significa que devemos estar fazendo algo certo.

Mas não custa nada repetir: Cliff é um completo lixo humano.

– Beleza, você tem razão – digo, sentindo arrepios ao lembrar do quanto aquele debate sobre os monumentos dos confederados foi angustiante. – Eu escondo os doces daqui pra frente.

Marshall aponta para mim com um sorriso de agradecimento.

– Minha nota já é nove e meio de dez – diz ele sobre o novo filme da Ava DuVernay que estamos prestes a assistir, antes de beber o último gole do seu refrigerante. – Estou mantendo as expectativas baixas.

– É melhor não fazer isso – alerto. – Sua fixação tendenciosa pela Ava DuVernay vai estragar sua habilidade de ver o filme pelo que ele realmente é.

– Eu não tenho uma *fixação tendenciosa pela Ava DuVernay*. – Ele balança a cabeça. – Tenho uma fixação tendenciosa por *filmes bons*. E acontece que todos os filmes da DuVernay são perfeitos em todos os aspectos.

Nossos celulares vibram ao mesmo tempo.

Marshall bufa.

– De novo?

– Pois é – digo, olhando para a tela. – De novo.

É uma mensagem da Bree, que ativou o modo surto por estar presa na aula de natação do Petey em vez de com a gente. Nós ficamos tristes por ela não poder vir, mas seu medo de perder alguma coisa faz com que ela encha nosso grupo de mensagens, mandando TikToks o tempo todo, numa tentativa de se sentir incluída, mesmo de longe.

– Ela sabe que vou ver o filme de novo com ela no próximo fim de semana, não sabe? – diz Marshall, balançando a cabeça e lendo a mensagem mais recente, em que ela pergunta qual das opções da praça de alimentação nós escolhemos. – Eu combinei com o Teddy de ver com ele no sábado. Você vem também, né?

– Sábado que vem?

– É.

– Hum.

É a primeira vez que o Marshall convida o Teddy para sair com a gente, e isso me pega desprevenido. Não me leve a mal – Teddy sempre foi legal comigo, mas uma quarta pessoa com certeza tiraria o equilíbrio do nosso grupo de amigos.

– Se o filme não for um lixo total, provavelmente – digo para implicar com ele, já sabendo que virei mesmo assim. – Mas ainda não posso confirmar.

Jogamos os guardanapos e os copos vazios na lixeira e caminhamos até a loja de doces, passando por Dan no caminho. Tento fazer contato visual mais uma vez, só para quebrar o gelo glacial que tomou conta de toda a praça de alimentação enquanto comíamos, mas não dá certo.

Pois é. Ele está nos evitando.

– Por mim, vamos de bolinhas de cereal e M&M's – digo. – Tudo bem por você?

Marshall analisa as opções conforme caminhamos até a loja do Moe.

– Que tal bolinhas de cereal e uva-passa com chocolate?

Finjo vômito.

– Uva-passa?

– Qual é o seu problema com uva-passa?

– Você sabe que eu odeio.

– Bala de menta? – sugere ele.

– Combinado.

Passamos por funcionários do shopping que estão removendo as decorações de Natal do teto. Por aqui as pessoas levam Jesus muito a sério. Não é coisa só da minha mãe.

– Pergunta: – diz Marshall – você acha que a Ainsley iria gostar mais de rosas amarelas ou rosas normais quando eu for convidá-la para o baile?

Argh. Ainsley de novo.

Marshall não parou de falar dela durante todo o caminho até aqui. Sei que deveria estar feliz por ele, mas ele nunca foi de falar comigo sobre as garotas de quem gostava até ela aparecer – e eu sou *péssimo* para falar sobre garotas com caras héteros. Até mesmo – principalmente? – com o Marshall.

– Rosas "normais" seriam rosas vermelhas? – pergunto.

– Sim. A cor favorita dela é amarelo, mas já li que amarelo é a cor da amizade. Não quero mandar mensagens subliminares de que é melhor ela me botar na friend zone.

– O conceito de friend zone por si só já é sexista, caso você não saiba, mas eu iria de amarelo mesmo assim, porque acho que ela se importa menos com as normas sociais e mais com o fato de você se lembrar que amarelo é a cor favorita dela, *maaas*… – Faço uma pausa para respirar. – Minha opinião é tendenciosa, já que, como você sabe, amarelo também é a minha cor favorita. Então leve isso em consideração.

Marshall balança a cabeça lentamente, tentando acompanhar.

Pegamos os doces e caminhamos para o cinema, onde passo pelo segurança com tudo escondido debaixo do casaco. Estamos vinte minutos adiantados, o que é comum, porque Marshall adora uma poltrona em específico. Certa vez tivemos que assistir a um filme na fileira da frente porque o carro da Bree ficou sem gasolina e nos atrasamos, e Marshall nunca superou o trauma de ter que encarar as narinas gigantescas do Robert Downey Jr. Eu queria muito que o CELM chegasse ao século XXI e disponibilizasse poltronas reservadas; aposto que isso reduziria pela metade as brigas do meu grupo de amigos.

Depois de tirarmos nossos casacos de fim de inverno e colocarmos os doces nos porta-copos, Marshall volta a falar sobre a Ainsley. Sério, eu mal consigo dizer um "a" a respeito de qualquer outra coisa.

Ele fala incansavelmente sobre como ela tem a "risada mais engraçada de todas", conta sobre o dia em que soube que ela era a garota ideal (spoiler: Marshall descobriu que ela também queria um filhotinho de husky), se gaba do amor compartilhado que os dois têm pela Ava DuVernay, e blá, blá, *blá*.

Alguém me dá um tiro. Não é que eu não goste da Ainsley. Ela é uma das pessoas mais legais do colégio, sempre sorrindo pra todo mundo nos corredores e dando carona para os alunos que moram no bairro dela. Ela tem *mesmo* uma risada incrível, se você quer saber. Mas fico muito desconfortável tentando dar qualquer tipo de Conselho de Cara Hétero para o Marshall, e agora eu associo todo esse desconforto à Ainsley.

Não é culpa dela, não mesmo, mas Ainsley faz parte de uma coisa… *maior* que está acontecendo entre mim e Marshall. Quanto mais hétero ele fica, mais desconfortável eu me sinto de ser gay ao lado dele. É estranho.

Ele não ficou de fato *mais heterossexual*, óbvio, assim como eu não fiquei *mais gay*. Mas agora ele tem seus amigos héteros da corrida, tipo o Teddy, e uma namorada da qual ele não se cansa de falar. Semana passada ele mencionou a possibilidade de se juntar a uma daquelas fraternidades topzeiras da Universidade Estadual do Michigan; tive que segurar a vontade de vomitar na cara dele.

O que quero dizer é: quanto mais ele caminha para uma nova vida cheia de corrida, Teddy e Ainsley, menos eu quero fazer coisas como revelar minha paixão pelo Ali. Não é à toa que sinto meu sangue gelar só de pensar em Marshall descobrindo minha parede de ideias para o convite do baile. Ele nunca foi ao porão dos Brandstone, e eu pretendo manter as coisas assim até pintar o meu quarto.

Quando ele faz uma pausa em seu monólogo enaltecendo o fato de Ainsley preferir Doritos picante a Doritos normal, aproveito a oportunidade para mudar de assunto.

– O que você vai fazer na sexta que vem? – sussurro para ele conforme as luzes se apagam e todo mundo fica em silêncio. Espero que ele queira ver o novo drama espacial estrelado pelo Mark Ruffalo e pela Amy Adams, mas talvez duas viagens para o CELM num único fim de semana seja um pouquinho demais – até mesmo para nós.

– Ali me convidou para uma festa na casa dele – responde Marshall com descaso, abrindo um pacote de bala de menta. – Você não vai?

Meu estômago vira do avesso.

– Hã… – Engulo em seco conforme o aviso na tela nos mandando desligar o celular começa a rodar. – Tipo, nessa sexta agora? Daqui a seis dias?

– Sim.

– Uma festa na casa dele?

– Isso.

– Do Ali Rashid?

Ele me olha desconfiado.

– Tem outro Ali no colégio?

Afundo na poltrona, grato pela escuridão do cinema, que me ajuda a esconder o desespero estampado no meu rosto.

– Peraí, só uma coisa – sussurra Marshall totalmente alheio. – Por que a coisa da friend zone é sexista mesmo?

– Te explico depois.

Caramba. O amor da minha vida vai dar uma festa na casa dele. Uma das *grandes*, ao que tudo indica. E eu não sou importante o bastante para estar na lista de convidados. O que significa que com certeza não sou importante o bastante para levá-lo ao baile.

Que droga.

28 dias

Sinto um nó gigante na garganta.

Como na vez que eu estava na terceira série e caí de peito no chão do parquinho, perdendo o fôlego. Ou quando eu era criança e o pastor da igreja da minha mãe insinuou que havia "espíritos malignos" dançando dentro da alma da Ellen DeGeneres porque ela não gostava de P... (Tá legal, pensando agora, isso é até engraçado, mas na época não foi.) Ou o momento em que o médico de pele da clínica para pessoas pobres finalmente se rendeu aos fatos e admitiu que Marte provavelmente continuaria comigo até a vida adulta.

Ali não me quer na festa dele. E isso me magoa muito, *muito mesmo*.

– Você foi convidado? – pergunta Bree, entrando às pressas no meu quarto, sem fôlego.

Pauso a Netflix e olho para ela emburrado.

– Caramba. Então como você sabe do que eu estou falando? – indaga.

– Marshall. Ali convidou ele.

Ela entra no quarto e coloca no chão a mochila que levou para a competição de natação do Petey. O fato de sua primeira pergunta não ter sido sobre o filme da DuVernay mostra como Bree também está envolvida nos meus planos de convidar Ali para o baile.

– É só você ir com a gente! – diz ela com animação, tentando enxergar o lado positivo das coisas. – Quem liga?

Solto um grunhido de desaprovação.

– Vai ser uma festa grande de qualquer forma. Não é como se você fosse entrar de penetra numa reuniãozinha para poucas pessoas.

– Ali te convidou? Tipo, diretamente?

– A Carolyn me mandou uma mensagem dizendo que o Ali quer que eu vá. – Ela parece ler a expressão no meu rosto. – O que, sabe como é, foi *superesquisito*, já que você é muito mais próximo do Ali do que eu. Óbvio.

Solto mais um grunhido, sabendo muito bem que estou fazendo drama, e volto a assistir *Caixa de pássaros* pela quarta vez. Prefiro focar nesse apocalipse de mentira do que no de verdade que estou vivendo agora. Especialmente se isso significar ficar agarradinho com o Trevante Rhodes.

✕ ✕ ✕

Na segunda-feira descubro que, tipo, pelo menos umas sessenta pessoas foram convidadas. O fato de eu não ter entrado na lista prova que não só o Ali vai recusar meu convite para o baile, mas também que ele sequer me vê como um amigo. Ou, como Marshall diria, não estou nem mesmo na friend zone do Ali.

– Você vai na festa de sexta? – Carolyn sussurra para mim durante a aula de Educação Sexual, aparentemente lendo minha mente enquanto me passa uma apostila sobre IST.

– Não.

– Por quê?

– Não fui convidado.

– Ah. – Ela se encolhe, me olhando por cima do ombro como se eu tivesse acabado de receber um diagnóstico médico terrível. – Sinto muito, Sky.

Será que é tão óbvio para todo mundo nessa maldita escola quão desesperado eu sou para que o Ali goste de mim?

– O que você acha, Sky? – a professora Diamond pergunta da frente da sala, notando que estou distraído.

Droga. Agora a bocuda da Carolyn vai me colocar em encrenca.

Pigarreio.

– Desculpa, não ouvi a pergunta.

– Qual infecção estou descrevendo?

Meu rosto vai ficando mais vermelho conforme mais pessoas se viram para mim.

– Ah… clamídia?

– Belo chute, mas não. Gonorreia.

– Tenho uma dúvida – interrompe Cliff, erguendo a mão. Porque é claro que ele vai usar essa oportunidade para me humilhar.

Sim, Cliff e um monte dos seus capangas estão na minha turma de Educação Sexual, o que, acredite ou não, torna o aprendizado sobre infecções sexualmente transmissíveis ainda pior.

– Pode perguntar – diz a professora Diamond, acenando para ele, com seus enormes brincos de ouro balançando ao redor de seu rosto exausto e impaciente. A Sra. Diamond é uma daquelas professoras que já deveriam ter se aposentado há uma década.

– E as pessoas gays? – pergunta Cliff.

Sinto minhas mãos gelarem por causa do nervosismo.

A professora Diamond cerra os olhos na direção dele.

– O que tem?

Cliff lambe os lábios e pensa por um segundo, enquanto todos os seus amigos começam a trocar risadinhas uns com os outros.

– Essa aula nunca fala sobre pessoas gays ou sexo gay ou qualquer coisa do tipo.

Meu rosto está queimando, mas minhas mãos continuam geladas – frias como um cubo de gelo. A essa altura já devo estar entrando em hipotermia.

Eu odeio isso.

– Aonde você está querendo chegar? – pergunta a Sra. Diamond, como se já não soubesse.

– Só estou comentando, estamos no século XXI. Essa escola não se importa com a saúde sexual dos alunos gays? – O tom de zombaria de Cliff me dá vontade de me encolher até desaparecer. Por que a professora Diamond ainda está dando corda para ele? Por que *ninguém* intervém e diz alguma coisa? Qualquer coisa?

Cliff olha para o resto da classe em busca de apoio, mas mantém seus olhos azuis como raio laser por um segundo a mais em mim do que em qualquer outra pessoa, acompanhados de um sorriso de desdém.

– Estudantes gays não deveriam ter a oportunidade de aprender sobre sexo gay? Particularmente, acho nojento quando é entre caras…

– *Cliff.*

– ...mas ainda assim deveria ser parte da grade de matérias. Certo?

A Sra. Diamond apoia a mão na cintura.

– Já acabou?

Algumas garotas cochicham e sussurram uns "ai, meu Deus", irritadas com as palhaçadas dele. Os amigos de Cliff tentam sem sucesso segurar a risada. Carolyn me olha de novo, com pena – confirmando o fato de que todo mundo sabe que ele está me atacando –, o que torna tudo um milhão de vezes pior.

– É só minha opinião – diz Cliff, dando de ombros com ar vitorioso. – Eu falo em nome dos gays porque ninguém mais tem coragem.

Existem tantos motivos para odiar o Cliff. Ele é o exemplo mais notório dos ignorantes arrogantes de Rock Ledge, o que já diz muita coisa. Mas a pior coisa de todas é que, sempre que ele está sendo um idiota comigo, lembro na hora, sem titubear, da minha mãe.

Porque, claro, ela pode até me *amar*, na teoria. Mas ainda é uma baita homofóbica.

Logo depois que meu pai morreu, quando eu tinha cinco anos, ela foi arrastada para uma igreja de valores antiquados e bebeu a poção dos cristãos conservadores. Nem todas as igrejas são loucas assim – os Brandstone costumam frequentar uma mais tranquila e inclusiva, perto da costa, na véspera de Natal –, mas a congregação da minha mãe? Completamente lunática.

Certa vez, Gus me contou que conseguia se lembrar de como ela era antes de aceitar Jesus, mas eu não consigo. Parece que antes do acidente ela fumava maconha às vezes e falava muito palavrão. Queria ainda ter essa versão dela. É horrível, mas eu sei que o ódio escondido atrás do sorriso maldoso do Cliff e o controle moral da minha mãe são a mesmíssima coisa.

Só que de maneiras diferentes.

Eu devia estar fazendo anotações sobre como não pegar gonorreia, mas agora minha mente entrou em uma espiral, me levando de volta às festas de fim de ano – para a noite em que tudo explodiu com a minha mãe.

Estávamos sentados no sofá da sala, e, na TV, passava *A felicidade não se compra*, mas o volume estava baixo demais para que pudéssemos de fato

acompanhar a história. Nossa casa estava tomada pelo cheiro esquisito-
-porém-gostoso de batata com queijo – que minha mãe havia cozinhado
para levar para a igreja no dia seguinte – misturado com o de uma vela de
baunilha que ela só acendia em dezembro. Gus estava com um amigo, ou
na casa dos pais da namorada no lago, ou no bar, ou qualquer coisa assim.
Ele sempre procurava desculpas para não ficar em casa, mesmo quando
estava apenas nos visitando por alguns dias durante o Natal.

Do nada minha mãe – sem nem sequer olhar para mim – perguntou:

– Você tem alguma coisa para me contar?

Eu sabia que ela sabia.

Já tinha me assumido no colégio, então entendia que estava em risco
constante de ela descobrir. Rock Ledge é pequena. As pessoas comentam.
E as pessoas da igreja dela comentam *horrores*. Ainda assim, foi inocente da
minha parte achar que eu teria coragem de contar tudo antes que a fofoca
chegasse até ela. Nunca perguntei como ela ficou sabendo que eu sou gay,
porque, no fim das contas, não faz diferença (embora eu tenha quase certeza de que o filho do pastor, que está na minha turma de Trigonometria,
seja o culpado).

Então parei de esconder. Contei a ela que sou gay.

Ela não ficou nervosa, apenas decepcionada daquele jeito maternal, o
que é muito, muito pior. Eu acharia melhor se ela tivesse gritado, quebrado
pratos, me colocado de castigo para sempre. Mas ela parecia completamente
acabada – um nível devastador e irreparável de tristeza que eu nunca havia
visto no rosto de outro ser humano.

– Você já cedeu aos seus desejos? – perguntou ela finalmente, num
tom contido que me fez sentir como se estivéssemos conversando em um
daqueles confessionários da igreja, e não no mesmo sofá onde sempre costumávamos brincar de Detetive.

– Não – lembro de ter respondido, mesmo sem saber se a pornografia
a que eu já havia assistido contava.

Minha mãe não é muito de expor sentimentos. Não desde que papai
morreu, como Gus costuma dizer. Mas a observei por tempo suficiente
para ver as luzes da árvore de Natal cintilando em suas bochechas, então
acho que ela chorou.

Então ela deu o tiro fatal.

– O que seu pai acharia disso? – perguntou ela, com a intenção de me machucar.

E deu certo. Me machucou demais.

Machuca até hoje.

Odeio ter que admitir, mas às vezes penso nessa pergunta quando estou atravessando o estacionamento e minha cintura balança um pouco além da conta. Ou quando estou rindo com a Bree assistindo a *Kimmy Schmidt* em vez de estar com Marshall e Teddy e os outros caras do time de atletismo. Ou quando ouço minha voz num story do Instagram e acho – quer dizer, tenho *certeza* – que ela soa cem por cento gay e afetada.

Não sei o que meu pai acharia. E não quero pensar sobre isso.

Minha mãe esperou alguns minutos antes de perguntar se eu queria dormir na casa de algum amigo naquela noite. Eu disse que não, porque era véspera de Natal e tanto Bree como Marshall estavam com suas famílias. Eu não queria atrapalhar.

Ainda assim ela achou que seria melhor que eu saísse. Fiz as malas, andei quase cinco quilômetros até a casa dos Brandstone e nunca mais olhei para trás.

O sinal da escola toca, me acordando do meu sonho ansioso – não confunda com os sonhos molhados e os sonhos acordados, que são muito melhores. Passo direto pela Carolyn, que está prestes e ficar toda carinhosa e simpática comigo por causa dos comentários do Cliff, e saio da sala de aula enquanto a Sra. Diamond termina de falar sobre camisinhas.

– Que foi? – Escuto Cliff conversar com seus amigos otários enquanto saem da sala, alguns deles olhando em minha direção. – Foi uma pergunta válida! A aula de Educação Sexual precisa ser mais gay!

Não sei por quê, mas às vezes tudo me acerta de uma vez só, sabe? Cliff. Minha mãe. Marte (maldita Marte). Tudo envolve meu cérebro como uma bola de neve rolando de uma montanha, ficando cada vez maior e mais veloz, antes de se tornar esse amontoado imbatível de desespero gay. Preciso deixar que essa bola atinja o que quer que esteja no pé da montanha antes de me sentir melhor. E odeio como isso está prestes a acontecer bem aqui, agora, no meio do corredor cheio de gente.

Tento colocar o código para abrir meu armário e mantenho a cabeça baixa – não sei quanto meus olhos estão molhados, então é melhor não olhar para a frente –, quando uma mão segura meu ombro.

– Sky High! Qual é a boa?

Ai, não.

Seco rapidamente as lágrimas antes de me virar, forçando um sorriso para Ali.

– Oi. Hã, nada. Nada.

Sua expressão fica séria.

– Está tudo bem?

– Sim, claro! – respondo, piscando para meus olhos secarem. – Desculpa. Alergia. E você, como está?

Ele não está convencido.

– Tem certeza?

– Sim.

– Beleza, então – diz ele, seguindo em frente, provavelmente sentindo que estou envergonhado. – Só queria confirmar se você vai na minha festa com a Bree e o Marshall.

– Ah.

– Na minha casa. Sexta-feira. Você vai?

– Sim, claro!

Ele abre um clássico Sorriso do Ali. Tento sorrir de volta. E então ele flutua para longe.

Eu não deveria deixar uma pessoa ter tanto controle sobre as minhas emoções, mas imediatamente me sinto muito melhor.

— Que se danem nossas ideias de convite para o baile! — solta Bree, interrompendo meus pensamentos e lambendo a tampa de alumínio do pudim de chocolate. — Você deveria convidá-lo hoje à noite, na festa!

Dou um pulo, quase derrubando meu suco de laranja.

— Xiuuu!

— Que foi? — Ela olha em volta no corredor. — Não tem ninguém nos ouvindo, Sky. Ninguém aqui se importa com nossas vidinhas sem graça. Somos quase invisíveis.

— Mas também não precisa gritar.

Nem estávamos falando sobre Ali, mas Bree deve ter reparado no sorriso crônico estampado no meu rosto — aquele que não consigo apagar desde segunda, depois da aula de Educação Sexual. Na terça, descobri que Ali só convidou quarenta pessoas para a festa. Quarenta! Estar no top quarenta — e não flutuando no espaço gélido fora da friend zone dele — talvez seja minha maior conquista no Ensino Médio até o momento.

Talvez eu tenha mesmo uma chance de ser o par de Ali Rashid no baile.

— Acho que você deve arriscar hoje à noite — continua ela, falando mais baixo. — Quem sabe? Suas chances de ouvir um "sim" podem aumentar caso ele esteja bêbado, o que *com certeza* vai acontecer hoje.

— Quem vai ficar bêbado? — pergunta Marshall, surgindo do nada e se jogando no chão ao nosso lado, em frente à sala de aula da professora Winter.

Aff, Teddy está com ele também, como se fosse uma sombra muito maior do Marshall.

Só de olhar para Teddy sinto como se meu corpo fosse um balão cheio de pavor em vez de gás hélio. Existe essa pressão de ser ainda mais cuidadoso para não dizer nem fazer nada muito gay perto de Teddy, para não envergonhar o Marshall.

– Oi? – repete Marshall, nos entregando dois chicletes de canela, depois que eu e Bree continuamos em silêncio. – Quem vai estar bêbado?

– Ali. Sky quer pedir as anotações da aula de Anatomia pra ele. – Bree mente por mim com toda a naturalidade, colocando o chiclete na boca.

Sim, eu sei, eu sei. Preciso superar isso logo e contar meus planos para o Marshall. Mas com o Teddy por perto?

Não mesmo.

– Vamos ao CELM amanhã, né? – Bree aponta para todos nós. – Ver o filme da Ava DuVernay?

Marshall se empolga.

– Sim! Quero ver pelo menos mais umas três vezes no cinema.

– Cara, é muita grana – comenta Teddy, boquiaberto, se encolhendo para se juntar ao grupo. Ele tem, tipo, um e noventa, então parece um palhaço de circo com pernas de pau se abaixando para conversar com as crianças. – Como você justifica gastar tanto dinheiro com um único filme?

– *DuVernay*, mano – diz Marshall antes de se virar para mim. – Você também vai, né?

Como eles conseguem pensar no que vai acontecer no sábado? A festa do Ali é *hoje*, e é literalmente impossível fazer minha mente focar em qualquer outra coisa. No momento, meu calendário consiste em: festa do Ali, um monte de anos de vida e depois a morte.

– Diz que sim logo! – insiste Bree, revirando os olhos. – O que mais você tem pra fazer? Uma noite cheia de sonhos molhados com o Ali?

É como se ela tivesse jogado um balde de água fria em mim.

– Uma noite de quê? – pergunta Teddy, confuso.

– Tá bom, eu vou – respondo, levantando um pouco a voz e sentindo minhas bochechas ardendo.

Bree dá uma piscadinha para mim.

Por sorte, o sinal do fim do intervalo toca, encerrando a discussão. Teddy parte para sua próxima aula enquanto eu, Bree e Marshall entramos na sala onde acontecem as reuniões do Anuário.

– Atrasados – Winter brinca, sem desviar os olhos da tela do computador. Ela segura um sanduíche meio comido e tem molho italiano escorrendo pela mão. – Suspensão para os três. – Ela sabe que somos nós porque quase sempre somos os primeiros a chegar.

– Ha, *ha* – brinca Bree enquanto atravessamos a sala. – Como se você fosse capaz de sobreviver um dia sem mim aqui para comandar tudo.

Winter dá de ombros, aceitando o argumento de Bree.

Apesar de ter começado a dar aula aqui há apenas alguns anos, Winter tem o tipo de sala velha e cheia de coisas, como se trabalhasse no colégio desde os anos setenta. As paredes são cobertas por históricas capas de revistas de décadas passadas, pôsteres enormes mostrando seu amor por tipografia, fotos de turmas antigas e um quadro de avisos cheio de camadas, no qual ela só começou a acrescentar coisas depois que passou a dar aula aqui – como os anéis de uma árvore que mostram sua idade. Se eu tenho uma zona de conforto neste colégio, é aqui.

– DuVernay – comenta Marshall num tom neutro, apoiando metade da bunda na mesa lotada dela. – Qual é a sua opinião?

– Primeiro, não – alerta Winter, encarando com desaprovação a perna dele invadindo sua papelada. Ele desce da mesa com a mesma rapidez com que subiu. – Segundo, você sabe que não posso opinar sobre isso, Jones.

– Por que não? – pergunta Bree enquanto ocupamos os três computadores mais próximos da mesa dela, como sempre.

– Porque – responde Winter, jogando os cabelos pretos e enormes para trás da orelha e mostrando um pequeno par de brincos de argola brilhantes. – Só pelo jeito que você disse "DuVernay" dá para dizer que isso é uma batalha entre vocês três esperando a hora de acontecer. Acham que eu esqueci do debate sobre a Lady Gaga?

Nós três sorrimos, admitindo que ela tem razão.

No outono passado, Marshall, o Hétero Incurável, teve a audácia de dizer que a apresentação da Katy Perry no Super Bowl – sim, aquela com o tubarão – foi melhor do que a da Gaga *e* do que o espetáculo da J. Lo com a Shakira. Por motivos óbvios, isso acabou se tornando Um Grande Debate, que culminou numa guerra civil entre fãs que dura até hoje na sala do Anuário. Porém, Ali ficou do meu lado, e eu fiquei nas nuvens por uma semana inteira.

As reuniões do Anuário são a única aula que eu fico contando os minutos para chegar ao longo do dia. Para começar, é a única matéria eletiva nos últimos quatro arrastados anos que eu, Bree e Marshall temos juntos. Além disso, não tem nenhum Capanga do Cliff, e sim um grupo eclético de gente esquisita, divertida e criativa. Até os poucos alunos populares aqui, tipo o Ali, são de boa. O fato de a Winter ser a professora mais legal do colégio é a cereja do bolo.

Quando o último sinal toca, Winter fecha a porta e manda todo mundo calar a boca. Ela grita bastante, mas é sempre com amor e um pouquinho de brincadeira – tipo uma irmã mais velha brigando por algo idiota.

– Sosseguem esses corpinhos cheios de açúcar! – diz ela, esperando as últimas vozes se calarem. Ela veste um suéter grande e soltinho que esconde sua postura esguia, e suas unhas recém-pintadas de verde me lembram o guacamole nos tacos da Clare. – Todo mundo já sabe suas tarefas do dia, certo?

A turma responde com uma mistura de "sim", "não" e hesitação. Winter analisa cada pessoa para ter uma visão mais detalhada de quem está em dia com os trabalhos e quem claramente não está. Depois de alguns minutos de conversa para que todo mundo esteja na mesma página – tipo, literalmente –, botamos a mão na massa.

Bree entra no Modo Fera, como eu e Marshall costumamos chamar. Como editora-chefe, sua função na sexta-feira é planejar e diagramar a newsletter que é enviada na segunda. É basicamente um monte de avisos para alunos e pais de alunos do último ano, contando o que está rolando com o Anuário – prazos para envio de fotos, informações sobre venda de espaço publicitário, esse tipo de coisa. É uma das maiores responsabilidades do projeto, então o perfeccionismo nota mil da Bree brilha com tudo quando o prazo da newsletter se aproxima.

Marshall é o cara da tecnologia nessa aula – e, tipo, na vida –, então sua tarefa atual é resolver um problema de fonte que alguns alunos estão tendo com o Memórias, o programa que usamos para diagramar as páginas e resolver Qualquer Coisa do Anuário. Bem, acho que é isso que ele vem fazendo. Não sei ao certo, para ser sincero. Marshall é o cara da TI do Anuário, e eu não faço muitas perguntas.

E aí tem eu.

Não faço a linha editor-chefe, nem entendo o bastante de tecnologia para ser um nerd dos computadores, mas amo filmes. Winter me passou a página Filmes do Ano na semana passada. É definitivamente uma das páginas "descartáveis", como Bree sem querer definiu na minha frente uma vez (uma página de que ninguém sentiria falta se tivéssemos que deixá-la de fora, ao contrário da página sobre o time de futebol). Mas eu não me importo; provavelmente é o trabalho mais divertido que já fiz.

Entrevistei alguns alunos para saber seus filmes favoritos (e descobri que, no geral, as opiniões de todos sobre Hollywood são puro lixo) e estou pesquisando dados de bilheteria para fazer um infográfico bacana com os maiores sucessos do ano. Não quero me gabar, mas aposto que essa vai ser a melhor página do anuário. Bem, tirando a página dupla que os pais de Ali compraram para ele. É cheia de fotos do Ali, e eu não posso competir com isso.

– Você pretende incluir o novo filme da DuVernay na sua página de filmes do ano? – sussurra Winter no meu ouvido, se inclinando ao meu lado. – Era por isso que você e os outros dois patetas estavam discutindo mais cedo?

Olho para ela por cima do ombro e sorrio.

– Não. O Marshall que é irritantemente obcecado por todos os filmes dela, só isso.

– Ah! – Ela assente, ajustando a postura.

– Mas nós vimos o filme novo no sábado.

– Qual é o seu veredito?

– Eu daria três de cinco estrelas. Marshall amou, é claro, mas…

– *Blá, blá, blá!* – Bree começa a gritar ao nosso lado, digitando furiosamente.

– Qual é o problema? – pergunta Winter para mim.

– Ela não viu ainda.

– *Blá, blá, blá*, desculpa, só vou ver amanhã e não quero ouvir spoilers, *blá, blá, blá*.

Winter dá um tapinha no ombro de Bree e passa para a outra fileira de alunos.

– Tudo bem, sem spoilers, Brandstone, prometo.

Eu jamais, em um milhão de anos, seria professor em Rock Ledge – por que alguém se voluntariaria para esse tipo de tortura? –, mas, se fosse, queria ser como a Winter. Ela é daqui da cidade, mas nem dá para perceber. Ela é culta, tem a cabeça aberta e não pertence a este lugar decadente, com suas calçadas rachadas sem fim.

Quando terminou o Ensino Médio, Winter fez mochilão pela América do Sul durante um ano. Tipo, já vi esse clichê nos filmes um trilhão de vezes, mas quem faz isso na vida real? Depois ela passou um tempo em Seattle – e depois São Francisco e Nova Orleans –, trabalhando como garçonete e conhecendo enormes casas com cortinas empoeiradas e artistas com histórias infinitas.

Trabalhou como recepcionista num hotel em Miami, passando as tardes de boa na areia branca e virando as noites nas pistas de dança. Morou no Brooklyn, onde foi babá dos filhos de um banqueiro solteirão de Wall Street "que vivia numa dieta restrita de uísque, carne enlatada e mulheres que eram boas demais para ele", como ela mesma diz. Por um tempo, ela comandou um acampamento para crianças com deficiência em Utah, e também teve a vez que ela se mudou para Austin, no Texas, por causa de um homem que roubou seu coração – antes de pisoteá-lo por completo.

Sério. Ela já viveu por toda parte e viu de tudo. Sua vida parece uma história cheia de reviravoltas e boas lembranças que nem mesmo o melhor dos escritores seria capaz de criar.

Winter fez o que muitas pessoas de Rock Ledge nunca fazem depois do Ensino Médio: ela fugiu. Mas, anos depois, decidiu voltar. Ou, como ela disse para mim, Bree e Marshall numa noite em que estávamos na sala de aula terminando algumas páginas em cima do prazo e comendo pizza fria:

– Finalmente cresci. E senti saudade do azul.

Ela apontou para uma das paredes da sala, na qual uma foto do norte da costa do Michigan tirada do espaço está pendurada – o espectro de turquesa, índigo e azul-marinho encontrando o verde profundo e intenso da terra. Lembro dela jogando uma fatia de pepperoni na boca com um brilho nos olhos.

– O azul daqui é mais azul.

Essa é uma parte da história da Winter que eu nunca vou entender.

Por que voltar para esse buraco de cidade depois de ver tudo que existe fora daqui? Qualquer que seja o *azul* que existe em Rock Ledge, não tem como ele chegar aos pés dos sabores de Nova Orleans ou da energia de São Francisco. Certo? Mas fico feliz que ela tenha voltado. Caso contrário, eu jamais a teria conhecido.

O sinal toca, o que é insano, porque quase não avancei na minha pesquisa sobre os sucessos de bilheteria do ano. Mas, beleza, confesso que passei muito mais tempo do que o planejado olhando para o Ali, distraído com o jeito como ele estava se balançando na cadeira ouvindo Frank Ocean nos fones de ouvido. E, sim, eu sei que era Frank Ocean porque dei várias idas desnecessárias até a impressora só para espiar o Spotify dele. O problema é que é difícil se concentrar ou fazer qualquer coisa quando aquelas sobrancelhas estão tão perto.

– Ei, você – Winter chama enquanto todo mundo está guardando as coisas para ir embora.

Ela está falando com o dono da festa.

– Sim? – responde Ali, caminhando até a porta e parando antes de sair. Ele veste uma camiseta cinza que fica muito bem nele e um relógio rosa novo. Se eu usasse aquele relógio, pareceria gay demais. Mas Ali consegue usar de boa.

– Um passarinho me disse que você vai dar uma festa hoje à noite – comenta Winter, mexendo nos papéis sobre sua mesa antes de lançar um olhar sério para ele.

Ali balança sua bolsa sobre o ombro, um sorriso se espalha por seu rosto.

– Qual passarinho te contou isso?

– As notícias se espalham rápido por aqui.

Eu e Bree observamos a conversa dos dois, os olhos indo de um lado para o outro, como se fosse uma partida de pingue-pongue.

– Por favor, se comporte – diz Winter.

– Sempre. – Ele concorda.

– Estou falando sério, Rashid. E espero que seus pais estejam em casa.

– Eles estarão, sim.

– Lembre-se: bebida só depois dos vinte e um anos, e acredito que ninguém de vinte e um estará por lá.

– Entendido.

Ali some porta afora, despreocupado. Mas, no minuto seguinte, nós três entramos na reta.

– Acredito que vocês também vão hoje à noite – diz Winter.

Droga.

Nos viramos lentamente, a apenas alguns centímetros da saída.

– Aonde? – Marshall se faz de burro.

Winter o encara.

– À festa do Ali.

– Ah, é hoje? – pergunta Bree, com a voz aguda que ela usa quando se sente culpada. – Nem estava lembrando que era hoje.

– Nem vem com essa, Brandstone. Não façam besteira, vocês três.

– Pode deixar – respondo, sem saber se estou dizendo a verdade.

Toda a minha existência se resume a este momento.

Bem, não exatamente.

Preciso parar de criar expectativas sobre a festa do Ali, como se fosse a coisa mais decisiva da minha vida. Não é! Nem mesmo sei o que esperar dessa festa, na verdade. Meu objetivo é consolidar minha amizade com Ali? Revistar a casa dele em busca de ideias melhores e mais pessoais para convidá-lo para o baile? Encará-lo de um jeito bizarro do outro lado da sala, fantasiando sobre como nossas vidas podem ser daqui a dez anos? Perder minha virgindade com ele?

Me deixa sonhar, vai!

Eu e Bree já comemos umas dez mil calorias nas dezenas de noites que passamos espiando a casa dos Rashid, e agora estamos prestes a entrar no covil de Ali – como *convidados*. Pode não ser a coisa mais decisiva da minha vida, mas já é algo bem importante.

Estou vestindo uma camisa rosa-bebê que usei no colégio na terça retrasada. Sim, ela grita "gay!!!" e estou um pouquinho inseguro com isso. Mas eu *também* grito "gay!!!", certo? Além do mais, a roupa faz meus braços e peito parecerem mais musculosinhos. Acho.

Espero.

Sei lá.

Marshall caminha da entrada da sua casa até o carro de Bree vestindo seu casaco bufante vermelho favorito e um jeans claro, com certeza querendo estar bonitão para a Ainsley. Ele já está quase no carro quando seu pai aparece na porta da casa de repente.

A gente já deveria esperar por isso.

– Lá vamos nós – sussurra Bree entre os dentes no banco do motorista, abaixando o volume da música. – Não diga nada idiota.

O Sr. Jones é um daqueles pais chatos e superprotetores. Ele quase nunca ri, tira sarro de vegetarianos e eu nunca o vi vestindo qualquer coisa que não fosse uma camisa polo em tons terrosos.

Marshall entra no banco de trás.

– Fiquem ligados – alerta ele conforme seu pai caminha até o carro.

– Ah, pode deixar – diz Bree, descendo o vidro e pigarreando. – Olá, senhor Jones!

– Olá, Bree. – O Sr. Jones apoia uma mão no teto do carro e se curva para analisá-lo por dentro. – Como vão as coisas?

– Tudo bem – eu e Bree respondemos ao mesmo tempo.

– Indo para uma festinha, conforme fiquei sabendo?

– Isso mesmo – responde Bree.

– Vai ter bebida?

– Nada – digo com um sorriso.

O Sr. Jones não sorri de volta. Ele encara cada um de nós de cima a baixo bem rápido. É desconfortável demais, até mesmo para os padrões do Sr. Jones. Já sei que Marshall está morrendo de vergonha.

– Se qualquer um de vocês ingerir uma gota de álcool que seja, nem sonhem em pegar nesse volante. Entenderam?

– Ai, pai, sem essa – Marshall resmunga.

O Sr. Jones o ignora.

– É claro – responde Bree com sua voz aguda.

– Entendido – reafirmo, balançando a cabeça e apontando para o meu cinto de segurança afivelado, como se isso tivesse alguma coisa a ver com não dirigir bêbado.

O Sr. Jones volta a atenção para Marshall.

– Se cuida, tá bem? – Seu tom fica mais suave, como se por um momento eu e Bree não estivéssemos ali e fosse ainda mais importante que Marshall escutasse suas palavras.

– Pode deixar, pai.

– Não se meta em nenhuma encrenca.

– Não vou.

– Tudo certo, então. – O Sr. Jones assente para mim e Bree. – Se divirtam, moçada. Não voltem tarde.

Bree sobe a janela e sai com o carro.

– Foi mal – suspira Marshall.

– Marshall, *por favor* – diz Bree, ajustando a postura para conseguir enxergá-lo pelo retrovisor. – O mundo é um lugar melhor por causa das ameaças assustadoras do seu pai para não arrumarmos problemas.

– Mas agora a gente não pode *mesmo* ser visto bebendo esta noite – digo, aumentando o volume da música e também meu tom de voz. – Porque não quero viver em um mundo onde tanto a Winter quanto o seu pai nos peguem no flagra.

Marshall se estica do banco de trás e abaixa o volume da música.

– Melhor assim.

– O senhor Marshall de Setenta Anos e sua aversão a música alta – murmura Bree com um sorriso.

– Eu só gostaria de conseguir *escutar* a conversa daqui de trás – responde ele na defensiva, nos entregando dois chicletes de canela. – Ah! Pergunta importante. Vou dar um presente para a Ainsley quando for convidá-la para o baile.

– Junto com as rosas amarelas? – pergunto.

– Isso. Então, o que é melhor? Um porta-retratos com uma foto de nós dois juntos ou um objeto inanimado que simboliza o início do nosso relacionamento?

– Qual é o objeto inanimado que simboliza o início do relacionamento de vocês?

– O ingresso de cinema do primeiro filme que vimos juntos.

– Ingresso de cinema – eu e Bree respondemos prontamente ao mesmo tempo.

– Sem *dúvida* – reforço.

– Devo admitir que isso vai ser fofo demais, Marshall Jones – diz Bree.

– Sério?

– Sim. – Ela balança a cabeça em desgosto. – Até me deixa enjoada.

✗ ✗ ✗

Estacionamos numa rua próxima à casa do Ali e caminhamos em direção ao quintal dele. Pensando bem, é a minha primeira festa na casa de alguém popular de verdade.

Uma onda de nervosismo atravessa meu corpo, acompanhada de pensamentos assustadores e irracionais. E se Ali passar a noite toda me ignorando? E se eu beber demais e convidá-lo para o baile *aqui*? E se Cliff aparecer do nada na festa e estragar tudo? E se um acidente inofensivo envolvendo as garras do Franklin acabar rasgando minha camisa gay, expondo Marte pra todo mundo?

A bola de desespero gay começa a rolar pela montanha da minha cabeça...

– Tá tudo bem? – sussurra Bree, me salvando de mim mesmo e passando o braço em volta da minha cintura.

– Sim, claro – respondo, tentando parecer tranquilo. Estou ciente de que Marshall está ao nosso lado, totalmente alheio à minha obsessão pelo Ali. – Por que não estaria?

Ela sorri.

Estamos quase na porta. O ar tem aquele aroma doce de primavera de novo, como na noite em que estacionamos aqui perto na semana passada, mas o som pulsando dentro da casa deixa a vizinhança bem menos silenciosa dessa vez.

Jeff Blummer, sem sombra de dúvida um maconheiro, nos deixa entrar.

– E aí? – murmura ele, provavelmente sem perceber quem somos nós.

A casa está cheia de gente. O sofá da sala de estar, feito para acolher quatro bundas, está recebendo sete. Pessoas perambulam entre a sala e a cozinha, falando com amigos e acompanhando a música. Todas as superfícies – a mesa de centro, as bancadas da cozinha, a cornija da lareira – estão cobertas por garrafas e latas de cerveja. Avisto Franklin, de olhos esbugalhados e assustado, se desviando de pés no caminho.

Quero começar a beber imediatamente para aliviar a tensão. Não para ficar bêbado *bêbado*, é claro – só fiquei assim uma vez, depois de um jogo de futebol no ano passado, e não é uma experiência que tenho vontade de repetir. Não quando preciso me manter ao menos consciente com Ali por perto.

Mas ainda assim. Quero me sentir soltinho.

Marshall já descolou metade de um engradado de cerveja com seus amigos do atletismo, então pego duas Coronas, uma para mim e outra para ele – Bree concordou em ser a motorista da rodada e, de qualquer forma, ela nem gosta de beber –, e abro as garrafas.

Daí vem aquele momento de ficar em pé fazendo nada. *Muito* em pé e *nada* para fazer. Se tem uma coisa que aprendi nas, tipo, três festas a que fui durante o Ensino Médio, é que sempre rolam muitos olhares hesitantes antes de o álcool bater de verdade.

Nos acomodamos num canto da sala de jantar dos Rashid.

– Então… e agora? – diz Bree, olhando em volta com frieza e segurando um copo vermelho cheio de Sprite. Atrás dela, uma fileira de fotos da família de Ali está alinhada na parede; fotos da irmã mais nova dele no futebol, a mãe sorridente andando de caiaque, uma foto em grupo na qual o pai de Ali segura um pau de selfie ao lado de pessoas que acredito serem familiares do Iraque. O nível de carisma da família Rashid poderia garantir um reality show só deles, juro.

Ficamos de boa por um tempo. Bree comenta sobre as dificuldades de fazer baliza com uma garota que entrou na autoescola no verão passado. Marshall é o extrovertido sociável do nosso trio, conversando com qualquer pessoa aleatória que aparece.

Então Dan chega, vestindo seu típico casaco largo com gorro, e se junta a nós no canto da sala de jantar. Ele abraça Bree timidamente antes de acenar para mim e Marshall. Tem uma orelha furada e veste uma calça vermelha vibrante. Um visual maneiro.

– Como estava a pizza? – Marshall pergunta para ele, deixando a situação desconfortável.

– Como?

– A pizza. A gente te viu na praça de alimentação do CELM no fim de semana passado.

– Ah. – Dan assente. – Entendi. Estava boa.

– Peraí, você estava no shopping no fim de semana também? – pergunta Bree, boquiaberta.

– Eu te contei – responde Dan delicadamente. – Aquele lance da minha família. Em Traverse. Nós passamos no shopping na volta.

Bree fecha os olhos e se recorda.

– Ah, claro. Ainda assim. Odeio perder as coisas.

Minutos depois, Teddy – mais animado do que o normal, com o cabelo penteado para trás com gel – aparece e se junta ao nosso grupo também. O que parece mais natural do que quando ele colou na gente na frente da sala da Winter durante o intervalo, porque agora não estamos só nós três aqui.

Mas mesmo assim. Queria que eu, Bree e Marshall pudéssemos ficar no nosso próprio mundinho.

Teddy se vira e me pergunta alguma coisa, mas não estou prestando atenção.

– Desculpa, como?

– Estava te perguntando como vão as coisas no Anuário – repete ele, bebendo um gole de cerveja. – Marshall me disse que você ficou responsável pela página de filmes ou alguma coisa assim, certo?

– Ah, sim! – respondo, olhando em volta em busca de Ali. – Tudo indo bem. – Não quero soar grosseiro com Teddy, mas o paradeiro do anfitrião da festa ocupa noventa e cinco por cento da minha capacidade cerebral, e ainda não consegui avistá-lo dentro da *própria casa* dele. Estou ficando nervoso.

Teddy me pergunta outra coisa. Dessa vez a culpa é mais do barulho da festa do que da minha falta de atenção. Mas ainda assim não consigo escutá-lo.

– Hã? – pergunto, me inclinando em direção a ele. – Foi mal. Muito barulho aqui!

– Eu estava dizendo que – Teddy aumenta o tom de voz e se abaixa, para ficarmos mais ou menos da mesma altura – estou empolgado para o cinema amanhã.

– Sim, eu também!

– Marshall disse que o filme é demais!

Reviro os olhos com um sorriso.

– A obsessão dele pela DuVernay o deixa meio cego. Mas, sim, é um filme bem-feito.

Minutos depois, Ainsley aparece na sala de jantar, vestindo um casaco de couro sintético marrom e com uma pequena bolsa transversal. Ela caminha em nossa direção.

– Oiêêê – diz ela, radiante, o rosto ainda mais rosado do que o normal por causa do ar abafado dentro da casa. Ela abraça todo mundo. Seu cabelo ruivo cacheado, que tem cheiro de shampoo de coco, toca meu rosto. – Amei a camisa, Sky.

– Obrigado. Amei seu bracelete.

– Valeu! Como está a festa?

Marshall dá de ombros.

– Bem qualquer coisa.

Ela ri e tira uma Bud Light da bolsa enquanto nosso grupo lista quem já está na festa. Menos de dois minutos depois da chegada de Ainsley, mais dois grupos grandes de alunos do último ano se espremem pela porta, garantindo que já quebramos a lei de ocupação máxima.

Mas, ainda assim, nem sinal do Ali.

– Onde você vai fazer faculdade? – Bree pergunta para Ainsley. – Acho que ainda não conversamos sobre isso.

– Vou para a faculdade comunitária daqui mesmo – diz Ainsley.

– Eu também! – grito, empolgado até demais. Dan se assusta. Marshall arregala os olhos. – Foi mal, é só que todo mundo vai me abandonar ano que vem para ir para universidades longe daqui.

– Não se preocupe – diz Dan. – Ainda tenho mais um ano de colégio, então estarei por aí.

Trocamos sorrisos.

– Que bom – respondo. – Podemos ficar juntos nessa cidade horrível. E, com sorte, vou conseguir juntar dinheiro o bastante para sobreviver ao meu primeiro semestre.

No ano passado, Winter explicou sobre uma bolsa de estudos disponível para "estudantes necessitados" de Rock Ledge com médias altas no vestibular. O Sr. Brandstone me ajudou a preencher a papelada e disse que gostou da minha redação. Mas não estou criando muita expectativa. Minha nota é bem próxima do mínimo necessário para a inscrição. Se a bolsa for muito disputada, estou ferrado.

E, se não der certo, nem mesmo a faculdade comunitária será uma realidade para mim.

– De qualquer forma, estaremos aqui com você. – Ainsley dá uma piscadinha, entrelaçando seu braço com o de Dan. – Fora que quatro anos de faculdade já é um conceito datado hoje em dia, a não ser que seus pais gostem de torrar dinheiro.

– Ou que você queira se endividar até os sessenta anos – Teddy comenta. – Eu também vou para a faculdade comunitária – completa, dando de ombros.

– Três palavras – diz Marshall, se aproximando do ouvido de Ainsley. – Bolsa. De. Estudos.

Ela o empurra de um jeito brincalhão.

– Pra você é fácil, né, Senhor Astro do Atletismo com notas absurdas?

– Eu trabalhei muito por isso, tá bem?

Às vezes Marshall fica todo machão e arrogante quando está com a Ainsley. Acho que é porque os dois não estão juntos há tanto tempo e ele ainda tenta impressioná-la – vide os surtos sobre o baile, as rosas amarelas e o ingresso de cinema. Se fosse outra pessoa, eu não teria tanta paciência.

– Estou tentando convencê-la a ir para a Estadual do Michigan comigo – Marshall comenta com Teddy.

– Se você ganhar na loteria, eu vou na mesma hora – responde Ainsley. Ela bebe um gole de cerveja e se vira para Bree. – E você? Vai para onde?

– West Island.

– West Island? – Teddy ecoa, confuso. – Onde fica?

– É uma universidade pequena na Califórnia.

Faculdade tem sido meu assunto menos favorito – e inevitável – durante o último ano. Fujo para o canto e faço carinho no Franklin, que finalmente encontrou um lugar seguro e longe de todos os bêbados numa cadeira na sala de jantar. Além do mais, Marshall e Ainsley estão na sua própria bolha de amor, e tenho a sensação de que Teddy está tentando flertar com a Bree, então não ligo de levar minha gayzice para outro lugar por alguns minutos.

Mas, sério, o que pega mesmo é a conversa sobre faculdade.

Não suporto.

Os pais da Bree vão pagar para que ela estude Design Gráfico numa universidade particular chique em Los Angeles. E Marshall, surfando numa onda de bolsas de estudo, vai se mudar para East Lansing para correr e estudar Engenharia de Computação.

Não fico chateado com nenhum dos dois. Bree é apaixonada por design gráfico desde, tipo, o quinto ano, e está mandando muito bem como editora-chefe do Anuário. E Marshall está basicamente prestes a comandar o Vale do Silício antes dos trinta anos, ou ganhar uma medalha de ouro nas

Olimpíadas – ou as duas coisas. Eles merecem estar o mais longe possível desta cidade podre e estagnada.

É só que a maioria das pessoas de Rock Ledge não tem notas altas ou dinheiro para fazer faculdade em outra parte do estado, muito menos numa universidade particular na Califórnia. Tenho o azar de ser melhor amigo de duas pessoas, dentre poucas, que vão de fato fugir daqui e me deixar comendo poeira. Vou sentir muita saudade deles.

Volto a falar com o grupo:

– Alguém quer mais alguma coisa pra beber?

Todos se viram para mim, fazem que não com a cabeça e voltam para seu mundinho hétero. (Bem, menos o Dan.) Então caminho até a cozinha sozinho.

Viro o resto da minha cerveja num gole só e jogo a lata numa lixeira de recicláveis antes de abrir a geladeira para pegar mais uma. Sinto que estou ficando um pouquinho menos ansioso, o que me traz um alívio muito bem-vindo.

– Sky! – alguém grita atrás de mim. – O Sky vai jogar!

Me viro e encontro Carolyn, da aula de Educação Sexual, de pé no vão entre a cozinha e o corredor.

Ali está ao lado dela.

Meu estômago, já cheio de cerveja, dá uma cambalhota ansiosa.

– Sky High! – diz Ali, muito mais animado do que de costume.

Sobrancelhas cheias. Cílios longos. Sorriso perfeito. Ele veste uma camisa laranja muito fofa, que já notei que só usa em ocasiões especiais.

– Você veio!

– Sim! – sorrio, tão nervoso que não sei o que fazer com os braços. – Eu vim!

– Entããão, você topa ou nããão? – pergunta Carolyn, as palavras meio enroladas, piscando lentamente.

Beleza, acho que ela está bêbada.

– Topo o quê?

Ela atravessa a cozinha correndo de salto alto, quase tropeçando a cada passo, e se joga em cima de mim para me abraçar.

Sim, *com certeza* bêbada.

– *Beer pong*! – grita ela no meu ouvido. – Vamos jogar lá embaixo e precisamos de mais duas pessoas.

Ali surge de trás dela.

– Sim! – ele *também* grita no meu ouvido, imitando a voz dela de brincadeira. – *Beer pong*, Sky!

Talvez ele esteja só zoando a Carolyn, mas é quase como se estivesse flertando comigo.

Engulo em seco.

Tá tudo certo. Me sinto bem. Me sinto ótimo. Eu consigo.

Eu consigo.

– Aliás, sinto muito por tudo que aconteceu na segunda-feira – Carolyn comenta do nada, repentinamente séria e sóbria. – Que otário!

Ai, meu Deus. Não.

A coisa mais óbvia que poderia arruinar este momento é falar sobre Aquele Que Não Deve Ser Nomeado, como Bree costuma chamá-lo. Literalmente, a única coisa.

– Do que você está falando? – dou uma risada, me fazendo de tonto.

– Da aula de Educação Sexual. Na segunda – diz Carolyn, olhando no fundo dos meus olhos. – Ele não passa de um rato, Sky. Não dê ouvidos a ele.

– Quem é um rato? – pergunta Ali, pegando outra cerveja na geladeira.

– Cliff – responde ela.

Ali faz uma careta, abrindo a lata.

– Norquest?

Ela faz que sim com a cabeça.

– Não suporto esse cara. – Ali balança a cabeça, bebendo o primeiro gole. – Ele é *mesmo* um rato nojento. E racista também. Uma vez pisei no cadarço dele sem querer e ele me chamou de terrorista. – Ali revira os olhos. – Típico. O que ele fez com você durante a aula? – pergunta ele.

Hesito por um instante.

– Nada a veeeer falar disso agora, Ali – Carolyn diz em voz alta, talvez para me poupar de ter que explicar, ou porque ela está alterada demais e não percebe que é meio falta de educação cortar um assunto que ela mesma começou. Ela soluça. – Então, você veeem ou nããão, Sky?

– Aonde?

– *Beer pong*!

– Ah, sim… claro!

– Já jogou isso antes? – pergunta Ali.

Penso em mentir para parecer descolado, mas decido ser sincero.

– Não. Tem problema?

Ali entorta seus lábios superbeijáveis para o lado.

– Que pena – diz ele, balançando a cabeça. – Porque é complicado demais. E só estamos aceitando jogadores que já saibam as regras.

– Ah – digo, desanimado. – Bem… tá certo, então. Desculpa.

– Sky! – Carolyn dá um soquinho no meu ombro. Dói mais do que ela provavelmente imagina. – Ele está brincando com você.

Ali abre um dos Sorrisos do Ali para mim.

– É fácil – diz ele.

– Então sim – respondo, sorrindo de volta. – Vou jogar *beer pong* com todo o prazer.

Eles me levam para longe da cozinha. Me viro de costas e troco um olhar com Bree na sala de jantar – ela fica surpresa ao ver quem está comigo – antes de desaparecer com Ali e Carolyn.

– Então, posso adotar seu gato? – pergunto a Ali, me sentindo um pouco mais confiante com uma cerveja e meia correndo nas veias.

– Por quê? – pergunta ele.

– Bem, pra começar, ele é o gato mais fofo do mundo – digo, sem esquecer de que não posso dizer "Franklin" em voz alta e mostrar que sou um enxerido esquisito que sabe o nome do bichinho de estimação dele sem nunca ter perguntado antes. – E, além disso, está na cara que você não sabe ser pai de gato.

– Por que você acha isso?

– Ele está surtando no meio daquele monte de gente! – grito. – Você não tem um cômodo tranquilo onde ele possa relaxar um pouco?

Ali ri.

– O Franklin vai ficar bem, Sky High. – Ele dá um tapinha no meu braço. – Mas é legal da sua parte se preocupar com ele.

Eu nem tinha me dado conta de que a casa tinha outro andar, mas descemos uma escada para o porão, que está lotado como uma lata de sardinha. Algumas poucas dezenas de pessoas podem ter sido convidadas para esta festa, mas só aqui embaixo deve ter umas cinquenta. A música toca ainda mais alto, o ambiente é mais escuro e abafado do que lá em cima, e, pelo cheiro, estão fumando muita maconha aqui.

Num piscar de olhos, perco Carolyn de vista.

– Aonde ela foi? – pergunta Ali.

Viro o pescoço, mas só vejo silhuetas anônimas dançando e andando de um lado para o outro.

– Não sei.

– Deixa pra lá. – Ele procura em volta antes de desistir. – Pra ser sincero, eu nem queria jogar *beer pong* mesmo. Ei, vem comigo!

Ei, vem comigo!

Inspiro lentamente, tentando parecer tranquilo. Estou mais sóbrio do que ele, o que me tranquiliza. Mas ainda assim estou nervoso. Queria que Bree estivesse aqui. Ela estaria surtando junto comigo. Ou, talvez… que bom que ela está lá em cima. Será que o Ali quer mesmo passar um tempo sozinho comigo?

Ele me leva para o fundo do porão, onde há mais espaço para respirar. Vejo alguns sofás remendados e uma cadeira bamba em que algumas pessoas dão um tempo da área mais lotada. Ali se joga num sofá enquanto duas pessoas se levantam e vão embora. Por um minuto, fico parado sem jeito, segurando a cerveja. Então ele gesticula para que eu me sente a seu lado.

E eu me sento.

Óbvio.

Isso está mesmo acontecendo? Tipo, *na vida real*? Porque parece um filme. Devo ter entrado sem querer num universo alternativo onde *Fora de série* e *Para todos os garotos que já amei* são minha nova realidade. Porque, se eu contasse a Bree no caminho até aqui quais eram minhas expectativas mais altas para a noite de hoje, não seria capaz de me imaginar sentado num sofá com um Ali meio bêbado que está possivelmente flertando comigo.

Ele não diz nada por um momento, então decido quebrar o gelo.

– Está preparado para se formar?

– Quê? – ele grita, sua voz abafada pela música.

– No colégio! Está pronto para se formar?

– Ah. Sim. *Mais* do que pronto. E você?

– Com certeza.

– Anatomia é a pior aula – diz ele.

– Péssima!

– E vou passar raspando em Trigonometria.

– Eu também!

– Anuário é a única aula de que eu gosto, na verdade.

Dou uma risada. É como se ele estivesse lendo uma cola só para me impressionar ou qualquer coisa assim.

– Concordo cem por cento!

– A Winter é megadurona, mas é de boa ao mesmo tempo, né?

– Sim!

– Bom, claro que você sabe disso. Você, Bree e Marshall são os favoritos dela, com certeza.

– Não acho que seja verdade.

Ele abre mais um Sorriso do Ali para mim.

– Sim, tudo bem. – Seus olhos vagueiam até pararem no meu torso por um segundo. – Gostei dessa camisa.

Minha camisa rosa.

Minha camisa rosa, de botão e supergay.

– Obrigado – digo, sem saber muito bem como lidar com o Elogio da Minha Vida. Talvez essa *seja* a noite mais decisiva de todas, afinal.

– É esquisito que a gente já esteja se formando, né? – diz ele, fechando os olhos e viajando, tentando curtir a festa, como se soubesse que não teremos muitas outras noites como essa. – É bizarro.

– Pois é.

– A gente viveu muita coisa juntos no colégio, eu e você. – Seu joelho toca o meu. – Tipo as aulas de basquete no sexto ano!

– Hã?

– Educação Física no sexto ano! Foi quando te dei seu apelido, porque você era mais alto do que todo mundo e fazia passes como ninguém.

Ai, meu Deus. Ele se lembra.

– Ah, sim. – Finjo ter esquecido a origem do apelido, como se não pensasse nisso pelo menos três vezes por dia. – Pois é, foi uma jornada e tanto.

– E eu nem mesmo gostei do Ensino Médio – diz ele, bebendo um gole de cerveja. – Odiei, na real.

– Você?

– Sim.

– Sério?

– Por que você duvidaria?

Pauso para pensar na resposta com cuidado.

– Bem… o que eu quero dizer é que acho meio estranho ouvir que um garoto popular como você odiou o Ensino Médio.

– Ah… entendi.

Dá pra ver que ele não está dizendo o que realmente quer dizer, e eu já estou bêbado o bastante para me meter.

– Que foi? Você não se considera popular? – pergunto.

É claro que Ali é popular. Se não for, eu sou hétero.

Ele encara o vazio, sem piscar, os olhos perdidos em pensamentos. Pode ser a cerveja ou a fumaça de maconha no ar, mas de repente ele parece deprimido de um jeito muito incomum.

– Popular – murmura ele, mas para si mesmo do que para mim. – O que isso significa, afinal?

– Não sei. – Penso por um segundo. – Que você é engraçado? Que os caras te respeitam? Que as garotas gostam de você? Todas as alternativas anteriores?

Quero acrescentar um "e que você é gostoso" à lista, mas seguro a língua.

Não bebi *tanto* assim.

Ele finalmente afasta o olhar dos corpos dançando na nossa frente e me encara bem no fundo dos meus olhos.

– É louco, porque tudo que você acabou de dizer sobre mim, que sou respeitado, e posso ficar com qualquer garota, e que sou popular… parece que você está descrevendo outra pessoa.

Tá, até parece.

– Como assim? – Decido ir na dele.

– Você descreveu a pessoa que eu tento ser, não quem eu sou de verdade.

Nossa. Ele está falando sério.

Merda.

Não queria magoá-lo! Achei que estava apenas fazendo um elogio.

Abro a boca para me desculpar...

– Não, não é culpa sua. – Ele ri, provavelmente notando o desespero na minha expressão. – Eu tentei *muito* ser esse cara. Acho que todo mundo tenta ser assim no Ensino Médio. Mas, quando você é um carinha nerd de pele marrom em Rock Ledge, você precisa se esforçar um pouco mais.

Ele toma outro gole, mais demorado dessa vez.

Não digo nada. Porque não sei exatamente o que dizer.

– Pois é. – É o que sai da minha boca, por fim.

– Eu deveria ficar feliz por ter conseguido parecer o *Senhor Popular* para algumas pessoas – diz ele, e então sorri para mim. – Mas esse cara não sou eu.

É raro ouvir Ali falando sobre qualquer coisa com seriedade, e isso me deixa um pouco desconcertado. Ele está sempre andando pelos corredores, falando com todo mundo, sem se importar com nada. Não sei como responder. Muito menos se devo fazer isso.

– Quer saber o que eu gostaria *mesmo* de fazer para ser feliz? – Ele se anima.

– O quê?

– Improviso.

– Improviso?

– Sim! – Ele se vira em minha direção, dobrando o joelho para apoiar a perna no espaço entre nós dois. A perna dele está encostada na minha coxa. *Calma, Sky. Calma.* – Queria ter participado do Clube de Improviso no segundo ano.

– Existe um Clube de Improviso no colégio?

– Viu só? – Ele joga as mãos para o alto. Algumas gotas de cerveja caem na minha bochecha. – Ninguém nem sabe que existe! Tem só, tipo, uns quatro membros. Mas parece ser tão divertido.

– Você quer ser comediante? – pergunto. – Tipo, depois de se formar?

– Não sei. Comentei com meus amigos sobre participar do Clube de Improviso no ano passado, mas todo mundo me zoou. Agora tenho medo de participar.

Ele ri, mas é um riso forçado. Dá para perceber que se magoou por ver seus objetivos serem tratados como piada pelos amigos.

– Danem-se eles! – digo, empurrando os ombros dele de brincadeira. (Ai, meu Deus, acabei de empurrar os ombros do Ali Rashid *de brincadeira.*) – Acho que você deveria participar do Clube de Improviso. Como eu disse, você é engraçado. *Todo mundo* te acha engraçado, Ali. Vai com tudo!

Ele sorri, revirando os olhos.

– Mas as aulas já estão quase acabando.

– E quem se importa?

– Provavelmente o prazo para se inscrever para este semestre já passou.

– Sim, tenho certeza de que o Clube de Improviso do qual ninguém nunca ouviu falar e tem *quatro membros* é super-rígido com suas inscrições.

Ele solta uma risada, e dessa vez é genuína. A pele ao redor de seus olhos se enruga, e ele solta um grunhido. Meu corpo se derrete.

– *Touché*, Sky High – diz ele. – *Touché*.

Ele vira a bebida e se inclina para ficar mais perto de mim, como se fosse me contar um segredo. Seu hálito cheira a cerveja, mas não ligo.

– Aliás, posso te perguntar uma coisa?

Se meu coração não estava pulando do peito antes, agora está.

– Claro – respondo, sentindo um nó se formando na garganta.

Não sei para onde olhar. Para ele? Bem nos olhos dele? Ou para a parede atrás da cabeça dele? Devo olhar para a minha bebida?

Ai, meu Deus, eu não sei, *eu não sei.*

Decido manter contato visual. Direto, olho no olho. Nossos rostos estão quase se tocando. Tipo, do mesmo jeito como acontece nos meus sonhos molhados. Só que aqui estamos vestidos. E não estamos encharcados. Mas deu para entender.

Ele abre a boca e faz uma pausa.

Logo em seguida, Carolyn – bêbada, péssima, destruidora de vidas – chega se jogando no colo dele do nada.

– Vocês vão se pegar? – interrompe ela, com risadinhas. – Porque seria uma delícia.

Ela quase derruba sua bebida, pulando no colo de Ali como um filhote de labrador. Um filhote de labrador bêbado e sem noção.

– Carolyn, será que você pode, hã, peraí. – Ele tenta sair de baixo dela, sem jeito, mas ela não se manca. A bunda dela finalmente encontra o sofá, *bem* entre nós dois.

Desgraça.

Chego para o lado e abro espaço para ela. Odeio o termo "estraga-prazer", mas Carolyn está sendo a maior estraga-prazeres da história de todos os estraga-prazeres do mundo.

– Então – diz ela, virando a cabeça de um lado para o outro para poder nos observar. Ela coloca os braços ao redor dos nossos ombros e cruza as pernas. – Qual é a boa, rapazes?

– Na verdade – Ali se levanta –, vou dar uma olhada no pessoal lá em cima. E *você*, Carolyn, é melhor beber só água a partir de agora.

Carolyn também se levanta, suspirando.

– Quer saber? Acho que você tem razão.

Os dois começam a caminhar em direção à escada.

– Ei! – eu chamo por ele. – Você não ia me perguntar uma coisa?

Ele faz uma pausa. E lá está ele de novo. O Sorriso do Ali.

– Certo – diz. – Melhor outra hora.

Ele desaparece no meio do porão lotado, e Carolyn o segue aos tropeços.

Estou ajudando Clare a testar os bolinhos de pimenta jalapeño recheados de queijo que ela está fazendo para seu canal de culinária no YouTube, mas meus olhos sempre acabam se voltando para a porta. Bree deve chegar a qualquer momento. Ela passou praticamente o dia todo fora – levando Ray ao abrigo de animais (ele ama, ama, *ama* cabras), Petey para a natação e depois foi comprar vestidos com a mãe para um casamento que vai acontecer em junho. Ainda não contei a ela nada sobre a festa do Ali. Tipo, nada mesmo.

E eu *preciso* conversar sobre isso.

Provavelmente eu não deveria ficar tão empolgado com o que aconteceu na noite de ontem. Porque, em tese, não aconteceu *nada*. Ali não se assumiu para mim. Não confessou seu amor eterno. Só conversamos por uns dez minutos no máximo, antes da Carolyn estragar tudo. Mas já me parece alguma coisa. *Algo* aconteceu naquele porão. Não é possível que seja tudo invenção da minha cabeça.

Ouço Bree, a Sra. Brandstone, Petey e Ray no saguão de entrada.

– Acho que essa última leva tinha a quantidade perfeita de queijo – digo a Clare antes de fugir em direção à porta.

A Sra. Brandstone balança um vestido roxo cintilante na frente dos ombros para me mostrar.

– Gostou, Sky?

– Que lindo!

– É mesmo. Valeu cada centavo. – Ela baixa o tom de voz. – Só não preciso dizer ao senhor Brandstone *quantos* centavos. Ei! *Ei!* Tirem os sapatos! –

Ela briga com os gêmeos antes que eles espalhem lama pelo chão da casa. – Alguma novidade, Sky?

Olho para ela.

Ela me olha de volta.

Será que… ela está falando sobre novidades relacionadas ao Ali?

– Hã?

– Seu *aniversário*, bobinho – diz ela. – Qual é o plano?

– Ah! – Fecho os olhos e balanço a cabeça com um sorriso. Devia saber que era disso que ela estava falando; a Sra. Brandstone não *para* de puxar esse assunto o tempo todo. É legal saber que ela se importa tanto, mas acho que ainda não entendeu como eu realmente não ligo para aniversários.

– Ainda estou decidindo o que quero fazer – respondo. – Prometo que te aviso.

A Sra. Brandstone e os gêmeos terminam de tirar os sapatos e pendurar seus casacos. Espero até poder ficar sozinho com Bree.

– Então – digo, me permitindo soar como um tonto.

Ela está concentrada em desamarrar os cadarços de suas botas e não responde.

Pigarreio.

– Então… ontem à noite…

Ela finalmente olha para mim.

– Oi?

– Ontem à noite! – grito, olhando em volta para garantir que ninguém mais está prestando atenção. – Ontem? Na festa? O Ali. Eu. Porão. *Sozinhos.* Bem, não *sozinhos* sozinhos.

– Ah! – Ela força um sorriso antes de voltar para os cadarços. – Sim, o que rolou lá embaixo?

O nível de empolgação dela está, tipo, dois. Eu esperava um dez.

Eu não consegui falar sobre minha conversa com Ali durante a festa porque estávamos com Marshall, Teddy e os ouvidos héteros dos dois. Depois, Bree parecia exausta e foi direto pra cama quando chegamos em casa. Achei que ela acordaria morrendo de curiosidade para saber o que aconteceu no porão, assim como eu estou morrendo de vontade de contar agora.

Mas parece que esse não é o caso.

Me sento ao lado dela no banco próximo à porta enquanto ela luta para arrancar o último calçado.

– Parecia que ele estava flertando comigo, Bree. Tipo, *flertando*. Ele comentou sobre o dia em que ganhei meu apelido. Conversamos sobre as aulas de *Educação Física* do sexto ano. Por que ele lembraria de uma coisa que aconteceu na *Educação Física do sexto ano* se isso não significasse nada pra ele? Entende? – Me dou conta de que estou falando muito rápido.

– Apelido?

– Sim. – Eu a encaro. – O apelido que ele me deu? Sky High?

– Ah. Sim.

– E ele elogiou minha camisa. Daí a gente meio que teve um… *momento*. Sei que parece nojento de tão clichê, mas senti uma faísca acendendo.

Ela não responde.

– Além disso, bem antes de sermos interrompidos pela Carolyn bêbada, ele disse que queria me perguntar uma coisa…

Nenhuma resposta ainda. Só uns grunhidos enquanto ela falha ao tentar arrancar a bota do pé.

– Você ouviu isso? Ele quer me perguntar uma coisa!

– O que você acha que ele quer te perguntar?

– Não sei! Me chamar pra sair depois da aula? Ou para um encontro? – Baixo o tom de voz. – Ou para ir ao baile com ele?

Ela finalmente consegue; a bota sai voando, respingando neve e lama por toda parte. A Sra. Brandstone vai ficar furiosa.

– Nossa, isso seria demais – comenta ela. Só que, pelo seu tom, parece que ela não está nem aí para o que estou dizendo, que dirá achar que "seria demais".

– Tá tudo bem? – pergunto. – Aconteceu alguma coisa enquanto você e sua mãe compravam vestidos?

– Estou bem – diz ela, evitando contato visual. Ela se levanta e caminha em direção à cozinha. – Só cansada. Vou deitar um pouco.

– Precisamos sair para o CELM em, tipo, quinze minutos.

Ela se vira e encara o chão, pensativa.

– Cinema? – pergunta.

– Sim… O filme novo da DuVernay!

Seu rosto é tomado por medo.

– Ah, sim.

Tem algo de estranho ali. Certeza que aconteceu alguma coisa.

Porque a Bree jamais deixaria de se empolgar com as atualizações sobre o Ali, muito menos se esqueceria do filme. Sério. Sem chance.

– Tem certeza de que está tudo bem? – pergunto de novo. – Podemos conversar e...

– Sim. Vou tomar um banho rápido e a gente vai.

✕ ✕ ✕

Para combinar com seu mau humor, Bree coloca uma música melancólica da Billie Eilish no repeat durante o caminho até a casa dos Jones, onde vamos pegar Marshall, Ainsley e Teddy. Seu cabelo está preso num coque amassado e molhado pós-banho, e reparo que seus olhos estão um pouco vermelhos, como se ela tivesse chorado.

Deixo Ainsley ir na frente com a Bree, porque longas viagens de carro a deixam enjoada.

– Nossa, que música deprimente – brinca Ainsley depois de se acomodar no banco do passageiro, baixando o volume. Bree não responde.

Marshall e Teddy, os dois vestindo jaquetas do time de atletismo do colégio, entram pela direita e esquerda, me esmagando no meio do banco de trás.

– Está preparada, Brandstone? – grita Marshall, segurando o banco do motorista por trás e balançando-o com empolgação.

Bree murmura qualquer coisa. Marshall percebe de imediato que ela não está normal e olha para mim.

Tento mudar o rumo da conversa antes que a viagem fique estranhamente desconfortável pela próxima hora.

– Então... – Tento pensar rápido enquanto Bree arranca o carro. – Vocês viram algum filme bom recentemente?

Sim, essa é provavelmente a pergunta menos original a fazer enquanto se está *a caminho do cinema* e soa como um quebra-gelo bem intencional. Mas estou cercado de fãs de cinema. E pelo menos a conversa tira o foco de Bree.

– Ah! – Ainsley vira a cabeça para trás. – No começo da semana, eu finalmente assisti à continuação de *Para todos os garotos que já amei*! Alguém já viu?

Quase grito *SIM* a plenos pulmões, mas seguro a língua antes que as palavras saiam da minha boca.

Eu amo o livro que inspirou o primeiro filme e, apesar de estar convencido de que Hollywood encontraria um jeito de arruinar a adaptação, tive uma surpresa muito agradável quando me peguei chorando (um choro bom). A continuação é tão boa quanto.

Mas tenho total noção de onde estou agora; espremido no banco de trás entre dois caras héteros. Um sanduichétero, basicamente.

Sei que Marshall não ligaria se eu começasse a surtar com Ainsley por causa do Jordan Fisher. Marshall não é *homofóbico*, óbvio, e eu já fiquei tagarelando sobre comédias românticas com ele por perto algumas vezes. Mas, ainda assim, ele continua sendo um cara hétero – um cara hétero dividindo o banco de trás com seu amigo hétero que está rapidamente virando seu *melhor* amigo, possivelmente meu substituto. Talvez eu devesse... ser um pouquinho menos gay. Só um pouquinho.

– Vi o primeiro, mas a continuação ainda não – conto uma meia mentira, escondendo minha empolgação.

– Não é fofo? – pergunta Ainsley abraçando o cinto de segurança. – E o Noah Centineo... nossa.

– Sim, eu gostei.

– Nossa? – Marshall sorri para Ainsley. – O que significa esse "nossa"?

– Significa que ele é gostoso, Marshall – diz Ainsley.

O carro fica em silêncio – exceto pela melancolia que Billie continua nos oferecendo ao fundo, com seus vocais suaves.

– Na verdade, você tinha que ter dito "Relaxa, amor. O Noah nem se compara a você" – Marshall brinca.

Ele e Ainsley começam uma briga de mentirinha sobre quando e se eles têm permissão para dizer que celebridades são atraentes. Bree continua calada na frente, as mãos firmes no volante, encarando o vazio enquanto atravessamos a parte detonada de Rock Ledge.

Então só sobramos eu e Teddy.

Tento mover a perna sutilmente para que não fique pressionada contra a dele, mas o banco de trás é pequeno demais; impossível se afastar.

Ele pigarreia.

– Como foi seu dia?

– Bom, bom – respondo, me dando conta de que meu ombro também está tocando o braço dele. Chego para o lado só um pouquinho. – E o seu?

– De boa.

Silêncio constrangedor.

– Fez algo divertido? – continua ele.

– Nada de mais. Bree teve um monte de compromissos com a mãe e os irmãos, então fiquei só assistindo TV, cozinhei com a irmã dela e coloquei roupa pra lavar. – A versão mais honesta da minha resposta seria que fiquei deitado na cama pensando em Ali, e em seguida tive um sonho molhado com nossa conversa na festa por quase meia hora debaixo do chuveiro quente.

Mas, como eu disse, cara hétero. Ele não precisa saber disso tudo.

– E você?

– Lancei umas bolas por aí.

Ele não oferece mais nenhum contexto.

– Hum… quê?

Ele ri.

– Arremesso de peso. Eu faço arremesso de peso no time de atletismo.

– Ah! – Assinto. – Eu sabia disso.

É aí que me dou conta de que não sou *eu* quem deveria se sentir desconfortável por causa da falta de espaço entre nós dois. É culpa do Teddy e do seu corpo de Hulk, que ocupa quase metade do banco inteiro, deixando a outra metade para Marshall e eu dividirmos.

– Temos uma competição importante contra Frankfort essa semana – comenta Teddy. – Preciso treinar mais do que o normal.

– Saquei.

Depois que Marshall e Ainsley terminam a briga de mentira (os dois concordam que tudo bem dizer em voz alta que uma celebridade é "sexy" ou "gostosa", contanto que a pessoa seja famosa o suficiente para ser inalcançável de verdade), Bree nos arranca do fundo do poço colocando Dua Lipa para tocar durante o resto da viagem.

Espero que o humor de Bree melhore, agora que já estamos no CELM.

Mas a esperança morre. Rápido.

Decidimos cada um escolher um doce na loja do Moe e dividir tudo depois que entrarmos na sala de cinema. Escolho bolinhas de cereal com chocolate; Ainsley pega minibarras de Snickers; bala azeda para Marshall, e puxa-puxa para Teddy. Mas a Bree…

— Já disse — ela bufa pra mim, irritada e mandando mensagem para alguém —, não quero nada.

— Tem certeza?

— Sim.

Bree *nunca* deixou de pegar doces no CELM. Ignorar a loja do Moe é um ato sem precedentes.

— Cara, que diabos aconteceu com ela? — sussurra Marshall no meu ouvido enquanto caminhamos para o cinema. Bree está andando muito na frente, então não consegue nos escutar.

— Aconteceu alguma coisa entre vocês quando estavam indo nos buscar? — pergunta Ainsley.

— Não! — respondo, olhando para os dois. — Não tenho ideia do que a deixou desse jeito.

— Beleza, que bom que não era só eu que estava percebendo isso — diz Teddy, abrindo seu pacote de balas e colocando uma na boca.

— Não faz sentido — diz Marshall, chateado de verdade. — Ela estava tão animada pra ver esse filme com a gente…

Dou de ombros.

Quando chegamos à bilheteria, os doces escondidos nos bolsos, Bree já está lá dentro. Estamos atrasados — bem, para os padrões do Marshall —, então Teddy sugere pagar para todo mundo e economizar tempo, e nós concordamos em transferir o dinheiro para ele depois.

— Nossa, o CELM é das antigas — comenta Ainsley ao ver o funcionário do cinema entregar os quatro ingressos para Teddy. — Eles usam esses ingressos impressos com umas fontes clássicas. É meio romântico.

Olho para Marshall, lembrando da ideia que ele teve de presenteá-la com o ingresso do primeiro filme que os dois viram juntos. Ele sorri de volta, mas precisa disfarçar a expressão rapidamente quando Ainsley se vira para perguntar alguma coisa a ele.

Tudo bem, eu admito. Eles são um casal fofo demais.

Assim que entramos na nossa sala e procuramos pelo mar de poltronas, encontramos Bree no fundo, em um assento colado na parede direita da sala.

– Não brinca – Marshall bufa, visivelmente perturbado. – Por que... por que ela faria uma coisa dessas?

– O quê? – pergunta Ainsley, tirando discretamente o pacote de balas azedas da bolsa.

– Escolher um dos piores lugares da sala! – Marshall está à beira de um surto. Bree, dentre todas as pessoas, deveria saber que é melhor não estragar as experiências de cinema do Marshall.

– Beleza, me escutem. – Ainsley para na nossa frente, criando uma pequena barreira de costas para Bree. – Não sabemos pelo que ela está passando. Mas está na cara que aconteceu alguma coisa.

– Mas nenhum de nós fez nada pra ela – diz Marshall entre dentes. – Ela não deveria estar descontando na gente.

– Não vamos criar caso com isso. – Ainsley olha para nós três. – Vamos nos divertir, e, com sorte, em algum momento ela vai explicar o que rolou. Combinado?

– Combinado – digo.

Teddy assente.

Marshall, o mais irritado de nós, finalmente suspira.

– Beleza.

Teddy nos guia escada acima, e nós ocupamos as poltronas ao lado de Bree. Ainsley acaba se sentando na outra ponta, então fico preso de novo no meio do sanduichétero.

Mas, sinceramente? Dessa vez não me importo. É melhor do que me sentar ao lado da Bree.

Como esperado, Marshall e Ainsley imediatamente se jogam de cabeça no papinho romântico dos dois e ignoram o resto do grupo. Bree digita no celular com raiva e nos ignora também, sabe Deus o motivo.

O que me deixa sentado com o Teddy num silêncio desconfortável. De novo.

Sobre o que eu poderia conversar com ele? Não temos *nada* em comum. Ele é um arremessador de peso que contabiliza seu consumo diário de proteína. Eu faço páginas do anuário sobre filmes e posto memes de *Drag Race* nos stories do Instagram.

– Você…

– Eu…

Ai, meu Deus. Interrompemos um ao outro ao mesmo tempo. Não dá pra ficar mais desconfortável. Esta noite *inteira* não pode ficar mais desconfortável.

Ele ri.

– Desculpa.

Rio também.

– Não, eu que te interrompi. Pode falar.

– Só ia perguntar – continua ele. – Se você sabe o que vai estudar na faculdade ano que vem. Já que nós dois vamos para a faculdade comunitária daqui, podemos acabar fazendo algumas aulas juntos.

Aff. Conversa sobre faculdade de novo. Pior tópico. Sinto um buraco se abrindo no estômago ao pensar na bolsa de estudos que provavelmente não vou conseguir.

– Ainda não sei – confesso. – Provavelmente vou começar com as aulas básicas mesmo. E você?

– Estou na mesma – diz ele, dando mais uma mordida na bala puxa--puxa. – Estou bem ansioso, na verdade.

– Por quê?

Ele suspira, arregalando os olhos.

– Sei lá, cara. Escolher um curso? Uma área de trabalho para ficar preso pelo resto da vida? Não tenho ideia do que quero fazer aos vinte anos, que dirá aos quarenta. É assustador.

Pego meu cereal com chocolate.

– Entendo. E me sinto do mesmo jeito.

– Você já se pegou pensando como seria o colégio se não estivesse no Anuário? – pergunta ele.

Não sei muito bem aonde ele quer chegar.

– Hum…

– Não quero olhar o lado negativo, mas… – Ele faz uma pausa para pensar nas palavras seguintes. – Para mim, é o atletismo. Os treinos consomem *todo* o meu tempo. E eu amo. Mas vai acabar em questão de semanas.

– Você não pode se juntar ao time da faculdade?

Ele solta um lamento.

– Sem chance, cara. Não sou tão bom assim. – Ele me oferece uma bala. – Sem o atletismo para me manter ocupado e são, o que me resta? Entende o que eu quero dizer? – Ele ri de novo. – Vou me sentir tão perdido... e tão preso.

– Preso em Rock Ledge.

– Preso em Rock Ledge para sempre.

Trocamos rápidos sorrisos tristes.

Nunca pensei no Anuário do mesmo jeito que Teddy pensa no atletismo. Mas ele tem razão.

Eu odeio Rock Ledge. Odeio nosso colégio. O Anuário é a única coisa que eu gostaria de manter depois da formatura. Me dou conta de que Winter e os outros alunos da classe são mais importantes para mim do que consigo perceber agora. Como vou substituir tudo isso depois de me formar? Será que *consigo* substituir o Anuário depois do Ensino Médio?

Minha mente começa a girar quando...

– Ei. – Teddy sacode meu ombro gentilmente, sorrindo. – Não quis te deixar desanimado. Só estava botando meu estresse pra fora, desculpa.

Curiosamente, me sinto melhor.

– Não precisa pedir desculpas – respondo. – É legal saber que tem outra pessoa no mesmo barco.

Estou prestes a começar a explicar como vou sentir saudades da Winter no ano que vem, mas as luzes do cinema se apagam e o aviso passivo-agressivo de "desliguem seus celulares" aparece na tela. Mesmo já tendo visto os trailers na semana passada – e assistido à maioria deles de novo no YouTube depois –, eles merecem minha atenção total agora.

– Depois eu termino de falar o que estava pensando – sussurro.

É meio doido ver como eu estava apavorado com a chegada de Teddy ao nosso trio de amigos quando, na verdade, talvez ele tenha sido a melhor parte da noite de hoje.

— Você parece feliz feito pinto no lixo, hein? — o Sr. Brandstone diz para mim do outro lado da ilha da cozinha, me observando por cima do iPad que está segurando.

— Sério? — pergunto, me dando conta do sorriso involuntário estampado no meu rosto.

Ele apoia o tablet ao lado do prato com panquecas de mirtilo e castanha.

— Devo me preocupar?

Me sirvo com melaço.

— Por que deveria?

— Adolescentes empolgados me deixam desconfiado.

Somos os primeiros na cozinha, iluminada pelas luzes amarelas, rosadas e alaranjadas do sol da manhã. A TV não está ligada, não há nenhuma playlist tocando alto nos quartos, Thelma e Louise não estão por perto. É a refeição mais silenciosa que já fiz aqui. Agora entendo por que o Sr. e a Sra. Brandstone gostam de acordar cedo.

— Vocês dois não fizeram nada ilegal no fim de semana, né? — continua ele.

— Não.

— Não atearam fogo na escola?

— Não mesmo.

— Ninguém morreu?

— Não que eu saiba.

— Muito bem.

Ele pega o iPad novamente e continua a murmurar sobre as notícias.

Ainda estou me sentindo muito bem por causa do fim de semana. A festa de Ali foi muito melhor do que eu seria capaz de imaginar nos meus sonhos mais absurdos, e derrubar a Parede de Desconforto entre mim e Teddy no sábado tirou um peso dos meus ombros que eu nem sabia que estava sentindo. Embora Bree tenha passado o dia de ontem inteiro confinada no quarto, emburrada e evitando falar comigo ou com o resto da família, mandei muito bem fazendo uma receita de biscoito de manteiga de amendoim com Clare e os gêmeos.

E agora estou empolgado de verdade para ir para o colégio. Numa *segunda-feira*.

Que doideira.

– Bom dia – diz a Sra. Brandstone, chegando na cozinha com short de pijama e uma camiseta velha. Ela arregala os olhos quando me vê. – Sky?

– Também me assustei – concorda o Sr. Brandstone.

– Você acordou cedo. – Ela esfrega os olhos como se eu fosse uma miragem. – Está tudo bem?

– Também perguntei isso – diz o Sr. Brandstone, se divertindo com a situação.

Eu assinto.

– E tem panquecas? – ela repara, olhando para os nossos pratos. – Que segunda-feira surpreendentemente boa até agora!

– Panquecas de mirtilo e *castanha* – o Sr. Brandstone a corrige.

– Hoje você se superou. – Ela acaricia os ombros do marido por um segundo antes de se dirigir à cafeteira. – Que confusão você e a Bree arrumaram no fim de semana?

– Nenhuma, ao que parece – o Sr. Brandstone responde por mim, os olhos ainda grudados no iPad. – Mas eu não caio nessa. Sky está bem-humorado demais… Ah! – Ele se empolga. – Aposto que tem alguma coisa a ver com o fulaninho lá. – Ele olha para a Sra. Brandstone.

Ela parece confusa.

– Quem?

– Alan?

– Ali?

Os olhos dele voam em direção aos meus.

– Ali!

Solto uma risada, sentindo minhas bochechas ficarem vermelhas.

– Que foi?

– Isso explica tudo – declara o Sr. Brandstone, triunfante. – Alguma coisa relacionada ao Ali virou esse fim de semana de cabeça pra baixo.

– Ai, não começa – alerta a Sra. Brandstone, bebendo café. – Deixa o garoto em paz.

Ela olha para mim de canto de olho, notando meu sorriso. Dá pra ver que ela quer fazer um milhão de perguntas sobre o Ali – ela é a *rainha* das perguntas inconvenientes de mãe –, mas, em vez disso, distrai o marido com um comentário sobre as notícias, que ela sabe que vai render uma resposta empolgada da parte dele. Sou grato por essa tática.

Volto para as minhas panquecas e, pelo que deve ser a centésima vez, repasso a conversa que tive com Ali. Ele me convidando para me sentar ao seu lado. Ele amando minha camisa gay pra caramba. Ele encostando o joelho no meu. O Sorriso do Ali que ele jogou para mim antes de ir embora…

"Melhor outra hora." Foi o que ele disse sobre a pergunta que queria fazer para mim.

Mas, tipo, *quando exatamente*?

Meu estômago embrulha, percebendo que essa "outra hora" pode ser hoje.

Bree aparece na cozinha, claramente ainda chateada, e joga a mochila, o casaco e alguns livros sobre o balcão.

– Bom dia – murmura ela, caminhando até o armário para pegar seu sachê de chocolate quente.

Em silêncio, a Sra. Brandstone acena para chamar minha atenção enquanto Bree está de costas.

– O que deu nela? – ela sussurra para mim, apontando para Bree.

Franzo o cenho, dou de ombros e sussurro de volta:

– Sei lá.

– Levantou cedo também – diz a Sra. Brandstone, observando Bree despejar o achocolatado. – Quer panquecas? Você deveria comer alguma coisa que não seja puro açúcar de manhã, Br…

– E você acha que panqueca de mirtilo com melaço é o quê? – rebate Bree.

– Ei! – alerta o Sr. Brandstone. – Baixa esse tom.

– Tudo bem se sairmos mais cedo hoje? – Bree pergunta para mim, ainda evitando contato visual e mexendo o achocolatado. – Quero fazer umas alterações na newsletter antes de enviar.

Bree edita a newsletter de casa o tempo todo. Não tem motivo para ela precisar sair mais cedo e fazer isso no computador da sala do Anuário – tirando, é claro, para me irritar.

Quase a questiono, mas não quero arrumar briga na frente dos pais dela.

– Sim, claro.

O Sr. e a Sra. Brandstone a observam com desconfiança enquanto pegamos nossas coisas.

Bree continua sem falar comigo, do mesmo jeito que ficou na nossa ida até o CELM na noite de sábado, então boto Lady Gaga para tocar e tento não deixar isso estragar minha manhã. Quando chegamos ao colégio, ela murmura um "até mais" e atravessa o estacionamento correndo, me deixando para trás.

Na aula de Trigonometria, pergunto as teorias de Marshall sobre o mau humor da Bree.

Ele pensa um pouco, mastigando o lápis enquanto fazemos uma atividade em grupo que, honestamente, não consegui entender.

– Não tenho ideia. Mas nunca a vi tão mal como na noite de sábado – diz.

– Nem eu.

– Ela estava *puta da vida*.

Christina Alpine, que está no comando da maioria das páginas de esportes no Anuário, afasta sua cadeira do seu grupo de trabalho e para ao lado da nossa mesa, mascando chiclete.

– Ei, Marsh.

– E aí?

– Já que você é nerd…

– Que foi agora?

– No bom sentido, quer dizer. Por que isso está acontecendo? – Ela coloca seu celular com uma capinha toda brilhante em frente ao rosto dele.

Dou uma espiada; parece que ela está tendo problemas para logar na versão para celular do Memórias.

– Não podemos esperar até a reunião do Anuário? Eu e Sky estamos no meio de uma conversa importante.

– Uuuh! – Ela arregala os olhos, sentindo o drama, e se aproxima. – Sobre o quê?

– Nada. – Balanço a cabeça.

Ela desanima.

– Tá bom, vou deixar vocês em paz. Mas, não esquece, o Memórias está BI-ZAR-RO.

– Como assim?

– Fica me mandando mudar a senha o tempo todo. Nunca precisei fazer isso antes.

– Vou dar uma olhada mais tarde, durante a reunião.

– Valeeeeu. – Ela se arrasta para longe de novo.

Às vezes Marshall pega cada bomba no Anuário. Todo mundo vai atrás dele em busca de soluções para os problemas técnicos. E são *muitos*. Consertar erros no Memórias é basicamente o emprego de meio período dele.

Dou uma olhada na cadeira vazia de Ali. Ele não apareceu para a primeira aula, o que acabou arrancando um pouquinho da minha alegria nessa manhã. Pelo menos ele tem um prazo importante para cumprir no Anuário esta semana, então não acredito que vá faltar o dia todo.

Queria *tanto* saber o que ele queria me perguntar…

Precisava existir um tempo específico e bem definido para o termo "melhor outra hora". Porque, se até o fim do dia Ali não falar seja lá o que ele queria conversar comigo na sexta, talvez minha cabeça exploda.

– Última pergunta sobre o meu convite para o baile com a Ainsley – diz Marshall, ainda mastigando o lápis, que já está coberto de marcas nojentas de dentes.

Desvio o olhar da cadeira vazia de Ali.

– Manda.

– Quando eu fizer o convite, preciso estar bem-arrumado ou nem?

– Defina "bem-arrumado".

– Terno e gravata?

Quase engasgo com o chiclete de canela que ele me deu antes da aula.

– Tá de brincadeira?

Ele franze o cenho.

– Exagero – digo, caso não tenha ficado óbvio.

– Sério?

– Sem dúvida – enfatizo. – Um exagero dos *grandes*.

– O que eu visto, então?

– Sua camisa laranja da equipe de atletismo – digo rápido demais. A resposta saiu de mim sem que eu tivesse tempo de pensar direito.

Marshall fica boquiaberto. E, então, abre um sorriso.

– Quem diria...

– Que foi?

– Que você acha o uniforme do atletismo sexy.

– Não! – Meu rosto começa a arder imediatamente.

– Sua resposta foi *bem* rápida, Sky.

– Cala a boca.

– Você gosta da camiseta laranja só em mim ou nos outros garotos também?

– Não vou mais falar sobre isso.

Saindo da aula de Trigonometria, sinto uma mão sobre meu ombro. Meu estômago vira do avesso de empolgação, achando que é o Ali...

Mas é a Winter, o que é meio decepcionante.

E também muito esquisito.

– Ah... oi? – digo, surpreso. – Tudo bem?

Ela parece ansiosa, e isso me deixa ansioso, porque Winter nunca, nunca está ansiosa. Além do mais, a sala dela é do outro lado do colégio; ela veio até aqui só para me dizer alguma coisa?

– Posso tomar seu tempo rapidinho? – pergunta ela.

– Claro...

Ela me leva até uma área menos movimentada do corredor e baixa o tom de voz.

– Tivemos um incidente com a newsletter semanal esta manhã, Sky...

– E...?

– Imagens que não são... *relacionadas* ao anuário foram enviadas em vez dos avisos de sempre. – Seu tom é o exato oposto de confortante. Desconfortante, no caso, mas de um jeito muito, muito pior. – Você chegou a ver?

Meus braços começaram a ficar dormentes.

– Não. Quais imagens?

– Você pode me acompanhar até a minha sala?

– Agora?

– Sim.

Olho em volta sem saber muito bem o motivo.

– Hum… claro, mas vou me atrasar para a aula do Zemp.

– Eu escrevo um bilhete para o professor Zemp.

Só pode ser coisa ruim. Porque, além de nunca ficar ansiosa, Winter nunca escreve bilhetes com desculpas para alunos poderem se atrasar para outras aulas por causa dela.

Sério. Nunca.

Caminhamos em silêncio total. Bem, quase. Faço algumas perguntas – se está todo mundo bem, se eu estou encrencado –, mas ela evita qualquer resposta concreta, tenta me tranquilizar e repete "Não se preocupe, vai ficar tudo bem" o tempo inteiro. O que me faz achar que, definitivamente, absolutamente *nada* vai ficar bem.

Então percebo algumas pessoas me encarando conforme passamos. Ao menos é o que parece. Ou estou sendo paranoico? Sinto olhares e sussurros me seguindo.

Entramos na sala da Winter, e Bree está lá, andando freneticamente de um lado para o outro.

E Ali está na minha cadeira.

As panquecas do café da manhã dão cambalhotas no meu estômago.

Winter sinaliza para que eu me sente ao lado do Ali, e eu obedeço.

– Oi – digo hesitante, para ninguém em particular. – O que… hã… o que está acontecendo?

Ali abre um sorriso fraco – que com certeza não é um dos Sorrisos do Ali –, mas não faz contato visual. Ele parece irritado, ou triste, ou distraído, ou qualquer coisa. Talvez tudo ao mesmo tempo? Não consigo dizer. Olho para Bree, que move a boca dizendo "me desculpa", sem emitir nenhum som.

Parece que ela estava chorando.

– Odeio ter que te mostrar isso, Sky, mas – Winter vira o monitor do seu computador para mim e para Ali – este foi o e-mail enviado alguns minutos atrás.

Me aproximo para ver melhor, me segurando para não vomitar o café da manhã que o Sr. Brandstone preparou. Não é a newsletter de sempre.

São apenas duas fotos, lado a lado.

Uma das fotos mostra minha lista de ideias na parede do porão dos Brandstone. Dá para ler claramente: SKY É GAY PELO ALI: IDEIAS PARA O CONVITE DO BAILE, junto com os itens vergonhosos nas três colunas abaixo.

A outra foto foi tirada na sexta-feira, e mostra eu e Ali sentados juntos no sofá do porão da casa dele, sorrindo. Sobre nossas cabeças, alguém acrescentou um texto: "Além de terrorista, também é bicha".

Além de terrorista, também é bicha...

Além de terrorista, também é bicha...

Lágrimas começam a se formar em meus olhos. Isso não pode ser verdade.

– Me desculpa – diz Bree, a voz rouca.

Não sei o que dizer. Nem sei por onde começar.

A bola de desespero gay começa a deslizar pela colina na minha cabeça.

– Eu já avisei ao diretor Burger – continua Winter. Sua voz parece distante, como se eu estivesse debaixo d'água ou qualquer coisa assim. Como se estivéssemos no fundo de um aquário gigante. – Ele já está tentando descobrir como isso pode ter acontecido.

Estou imaginando tudo isso?

Estou preso num pesadelo?

Bree anda mais rápido agora.

– Sei que vim para a escola mais cedo para ver se estava tudo certo com a newsletter, Sky – diz ela. – Mas acabei me enrolando. Não dei uma última olhada. Sinto muito, muito *mesmo*.

– Respira, Brandstone, respira – diz Winter. – Vai ficar tudo bem. Vai ficar tudo bem.

Ali pigarreia.

– Posso saber quem... quem recebe esse e-mail?

– Alunos do último ano e seus pais – interrompe Bree. – Estamos falando de centenas de pessoas. Mas uma coisa dessas... eu... sei lá. As pessoas vão encaminhar para outras. Vai se espalhar. É capaz de já ter sido visto por *milhares* de pessoas.

– Brandstone, por que você não se senta um pouco? – sugere Winter, notando que nossa editora-chefe está à beira de um colapso. Mas Bree parece nem escutar. Winter olha para mim e para Ali. – Sinto muito que isso tenha acontecido. Vamos descobrir quem foi.

– Mas foi só uma piada – digo de repente em voz alta, e fico surpreso por ouvir minha própria voz. Solto uma risada rápida, e consigo sentir meu coração pulsando na garganta. – Foi só, sabe como é, só uma piada.

– O que foi uma piada? – pergunta Ali, finalmente olhando para mim. – Seu plano de me convidar para o baile?

Engulo em seco e perco a voz por um segundo. Engoli com tanta força que machuquei a garganta de verdade.

– Eu vou... eu *ia* te convidar para o baile, sim.

Os três estão me encarando.

Os olhos de Bree começam a se encher de água de novo. Para a minha surpresa, Winter também parece estar quase chorando.

Ali parece confuso.

– Eu... na verdade, deixa eu começar do começo – digo, forçando uma risada devastadora que só deixa o ambiente mais tenso. – Eu e Bree tínhamos essa brincadeira idiota e divertida de inventar jeitos para eu te convidar para o baile.

– Ah.

– Mas não era nada sério. Nunca foi nada sério. Eu nem sei se você, tipo... gosta de garotos, ou garotas, ou os dois, ou de mim, ou qualquer coisa.

Estou ficando mais enjoado. Tipo, vou passar mal de verdade. Alguém me mate. Qualquer pessoa, por favor, me dê um tiro. Me tire dessa situação horrível.

A bola de desespero gay não está mais deslizando colina abaixo. Está despencando. A todo vapor. Derrubando as árvores, engolindo *outras* bolas de desespero no caminho. Não tem como parar. Vai bater a qualquer momento.

Bree ainda está perambulando, mas agora usa as mãos para cobrir o rosto. Meu estômago está girando como uma máquina de lavar.

– Como eu disse. – Quebro o silêncio, só para ouvir o som de alguma coisa sendo dita. *Qualquer coisa.* – Era só uma brincadeira boba. Eu e Bree anotamos essas ideias absurdas no meu quarto na casa dos pais dela só de brincadeira. Tudo não passou de uma piada.

– Você tem um quarto na casa da Bree? – pergunta Winter.

– Ele está morando comigo – murmura Bree. – Foi expulso de casa pela mãe depois que ela descobriu que ele é gay.

Ignoro as duas e foco no Ali.

– Aquela foto faz parecer que eu sou *obcecado* por você, ou qualquer coisa assim. – Mais uma risada, que soa como garras arranhando uma lousa. – E é óbvio que eu não sou *obcecado* por você. É só que… pensei em dar um tiro no escuro e te convidar para o baile, e…

– Mas eu ia convidar a Bree – Ali diz, olhando para ela por cima do ombro. – Só como amigos, claro. Achei que seria divertido.

A sala fica em silêncio de novo.

– Não quero deixar a situação mais esquisita. – Ele começa a se mexer na cadeira, claramente desconfortável. – Mas, pois é… era isso que eu ia te perguntar lá na festa, Sky High. Queria saber se a Bree já tinha planos de ir ao baile com outra pessoa.

Parece que alguém deu um soco na minha garganta.

E depois me empurrou de um penhasco.

E depois me atropelou com uma caminhonete.

– Tudo bem, eu… hã… – Me levanto para sair. – Preciso ir para o segundo período.

Mas, antes que minhas pernas consigam se mover, a bola de desespero bate. Com tudo.

Meu café da manhã entra em erupção, e panquecas roxas mal digeridas saem da minha boca e cobrem a mesa da Winter.

Em algum momento no caminho entre o colégio e a casa dos Brandstone, meu cérebro basicamente se desligou. Porém, de alguma forma, consegui chegar em casa. Não em *casa* casa. Eu não tenho uma casa.

Consegui voltar para a da Bree.

Quando me dou conta, vejo a Sra. Brandstone parada na entrada, ainda de pijama, chocada ao me ver.

– O que houve, Sky?

Tento encontrar as palavras certas, mas ela interrompe antes que eu consiga colocar uma frase inteira para fora.

– Aconteceu alguma coisa na escola? – Ela toca meu braço; sua mão parece um cobertor quentinho contra minha pele dormente. – Você voltou a pé?

– Sim.

Ela corre até a porta e põe o pescoço para fora, provavelmente para conferir se o carro da Bree está lá fora.

– A Bree está bem?

– Sim, está. Vou ficar lá embaixo um pouco.

Ela não sabe como lidar comigo. Se fosse com Bree, Clare ou os gêmeos, ela estaria fazendo várias perguntas, ligando para a escola ou preenchendo um boletim de ocorrência. Mas eu não sou filho dela.

Não sou filho de ninguém.

Minha mãe me renegou. E meu pai, bem... provavelmente teria feito o mesmo. Os pais em Rock Ledge não têm *orgulho* dos seus filhos gays. Na maioria dos casos, eles se sentem envergonhados dos seus filhos gays. O Sr. Brandstone pode até gostar de mim – mas ele é a exceção, não a regra.

Mesmo que meu pai não tivesse morrido em um acidente e me deixado com Marte pelo resto da vida, eu provavelmente estaria do mesmo jeito como estou agora: sem nenhum lugar para chamar de lar.

A Sra. Brandstone continua falando comigo, mas sigo descendo os degraus para o porão. Me jogo no futon. Encaro o teto. Ainda em choque, acho.

É como se eu estivesse sonhando. E por "sonhando" quero dizer "me afogando no pesadelo mais lúcido de todos os tempos". Nem minha ansiedade mais profunda e sombria teria sido capaz de imaginar o que acabou de acontecer.

Ali Rashid viu a minha parede de propostas.

Todo mundo viu a minha parede de propostas.

E alguém o chamou de terrorista, coisa que Rock Ledge inteira vai descobrir rapidinho, já que fofoca se espalha como panfleto de eleição por aqui. Levando em conta que o e-mail foi enviado uma hora atrás, a essa altura a cidade toda já deve ter visto.

Meu celular vibra dentro do bolso. Tenho várias notificações não vistas; não escutei nenhuma delas durante a caminhada de volta para casa.

Vejo três mensagens e uma chamada perdida de Bree: **que loucura me liga!!!** e **sério cadê você?** e **um milhão de desculpas. estou chorando no banheiro. não estou entendendo nada por favor me responda**, finalizando com um emoji de coração partido.

Respondo com: **estou na sua casa, tá tudo bem.**

Indo praí agora, ela responde imediatamente.

Também tem uma chamada perdida de Marshall – caramba, ele viu a minha parede – e mais uma do colégio. A Winter ou a direção deve estar me procurando. E eu pensando que a coisa mais humilhante que aconteceria comigo esse mês seria a Sra. Brandstone vendo Marte.

Rolo para o outro lado e afundo o corpo na fenda entre o futon e a parede, sentindo o cheiro de tinta branca que ainda sai da superfície.

Quero sumir. Queria que a terra simplesmente me engolisse e esquecesse que eu já fui um aglomerado vivo e triste de células. Queria que isso fosse possível. Odeio dizer, mas queria nunca ter nascido. Tudo seria tão mais fácil para os outros.

Assim, minha mãe nunca precisaria ter um filho gay. E Ali não ficaria envergonhado pelo garoto gay esquisito que criou uma emboscada para convidá-lo para o baile. E eu não seria mais uma boca a ser alimentada na casa dos Brandstone. Se eu não existisse, também não teria que lidar com Marte.

Quem sabe eu não tenha sido o verdadeiro motivo do acidente do meu pai? Posso ter causado uma distração, ou esbarrado no volante. Se eu não estivesse naquele carro, será que ele ainda estaria aqui?

A bola de desespero gay está rolando pela segunda vez nesta manhã. E ainda não consigo pará-la.

Respira. Respira fundo.

Ouço a porta se abrir com força no andar de cima e a voz abafada de Bree discutindo com a mãe. Então ela desce a escada correndo, em direção à porta do meu quarto.

Não quero conversar com ela agora. Não quero conversar com *ninguém*, na verdade, mas especialmente com ela.

Porque… será que *ela* está envolvida na invasão do e-mail?

Não. Claro que não. Sem chance. Ela nunca, em um milhão de anos, diria uma coisa daquelas sobre o Ali. Ou sobre mim. Nunca.

Mas ainda assim…

Bree está insuportável desde sábado. Não acho que tem a ver com algo que eu fiz. Mas posso estar errado. Será que, sem me dar conta, fiz alguma coisa tão terrível que ela decidiu se vingar desse jeito absurdo?

– Posso entrar? – pergunta ela, do outro lado da porta.

– Não estou a fim de conversar.

– Sky.

– Não quero conversar agora – respondo.

– Por que não?

Fico quieto por um longo momento.

– Você está envolvida nisso de alguma forma, Bree? – boto pra fora.

Silêncio.

– Quê? – diz ela. – Tá falando sério?

– Quem mais teria fotografado a minha parede? Seu pai? Petey? Thelma?

– Não sei.

– Foi você quem tirou a foto?

– Sinceramente, não acredito que você está *me* acusando de ter enviado o e-mail.

– Mas quem é a encarregada dos envios mesmo?

– Pode abrir a porta?

– Nós fomos para o colégio *mais cedo* só pra você se certificar de que estava tudo certo. Como você não viu o conteúdo? Como não viu as fotos?

Não consigo escutar nada do outro lado da porta. Não sei se ela ainda está ali.

Mas continuo falando:

– Você passou o fim de semana inteiro irritada comigo, Bree. Estava na cara. Na cara pra *todo mundo*. Não somos bobos. Não faço ideia do que fiz pra você, mas parece que foi o bastante pra receber tudo isso em troca.

Me arrependo do que digo no momento em que as palavras saem da minha boca.

Me arrependo até de ter *pensado* nisso.

Corro para abrir a porta, na intenção de correr atrás dela e pedir desculpas, mas ela continua parada ali. De olhos vermelhos, pálida e chorando silenciosamente.

– Bree…

– Você acha mesmo que eu faria uma coisa dessas com você? – pergunta ela num sussurro. – Acha mesmo que eu faria isso com o Ali?

– Eu…

– Você acha que *eu* seria capaz de dizer aquelas coisas sobre vocês dois?

– Não, eu…

– Vai se ferrar, Sky.

– Espera aí.

Mas ela já foi.

Fecho a porta, me jogo de novo no futon e começo a chorar também. Porque, agora, além de me sentir péssimo, também me sinto culpado.

Nunca tratei a Bree desse jeito.

Mas hoje parece ser um dia de primeiras vezes.

✗ ✗ ✗

A Sra. Brandstone vem ver como estou logo de manhã, mas não me obriga a ir para o colégio. Ela me entrega uma banana, sorri e vai embora. Fico o dia inteiro no quarto.

Bem, acabo saindo para usar o banheiro empoeirado do porão e subo depois que todos saem para estudar, trabalhar ou cumprir seus afazeres. São os Brandstone, então é claro que encontro, tipo, uma travessa intocada de lasanha feita pela Clare esperando por mim na geladeira. Ela provavelmente fez a mais, sabendo que eu iria comer em algum momento.

Não falo com nenhum ser humano.

Porém quebro minha regra número um. De propósito.

Marte me encara pelo reflexo embaçado depois de um banho quente e demorado. Eu a encaro de volta. Ela é tão feia. E tão permanente. Uma lembrança nojenta do dia em que minha família foi destruída para sempre.

O que seu pai acharia disso? A pergunta da minha mãe ecoa dentro da minha cabeça.

O que meu pai acharia de mim agora?

Vou faltar ao resto das aulas até o final do ano letivo, já decidi. E daí se eu não me formar? Dane-se. Já não ia conseguir aquela bolsa de estudos mesmo. Que diferença faz?

Durante a tarde, termino de assistir *Kimmy Schmidt* sem a Bree. Começo a assistir *Glee* de novo, pelo que deve ser a sexta vez (mas prometo a mim mesmo que vou parar antes da segunda temporada, porque os primeiros vinte e dois episódios são os únicos que valem a pena serem revistos). Dou uma olhada no Instagram, mas isso só me deixa pior, porque meu feed está cheio de #InstaGays desconhecidos e gostosos espalhados pelo mundo, com milhares de seguidores, com sorrisos fáceis, praias maravilhosas e coberturas sofisticadas – todos tão confiantes, cheios de propósito e futuro.

Tenho muitas mensagens não respondidas também. Mas não me importo.

O colégio ligou duas vezes. A secretária deixou mensagens quase idênticas na caixa postal: "Alô, gostaria de falar com Sky Baker. Aqui é a Rose, secretária do diretor Burger. Notamos que o Sky não estava no colégio hoje e gostaríamos de saber se está tudo bem. Por favor, retorne a ligação e blá, blá, blá, eu não ligo para o Sky, mas esse é o meu trabalho, e sei que não estamos mais nos anos oitenta, mas ainda me visto como se estivéssemos".

A mensagem era mais ou menos essa.

Minha mãe não me liga. Nem meu irmão. Acredito que eles já devem ter visto o E-mail Mais Humilhante Já Enviado. A uma altura dessas, todo o estado do Michigan já deve ter visto.

Marshall ligou três vezes e mandou cinco mensagens:

que porra foi essa que rolou?

pq vc tá me ignorando?

vc tá com vergonha ou alguma coisa assim?

me liga!

blz cara… deixa pra lá.

Estou envergonhado demais para responder.

× × ×

A Sra. Brandstone me deixa faltar na aula de novo na quarta-feira, e Petey e Ray começam a trazer comida para mim.

Eles me trazem torradas e iogurte antes de irem para a escola, e costela de cordeiro no jantar, deixando silenciosamente a bandeja na porta do meu quarto antes de desaparecerem sem falar nada. Ray deixa um bilhetinho escrito *18!* grudado nos talheres das duas refeições. Levo alguns minutos para entender o motivo. De uma forma carinhosa, Ray continua *muito mais* empolgado com o meu aniversário de dezoito anos do que eu mesmo. Me sinto culpado, porque eu poderia muito bem subir e pegar minha própria comida, em vez de me jogar no fundo do poço aqui embaixo. Mas, ainda assim, me sinto grato.

A Sra. Brandstone começa a me obrigar a deixar a porta do quarto aberta durante o dia. Acho que é uma tentativa de não me deixar completamente excluído do resto da família, embora eu tenha certeza de que isso é muito mais para que ela se sinta em paz consigo mesma do que para qualquer outra coisa.

Pelo menos ela não está me forçando a ir para o colégio, então decido aceitar essa nova regra das portas abertas. Além do mais, isso permite que Thelma e Louise venham aqui embaixo me pedir carinho, o que tem sido muito bom.

Finalmente recebo notícias da minha mãe. É uma mensagem vazia. **Fiquei sabendo oq aconteceu no coleigo**, ela diz, sem nem se importar com os erros de digitação. **Estou aqui se precisar conversar. Orando por vc.**

Orando.

Que se dane isso.

Começo a assistir à trilogia *O senhor dos anéis* e me empolgo ao encontrar um pacote de doces que comprei durante uma ida ao shopping algumas semanas atrás e não comi. Me empanturro de doce enquanto me afundo na página sobre a Galadriel na Wikipédia como um buraco sem fim. Depois começo a ver *Drag Race*, mas pego no sono por causa de todo o açúcar, embora aquele fosse um episódio muito bom.

Bree nunca mais desceu até o porão nem mandou mensagens. Sei que deveria ir até lá e quebrar o gelo, mas também sei que ela está chateada comigo e não quero pressioná-la antes da hora.

Mas sinto tanta saudade.

– Você acha que a Bree ainda quer falar comigo? – pergunto para a Sra. Brandstone à noite, quando ela aparece para ver como estou. – Sinto muito mesmo.

Ela ajusta a faixa do seu roupão, pensativa.

– Ela ainda está um pouquinho chateada. – Ao ver minha expressão, continua: – Mas não se preocupe. Uma hora ou outra, a Bree vai entender. Todos os amigos brigam em algum momento.

Ela abre um meio sorriso para mim e desaparece escada acima.

O buraco no meu peito não sumiu desde que acusei a Bree de ter enviado aquele e-mail. No que eu estava pensando? Quando a bola de desespero gay está passando por sua mente, você faz coisas sem sentido. Queria poder explicar isso para ela agora.

Na quinta-feira, as coisas pioram.

Ou melhoram.

Não sei ao certo.

O e-mail definitivamente se espalhou. Foi longe pra caramba. É claro. As pessoas devem estar muito preocupadas com minhas faltas no colégio, a julgar pela quantidade de DMs e comentários nas minhas redes sociais.

Você e Ali são os melhores, Sky 💜 é o primeiro. Da Aubrey Douglas, quem diria? Acho que troquei, sei lá, umas três palavras com ela desde o quarto ano. Depois da Aubrey, vem o Ryan Giltlen: *Não deixe quem quer que tenha sido o babaca que fez isso te abalar, cara!!!*, escreveu. Ele é legal, mas também não nos conhecemos tão bem assim. Que aleatório.

Então Dan comenta em uma das minhas fotos mais recentes no Instagram: *Mandando energias positivas pra você, Sky.* Por algum motivo, eu o imagino escrevendo isso na pizzaria do shopping. É esquisito lembrar de como ele evitou a mim e ao Marshall a qualquer custo naquele dia, mas conseguiu dizer algo legal para mim na internet. Mas eu entendo. Eu provavelmente faria a mesma coisa. Humanos são estranhos. Além do mais, já que ele provavelmente é outro aluno gay do colégio, tenho certeza de que o e-mail também o deixou irritado.

Algumas calouras da aula de Anatomia me enviam vários emojis de corações laranja quase ao mesmo tempo, então acho que elas combinaram antes de mandar. Uma menina do clube de teatro, Samantha Buzzdorth, compartilha uma citação da Maya Angelou que não tem nada a ver com essa merda toda que aconteceu. Tenho quase certeza de que a frase nem mesmo é da Maya Angelou, mas enfim. O que vale é a intenção.

Teddy também me envia uma DM no Instagram. *Oi, Sky! Eu apoio você e o Ali 100%* 👍, diz ele. Reviro os olhos com um sorrisinho. Caras héteros: até os emojis que eles usam precisam ser durões.

Mas me pego relendo a mensagem do Teddy. Em especial, gostei muito de tê-la recebido; acho que é porque, quanto mais o conheço, melhor me sinto ao expandir meu trio de amigos e incluí-lo. Sei lá. *Obrigado, Teddy* 💜, respondo. Peraí, não. Emoji de coração? Aí já é demais. Substituo por um joinha.

Então deleto o joinha e escolho o sorriso normal mesmo.

Isso, melhor assim. Um sorriso perfeitamente aceitável.

Enviar.

Rolo na cama, venço Louise numa partida para ver quem fica mais tempo sem piscar, e então volto para o Instagram por mais alguns minutos.

Mas minha mente sempre acaba retornando para a única pessoa em Rock Ledge que teve uma semana tão lixo quanto a minha.

Mesmo que mandar mensagem para o meu crush seja a última coisa que eu queira fazer, considerando que, quando ele me viu pela última vez, eu estava vomitando panqueca em cima da mesa da Winter, preciso saber se ele está bem.

Oi!, envio uma mensagem para o Ali no Instagram. *Então, sinto mto pelo que aconteceu. A coisa toda saiu do controle. Enfim, estou morrendo de vergonha.* ☹

Sempre sonhei em mandar DMs para o Ali, mas nunca sob essas circunstâncias.

Em menos de dez segundos, ele responde:

Oi, Sky High. Os três pontinhos piscando indicam que vem mais coisa. *Que loucura, ia te mandar mensagem agora mesmo.*

Uma pausa breve. Mais pontinhos piscando.

Tá tudo bem, continua ele. *Todo mundo tem sido legal. Não precisa se desculpar. Não foi sua culpa. Por que você não está indo na escola?*

Penso por um minuto. Como resumir em uma única mensagem tudo que venho sentindo desde segunda?

Em vez disso, apenas digo: *Só preciso de alguns dias para me recuperar.*

Nenhum pontinho pisca por alguns segundos. E então: *Volte logo. Você faz falta.*

Um nó se forma na minha garganta.

Você faz falta.

Rock Ledge continua sendo um lugar horrível, só para esclarecer. Mas talvez não tão horrível quanto eu achava na segunda-feira.

✕ ✕ ✕

Superei Ali Rashid.

Sério.

Foi um alívio bem grande descobrir por meio das mensagens que Ali estava pensando em mim, assim como eu estava pensando nele. Mas, em termos da minha paixão, alguma coisa mudou. Agora, quando penso nele – lembrando dos meus sonhos molhados, ou do Sorriso do Ali, ou do joelho dele encostando no meu no porão –, imediatamente sinto que vou vomitar as panquecas do Sr. Brandstone de novo.

Aquelas sobrancelhas, aqueles cílios, os olhos enrugados quando ele ri. Nada disso é a mesma coisa. Me deixar levar pela paixão por Ali me causava um descontrole desconfortável; uma parte de mim sempre quis acabar com isso. Mas não desse jeito.

Mas está tudo bem. Tudo tranquilo.

Deixa pra lá.

✕ ✕ ✕

Na noite de sexta-feira, a Sra. Brandstone desce até o porão para ver como estou. Ela bate na porta, embora já esteja aberta por causa da nova regra. Ela também tem sido mais cuidadosa com esse lance de bater na porta desde o incidente no banheiro.

Pauso *As duas torres* no meu notebook.

– Posso entrar rapidinho?

Movo os pés e abro espaço para ela ao meu lado. É quase como se Louise fosse capaz de sentir que uma conversa séria está prestes a acontecer, porque ela desce do futon e sobe as escadas saltitando para evitar todo o constrangimento.

– Então – começa a Sra. Brandstone, se sentando de pernas cruzadas. Ela solta o ar, pensando nas próximas palavras, antes de retirar os óculos de armação vermelha. – Como você está se sentindo?

– Bem – respondo. O que é verdade. Definitivamente, não estou tão mal quanto no começo da semana, mas continuo irritado. E decidido a nunca mais voltar para aquele inferno heterossexual chamado colégio.

– Se fosse comigo, eu também ficaria muito magoada.

– Pois é.

– Magoada não chegaria nem perto. Eu ficaria devastada.

– Uhum.

– Quem quer que tenha feito aquilo, é uma pessoa miserável, Sky.

– Eu sei.

– Um saco de lixo.

– Isso mesmo.

– Vão descobrir quem foi. Mas espero que o pai da Bree nunca saiba, porque, bem… – Ela suspira. – Digamos que o pai do culpado pode acabar no hospital.

Sei que não deveria, mas pensar nessa possibilidade faz com que eu me sinta melhor.

Sorrio para ela. Ela sorri de volta.

– O colégio não para de ligar – diz ela. – Acho que ligaram para sua mãe e descobriram que você está ficando aqui.

Engulo em seco.

– Está tudo bem – continua ela. – Já expliquei a situação. Fique tranquilo. E quer saber? Sinto muito por isso tudo também. – Os olhos dela começam a ficar marejados, acho, mas é difícil dizer, porque meu quarto está escuro. – Nunca cheguei a te dizer isso, mas… sua mãe errou ao reagir daquele jeito durante o Natal. Você entende isso, certo?

Assinto.

Ela se recompõe um pouco. Dá pra ver que ela estava querendo me dizer aquilo há um bom tempo, e acabou botando tudo pra fora como quem arranca um band-aid de uma vez.

– Você acha que vai conseguir ir para o colégio na segunda? – pergunta depois de pigarrear. – Não dá para continuar faltando nas aulas agora, tão perto da formatura.

Puxo o cobertor até a altura do meu queixo.

– Ainda não sei.

Então, silêncio de novo, exceto pelo som abafado vindo da cozinha, no andar de cima. Clare está gritando por algum motivo, e um dos cachorros late loucamente. Ela faz pizza às sextas, e aposto que pegou Petey roubando um dos recheios para alimentar Thelma e Louise de novo.

– Tudo bem. – Ela dá um tapinha na minha perna. – Podemos falar melhor sobre o colégio durante o fim de semana…

– Aliás, como está a Bree? – solto.

Ela sorri.

– Bree está bem. Vocês dois deveriam conversar.

– Ela quer conversar comigo?

– Se eu fosse você, tentaria a sorte. Por que não sobe para jantar com a gente? Clare está testando uma receita nova: pizza de frango com molho de churrasco. É a sua cara.

Dou de ombros. Ela entende a indireta.

– Bem, que tal amanhã?

Assinto.

Ela assente de volta.

– Vou te deixar em paz – diz ela. Está prestes a se levantar quando se lembra de alguma coisa: – Ah, quase me esqueci do motivo que me fez vir até aqui.

Ela puxa uma pilha de papéis e uma sacola de mercado de trás dela. Eu nem notei que ela entrou aqui carregando aquelas coisas.

– Bree trouxe sua lição de casa da semana… – comenta ela, empurrando os papéis na minha direção. Foi surpreendentemente legal da parte da Bree fazer isso por mim; talvez ela não me odeie para sempre no fim das contas. – E alguém deixou isso para você na nossa varanda.

A Sra. Brandstone coloca o saco de papel no meu colo. Alguém escreveu *Para Sky* nele.

– O que é isso? – pergunto.

– Não faço ideia.

Lanço um olhar do tipo *É claro que você sabe o que tem aqui dentro.*

– Que foi? – pergunta ela com um sorriso. – Não sou enxerida, você sabe muito bem disso.

Se tem uma pessoa que de fato é enxerida, é a Sra. Brandstone.

Mas deixo essa passar.

Ela começa a ir embora, mas se vira quando chega à porta. E talvez seja porque tenho me sentido sozinho demais aqui, mas me sinto um milhão de vezes melhor ao ver uma silhueta na entrada do quarto. É onde mães geralmente ficam quando desejam boa-noite para os filhos nos filmes, acho que é por isso. Ou alguma coisa do tipo. Sei lá. Mas saber que ela está ali, olhando para mim na escuridão, quase faz com que eu me sinta parte da família.

Quase.

– Nós gostamos de ter você aqui, Sky – diz ela.

Não consigo enxergar seu rosto porque ela está contra a luz, mas acho que ela consegue ver o meu. E espero que consiga ver meu sorriso e saiba que é verdadeiro.

Quando ouço os passos dela subindo os degraus, pego a sacola e tiro um anuário lá de dentro. O ano 1996 está gravado na capa com letras grandes e vermelhas.

Mas que p…

Abro na primeira página, e um bilhete cai. Em letras grandes e garrafais, alguém escreveu:

PÁGINA 34. CONVERSE COM O CHARLIE.
DUTCH ROAD 665, TRAVERSE CITY.

Tipo… oi?

Abro na página trinta e quatro e imediatamente me sinto tomado por… alguma coisa. Não sei. É um sentimento avassalador.

Não consigo descrever.

Vejo uma foto em preto e branco do meu pai – uma foto que nunca vi antes. Ele está esparramado sobre o capô de um carro antigo, rindo, os olhos fechados em direção ao sol, ao lado de outro aluno. Meu pai se formou em Rock Ledge nesse ano, acho.

Ele tinha a idade que tenho hoje.

A legenda diz: *Henry Baker e Charlie Washington. "Charlie é o cara mais durão que eu conheço", diz Baker sobre seu amigo.*

Isso tudo está me deixando louco.

Quem coloca um bilhete anônimo num anuário antigo dizendo para que alguém se encontre com um cara velho e desconhecido que mora a uma hora de distância? Assassinos? Ex-namorados perigosos em filmes de terror? Vilões em filmes do Batman?

Todas as opções acima, sem brincadeira.

Mesmo que eu quisesse encontrar esse tal de Charlie, como iria abordá-lo? *Oi, meu pai morto foi seu amigo no Ensino Médio, e alguém – não sei quem – quer que eu te conheça duas décadas depois.*

Eu nem me lembro direito do meu pai. Tirando a história da origem de Marte e algumas fotos de família que minha mãe escondeu em caixas no porão, quase não existem evidências de que ele existiu. Lembro que comi um sanduíche horrível com mostarda picante na igreja, depois do velório dele, e tive a pior dor de barriga da vida. Mas essa é minha única lembrança do meu pai. E ele nem estava *vivo* quando aconteceu. Será que conta?

A questão é: de qualquer forma, meu pai continua sendo um total desconhecido para mim, o que significa que seus amigos de colégio ainda vivos *com certeza* são desconhecidos também. Charlie Washington parece nome de vereador corrupto. Ou de um cara que serviu de inspiração para o nome de uma escola primária de cidade pequena. Ou de um vilão num filme do Batman.

Ou todas as opções acima.

Encontro o cara no Facebook. Parece que ele é dermatologista. Pelas poucas informações na seção "Sobre mim" e algumas fotos públicas que consigo ver sem ter que enviar uma solicitação de amizade, vejo que ele tem cabelo grisalho, usa óculos de aros redondos e armação grossa e sorri sem mostrar os dentes.

É estranho pensar que meu pai teria a idade dele hoje em dia.

Acordo na manhã de sábado de cabeça fresca, me sentindo muito melhor do que estive durante toda a semana. Não me sinto exatamente *bem*. Mas também não me sinto péssimo. Acho que é porque agora tenho Charlie Washington para me distrair do lixo que a minha vida se tornou.

Escovo os dentes, tiro o pijama pela primeira vez em quatro dias e subo a escada, ansioso para ver Bree novamente.

Ela está sentada na ilha da cozinha.

– Oi – digo hesitante.

Bree se assusta com a minha voz, quase derrubando o cereal.

– Puta merda. – Ela suspira, a mão sobre o peito.

– Desculpa.

Somos os únicos aqui, tirando Thelma e Louise, que correm em minha direção e se esfregam nas minhas pernas, felizes por finalmente me verem aqui em cima de novo.

– Você está vivo – ela murmura, comendo uma colherada de cereal e mexendo no celular.

Isso é um bom sinal, porque – como aconteceu no último fim de semana – Bree faz voto de silêncio quando está irritada *de verdade*. O fato de ela me dirigir a palavra significa que tenho abertura para resolver as coisas.

Assim espero.

– Então – digo, respirando fundo. Mesmo estando ansioso para acabar com tudo, pedidos de desculpa são complicados. – Sinto muito.

Ela não responde.

Então eu continuo:

– Eu nunca deveria ter te acusado de enviar o e-mail. Foi tipo… o nível mais absurdo de loucura da minha parte pensar que *você* estaria envolvida.

Ainda nenhuma resposta.

– Então é isso… Sinto muito. De verdade.

Ela levanta a tigela para beber o resto de leite que sobrou no fundo.

– Tudo bem – responde ela, apoiando a tigela de volta no balcão.

Mais silêncio. Mais constrangimento.

– Beleza. – Me balanço de um lado para outro sem sair do lugar, desejando muito que ela diga alguma coisa. – Bem, hum… me empresta seu carro?

– Pra quê?

– Preciso resolver uma coisa.

Ela bebe mais leite, faz uma pausa e olha para mim com desconfiança.

Caminho até o armário e começo a preparar uma oferta de paz para ela: uma caneca de chocolate quente.

– Que tal se você me levar até Traverse City… – proponho, enchendo a caneca de água e colocando no micro-ondas.

– Traverse City? – Ela solta uma risada. – Não vou colocar o pé no CELM hoje.

– …e eu te pago o almoço.

Ela para.

Mesmo que os Brandstone tenham a geladeira mais lotada do estado inteiro, Bree nunca recusa uma refeição gratuita.

Ela pensa.

– Defina "almoço".

– Qualquer coisa que você queira em Traverse City.

– Bella's?

– Que lugar é esse?

– Aquele restaurante italiano.

– Aquele onde um prato de espaguete é, tipo, o olho da cara?

– Esse mesmo.

Será que vale a pena pagar pelo prato de massa mais caro do norte do Michigan só para encontrar Charlie Washington?

Trabalhei numa sorveteria atendendo turistas seis dias por semana no verão passado só para juntar dinheiro para o primeiro semestre na faculdade, mas essas economias estão desaparecendo cada vez mais rápido. Mas, como provavelmente não vou voltar para o colégio nem me formar, isso elimina qualquer necessidade de uma bolsa de estudos ou economias para a faculdade.

– Claro, sim, beleza – decido, colocando o chocolate quente numa garrafa térmica. – Te levo no Bella's.

– Ótimo.

– Ótimo.

– Quando nós vamos?

Entrego a garrafa pra ela.

– Agora.

× × ×

O Google Maps nos leva por uma rota diferente da que geralmente usamos para ir ao CELM, e a viagem pela costa do Lago Michigan é linda. O céu está limpo, e a água reflete todos os tons de azul por entre as árvores secas. Me lembro da Winter comentando sobre como o azul é mais azul aqui. Ela tem razão.

Ainda assim, a vista tranquila do lago é esmagada pela quantidade imensa de desconforto no carro.

– Por que estamos indo ao CELM por um caminho esquisito? – pergunta Bree, quebrando o silêncio.

– Porque não vamos ao CELM.

– Como assim?

– Vou ver o Charlie Washington.

– Quem?

– Sua mãe não te contou sobre o anuário?

– Qual anuário?

Imaginei que a Sra. Brandstone tivesse aberto a sacola e soubesse que o anuário estava lá, junto com o bilhete. Também imaginei que ela tivesse contado à Bree, porque a Sra. Brandstone é assim; ela conta *tudo* para os filhos.

– Não tenho ideia do que você está falando – reafirma Bree. – Qual anuário?

– Esse aqui. – Retiro o livro da minha mochila. Bree dá uma olhada conforme a luz do sol dança sobre a capa azul e escarlate. – O da minha mãe? – Ela franze o cenho, confusa, antes de voltar a atenção para a estrada. – Por que minha mãe te deu o anuário dela?

– Peraí. Isso é da sua mãe?

– Sim. Já o vi no quarto dos meus pais um milhão de vezes. Ela se formou em 1997.

Abro na página de alunos do segundo ano.

– Qual era o sobrenome de solteira dela?

– Graham.

Pois é, lá está ela: a Sra. Brandstone adolescente, também conhecida como Jennifer Graham. Tinha o cabelo maior e o rosto mais comprido, mas as mesmas sardas intensas e covinhas na bochecha.

Que esquisito.

– Será que você pode me contar o que diabos está acontecendo? – implora Bree, cada vez mais agitada. – Quem é Charlie Washington?

– Para o carro.

Ela obedece. Conto tudo sobre o bilhete anônimo no anuário e a foto do meu pai.

– Minha mãe sempre me conta tudo – diz Bree, perdida em seus pensamentos e quase ofendida. Suas mãos ainda seguram o volante, embora estejamos parados com o motor desligado. – Por que ela faria uma coisa dessas sem me dizer?

Levanto o livro e o balanço, para ver se mais algum bilhete cai de dentro dele. Nada, é claro. Não sei o que eu estava esperando. Pulo para a página trinta e quatro e procuro por mais alguma pista. Alguma coisa – *qualquer coisa* – que faça sentido.

Bree se inclina sobre mim para dar uma olhada.

– Aliás, seu pai era um gato – diz ela num sussurro.

– Dá pra parar?

– Foi mal. – Ela olha de novo. – Eu não sabia que minha mãe e seu pai tinham frequentado o colégio na mesma época.

– Nem eu.

– Minha mãe nunca comentou nada.

– Isso não parece o tipo de coisa que sua mãe comentaria *o tempo todo*?

Bree olha para mim, cerrando os olhos com pensamentos desconfiados antes de pegar sua garrafa de chocolate quente para beber um gole.

– O que ela está armando?

– Não sei.

A Sra. Brandstone fez questão de me ver todo dia durante a semana para que eu não me sentisse esquecido no porão. Esse é o tipo de mãe carinhosa – de *pessoa* carinhosa – que ela é. Mas a Sra. Brandstone está sempre planejando alguma coisa. E todos esses anos de amizade com a Bree me ensinaram que a mãe dela geralmente tem alguma carta na manga. De alguma forma, acabei caindo na sua mais nova armadilha.

– Vou ligar pra ela – declara Bree.

– Não!

– Por que não?

– Porque está na cara que ela não queria que eu soubesse que o anuário é dela, já que acabou mentindo e dizendo que foi deixado na varanda, certo? O que significa que ela também não quer que *você* saiba.

Ela aperta os lábios.

– Não diz nada pra ela. Por favor – peço.

– Por que ela se importaria? – rebate Bree.

Dou de ombros.

Ela solta um suspiro.

Ficamos pensativos por um minuto antes que Bree ligue o carro.

– Inclusive – diz ela, trocando de marcha. – Eu aceito suas desculpas.

Sorrio para ela. Ela sorri de volta.

Bree retorna para a estrada e coloca uma playlist para tocar. Dirigimos mais um pouco, o sol agora já está alto o bastante no céu, e eu sinto meu lado direito queimando. Fico feliz de ver que o desconforto está sumindo aos poucos do carro, como uma boia inflável com um furo bem pequenininho.

– Duas coisas – diz Bree, se sentindo mais confortável para falar, agora que já tivemos uma conversa de verdade. Ela abaixa o volume da música. – Primeiro: você precisa conversar com o Marshall.

Sou tomado por uma onda de culpa.

– Eu sei.

– Ele disse que te mandou mensagens e tentou te ligar a semana toda e que você o está ignorando na caradura.

– Eu sei.

– Ele está preocupado com você.

– Eu sei.

– Então você vai ligar pra ele?

– Sim.

– Hoje?

– Sim.

– Promete?

– *Sim.*

– Beleza. E, segundo, só pra deixar claro, eu jamais iria ao baile com o Ali se ele acabasse me convidando. Só pra você saber.

O engraçado é que eu tinha esquecido o fato de que Ali estava planejando convidar a Bree.

– Eu não me importaria, de verdade.

– Não seria nem um pouco justo – enfatiza Bree. – Você adora ele, e…

– *Adorava.*

– Seria a coisa mais merda de todas que uma amiga poderia fazer.

Bebo um gole do chocolate quente dela.

– De verdade. Não gosto mais dele.

Ela me olha, descrente.

– Ah, sim. Claro.

– É sério! – Conto a ela sobre como algo mudou em mim esta semana, depois de ver o Ali encarando o e-mail no computador da Winter com aquela expressão devastada-mais-confusa-mais-preocupada. Ficou na cara que ele não gosta de mim desse jeito, e está tudo bem. O feitiço que ele tinha sobre a minha sanidade mental foi quebrado.

Juro. Superei o Ali Rashid. *Superei o Ali Rashid.* É estranho pensar nisso e saber que estou de fato sendo verdadeiro comigo mesmo.

Não sei se ela acredita em mim ou não, mas muda de assunto de qualquer forma.

– Mas você sabe quem fez, né?

– Fez o quê?

– O e-mail. O monstro que invadiu a nossa conta.

Penso naquilo por alguns segundos.

– Jura que não sabe? – ela pergunta.

– Eu deveria saber?

– Foi Aquele Que Não Deve Ser Nomeado.

– Quê?

– Aquele Que Não Deve…

– Não, já entendi que você está falando do Cliff – afirmo. – Mas, tipo… a Winter ou o diretor Burger descobriram?

– Não.

– Então por que você acha que foi o Cliff? Pode não ter sido ele.

– Por que não seria?

Rapidamente, crio uma lista mental de todas as características para ser o culpado:

De alguma forma, a pessoa conseguiu uma foto da minha parede.

De alguma forma, a pessoa acessou o Memórias e hackeou o e-mail.

De alguma forma, a pessoa tirou nossa foto juntos na festa do Ali.

Até onde eu sei, Cliff não teria como fazer nada disso, conforme explico a Bree. E, pensando bem, não conheço ninguém que se encaixe nos três critérios.

– Mas só pode ter sido Aquele Que Não Deve Ser Nomeado! – Ela desliga a música completamente, certa de que tem razão. – Pensa comigo. Ninguém mais na escola é *tão cruel* quanto ele. Você mesmo já disse que ele tem sido um babaca com você desde que eu dei aquele fora nele. Então ele me odeia e também te odeia porque você é meu melhor amigo…

– Melhor amigo e *gay*.

– Viu só? E ele odeia o Ali porque é racista pra cacete. Qual seria uma forma melhor de atingir todo mundo do que hackear o e-mail? Vamos conseguir incriminá-lo, Sky – ela murmura num tom meio maníaco, mais para si mesma do que para mim. – Prometo.

Pode ser que ela tenha razão. Ali *de fato* me contou durante a festa que já havia sido chamado de terrorista pelo Cliff só por ter pisado no cadarço dele. Rock Ledge tem uma boa quantidade de preconceituosos extremistas, mas nenhum consegue ser pior do que Cliff Norquest.

Finalmente a estrada que permeia a costa termina, e começamos a subir uma colina arejada no meio de lugar nenhum. Parece aquele momento nos filmes de terror em que a gasolina acaba e somos assassinados durante a hora seguinte por um cara com uma motosserra ou pelo fantasma de uma garota que mora numa cabana perto da praia. Mas a Sra. Brandstone não armaria um plano que causaria a nossa morte. Eu meio que queria que o Teddy, grandão e forte – com seus braços musculosos e jeito de guarda--costas –, estivesse aqui para garantir nossa sobrevivência por mais um dia.

Abro um sorriso pensando na DM que ele me mandou na quinta-feira. E acho que sinto um friozinho no estômago?

Que… esquisito.

Finalmente avistamos o número 665 da Dutch Road.

– Caramba, senhor Washington! – exclama Bree, ao ver a casa por trás das árvores.

É gigantesca, feita de pedras cinzentas e madeira escura, com o horizonte verdejante do quintal desaparecendo no azul-metálico do Lago Michigan nos fundos. Uma bandeira dos Estados Unidos está hasteada na varanda da frente, cercada pelo jardim de pedras e uma fonte que mais parece pertencer ao Palácio de Buckingham do que a Traverse City. Essa seria a casa mais bonita no bairro dos Brandstone, sem dúvida. E isso quer dizer muita coisa.

– O que você pretende dizer pra ele? – pergunta Bree, agarrando a garrafa de chocolate quente enquanto se inclina sobre o volante para espiar o segundo e o terceiro, e possivelmente quarto?, andares da casa. – *Oiê, a mãe da minha amiga quer do nada que eu te conheça?*

– Vou deixar sua mãe fora dessa. Vou fingir que estou vendendo um espaço para anunciantes no anuário.

Ela ri.

– Sério?

– Sim.

– Tá, tudo bem… mas tome cuidado – alerta ela. – A última coisa de que preciso neste semestre é ter que lidar com um processo jurídico contra o anuário.

Reviro os olhos e abro um sorriso.

– Relaxa. Prometo que vai dar tudo certo. Tenho um plano.

É um plano meio qualquer coisa. Mas, ainda assim, um plano.

Ela está nervosa com a situação toda. Mas eu também estou.

– Tem certeza de que quer fazer isso? – questiona ela.

– Sim.

– Quer que eu vá com você?

– Não.

– E se te sequestrarem?

– Isso, sim, seria péssimo.

– Não é melhor inventarmos um sinal?

– Hã?

– Tipo, corra até a janela e acene se precisar ser resgatado.

– Nada sutil, mas pode deixar.

– Aliás – ela cutuca meu braço –, estou feliz que voltamos a nos falar.

Roubo um gole do chocolate quente dela.

– Eu também.

Assim que saio, a porta da frente da casa se abre e um são-bernardo gigantesco salta pelos degraus em direção ao carro.

Solto um grito. Bree pula de susto.

A fera corre até o meu lado do carro, mas está abanando o rabo e sorrindo pra gente, babando por toda parte de um jeito superfofo, então sinto que não vou ser devorado vivo por um monstro que vive na Floresta Proibida de Hogwarts.

Um homem aparece na porta da casa; pelo menos acho que é um homem. Pode ser uma espécie de Deus tatuado também.

Bree obviamente também percebe.

– Cara, que gostoso. Esse é o Charlie?

– Não – respondo. Charlie é um cara bonitão mais velho, de acordo com o que vi no Facebook, mas não é uma divindade cheia de tatuagens como a pessoa que está parada na soleira da porta.

O Deus Tatuado olha curiosamente na direção do carro, vestindo uma regata branca e short de ginástica roxo, com braços e pernas musculosos cobertos por desenhos com tinta preta. Ele começa a gritar alguma coisa pra gente, mas não dá para ouvir.

Abaixo um pouco o vidro da janela.

– Como?

– Eu disse que o cachorro é bonzinho! – responde o Deus Tatuado, formando uma concha com as mãos em volta da boca. – Ele é grande, mas é um amor.

Ficamos em silêncio por um breve momento.

– *Vai!* – ordena Bree, me empurrando para fora do carro.

Acho que vou mesmo fazer isso.

Saio do carro segurando o anuário da Sra. Brandstone. De primeira, o livro fica apoiado no meu quadril daquele jeito gay, mas me dou conta rápido o bastante e começo a caminhar de um jeito mais heterossexual até a porta.

O cachorro passa na minha frente, querendo carinho na cabeça e babando nos meus tênis.

– Bom garoto, bom garoto – sussurro para ele, torcendo para que minha voz gentil e gay deixe claro que não sou uma ameaça.

– Em que posso ajudar? – o Deus Tatuado pergunta conforme me aproximo. Ele usa a barba curta, tem olhos gentis e um sorriso de matar. Suas tatuagens são uma mistura de desenhos mórbidos, divertidos e excêntricos.

– O Charlie está?

– Como? – diz ele, balançando a cabeça. – Foi mal. Acho que você está na casa errada.

– Ah! – Paro de andar. – É que…

– Tô brincando, cara – diz ele com um sorriso. – Charlie está lá dentro. Posso perguntar do que se trata?

Finalmente chego na escada, envergonhado por já estar sem fôlego.

– É meio aleatório, mas, tipo, sou um dos alunos responsáveis pelo Anuário no Colégio de Rock Ledge, e nós…

– Não brinca! – o Deus Tatuado grita. – É a cidade do Charlie. Eu sou o Brian. – Ele se aproxima para me cumprimentar, estendo minha mão e ele quase arranca meu braço.

Sabe quando dizem que cachorros se parecem com seus donos? Esse é cem por cento o caso do Brian e sua fera boazinha.

– Eu gostaria de saber se o Charlie quer comprar uma das páginas de anunciantes do nosso anuário para ajudar a cobrir os custos de publicação – minto entre dentes. – Pediram para que tentássemos vender para ex-alunos.

Eu poderia ter sido honesto, mas mentir me pareceu um jeito menos constrangedor de me aproximar do que chegar com a verdade. E, sejamos sinceros, provavelmente nunca vou ver o Brian ou o Charlie de novo depois de hoje.

Brian gesticula para que eu termine de subir os degraus.

– Pode entrar…?

– Ah, perdão. Justin. Justin Jackson.

– Pode entrar, Justin. Você também, Bob.

– Hã?

– O cachorro.

– Ah, tá.

Para uma casa tão gigantesca, o interior parece bem aconchegante e cheio de vida, com tapetes grandes, estantes cheias de livros e pinturas acolhedoras nas paredes. O exterior me passou uma vibe superconservadora – quer dizer, bandeira dos Estados Unidos balançando no gramado bem aparado de um cara branco e rico? Eca. Mas vejo um pôster pendurado ao lado do cabideiro com a frase O ÓDIO NÃO É BEM-VINDO AQUI traduzida para vários idiomas. Isso me dá esperanças de que minha primeira impressão esteja errada.

– Preciso me arrumar para ir trabalhar, mas fique à vontade ali na sala – diz ele, apontando para o primeiro cômodo depois do saguão. – Vou buscar o Charlie. Charlie! – ele grita, me dando as costas e subindo a escada dois degraus de cada vez. – Tem um garoto de Rock Ledge aqui!

Sento em um sofá de couro desgastado, com almofadas maiores do que meu futon. Bob me segue e se joga no chão, como uma bola de pelos a meus pés, o que ajuda a diminuir minha ansiedade com essa coisa toda. Acaricio a barriga dele em agradecimento por me tranquilizar – e também por não ter me matado lá fora.

Meu celular vibra: **Ainda não foi assassinado?**, diz a mensagem da Bree.

Não

Pede o número daquele cara pra mim?

Bree, ele tem tipo uns 35 anos.

e daí?????

O ambiente tem cheiro de pinheiros, mas até que combina. As paredes de madeira são cheias de mapas. Muitos, muitos, muitos mapas. A maioria deles é da região e da Península Superior, mas também vejo alguns do Lago Tahoe, outro de um lugar chamado Catskills e então, do nada, um do Lago Ness, na Escócia. Há uma mesa grande no canto com um computador, materiais artísticos e mais pilhas de livros...

E uma pequena bandeira de arco-íris presa em um mural de cortiça.

– Olá – diz Charlie ao entrar na sala. – Ai, meu Deus, Bob! Deixa o garoto respirar, por favor.

Seu físico é muito menos musculoso e intimidador do que o de Brian, mas ele tem a mesma gentileza no olhar. Coisa que não consegui perceber nas fotos no Facebook. Ele veste um terno azul-marinho e uma gravata menta, e parece ser muito perfeccionista.

– Como vai, Justin?

– Tudo tranquilo – digo, balançando a cabeça.

Ele se senta numa cadeira do outro lado da mesa de centro, ajustando os botões da camisa.

– Brian disse que você é do Colégio Rock Ledge, certo? – Ele parece ao mesmo tempo confuso e curioso.

– Sim.

– E dirigiu até aqui.

– Sim.

– É uma viagem e tanto.

– Não ligo de dirigir. – Aponto para a parede atrás dele. – Amei esses mapas.

– Brian e eu já visitamos todos esses lugares. Nós dois adoramos ficar ao livre.

Pelo jeito como ele diz "nós dois", junto com a bandeira de arco-íris, posso confirmar: Brian e Charlie com certeza são namorados. Ou maridos. Ou parceiros. Ou qualquer coisa do tipo.

Muito mais que amigos, definitivamente.

– Em que posso te ajudar?

– Então, sei que isso vai parecer aleatório. Mas estou na turma de Anuário e estamos perguntando aos ex-alunos se eles têm interesse em patrocinar páginas para a edição deste ano.

– E você não poderia ter me ligado para perguntar?

Isso é… um argumento muito válido no qual eu não tinha parado para pensar.

Consigo sentir meu rosto ficando vermelho.

– Sim, poderia – respondo, pensando rápido. – Mas minha professora tem todo um discurso de vendas que ela quer que a gente use pessoalmente.

– Ah, entendi. Uma oportunidade de aprendizado.

– Isso mesmo! – Puxo o anuário da Sra. Brandstone.

– Nossa! – exclama ele. – 1996. O ano da minha formatura! – Fico feliz que ele se lembre. Ele balança a cabeça, radiante. – Nostalgia. Tá aí uma excelente ferramenta de venda.

Ele caminha até a escrivaninha, joga alguns papéis na sua maleta e apoia o pé na cadeira para amarrar o cadarço do sapato. Sua meia tem estampa de pinguins; ela grita "gaaaaay", assim como a minha camisa rosa, mas Charlie parece ser o tipo de cara que não se importa com o que suas roupas dizem – contanto que caiam bem nele.

– Então vamos ouvir esse discurso vendedor – diz ele.

Charlie está tentando ser legal, mas dá pra ver que está com pressa. Parece que cheguei momentos antes de ele sair para uma conferência de dermatologia, ou assinar o contrato da sua terceira casa de praia, ou atender um cliente VIP que acordou com uma espinha. Sabe como é, um dia normal na vida de um dermatologista.

Engulo em seco e tento lembrar tudo que ensaiei no quarto na noite passada.

– Nós abordamos ex-alunos e mostramos fotos legais e antigas de quando eles estudaram em Rock Ledge – digo. – Se estiver interessado, pode usar uma foto antiga do seu próprio anuário para as páginas patrocinadas deste ano, e podemos conseguir um desconto incrível se você quiser uma página inteira.

– Que ideia bacana.

– Pois é. Tipo essa aqui. – Passo por cima do Bob para mostrar o livro para o Charlie, abrindo na página trinta e quatro. – Você se lembra desta foto?

Ele gentilmente pega o livro das minhas mãos antes de apertar os olhos para a foto dele com meu pai.

– Lembro, sim. – Ele fica em silêncio, mas percebo um brilho peculiar em seus olhos, como se houvesse uma história por trás da imagem.

– É uma foto incrível – digo, desejando poder ler a mente dele, torcendo para que continue falando. Mas ele não fala. – Quem é esse ao seu lado?

– Meu melhor amigo do Ensino Médio. Henry.

Melhor amigo.

Não colega de classe. Nem amigo. *Melhor amigo.*

– Vocês eram próximos? – forço.

– Com certeza. Isso aqui foi no finalzinho do último ano. Na verdade, foi tirada num dia muito importante para mim. – Ele encara a página ainda pensativo antes de fechar o livro num estalo e devolvê-lo para mim. – Enfim. Quanto custa?

– Quanto custa?

– A página patrocinada.

– Ah. – Dã. – Cem dólares.

– Beleza – diz ele, procurando na escrivaninha pelo que acredito ser um talão de cheques. Não imagino que alguém entregaria uma nota de cem assim, do nada.

– Adoraria apoiar sua turma do Anuário.

Hum.

Droga.

Não achei que aconteceria tão rápido. Nem pensei que ele aceitaria a proposta, para ser sincero. Será que preciso vender uma página inteira de verdade para ele agora?

– Só por curiosidade – digo, antes que o assunto morra. – Por que foi um dia importante?

– Como?

– A foto. Você disse que foi tirada num dia muito importante pra você.

Ele solta uma risada frouxa, como se a história não fosse tão interessante assim.

– É uma coisa brega e pessoal, só isso…

– Como assim?

Ele parece pego de surpresa com a minha insistência.

– Perdão – digo rapidamente. – Foi grosseiro da minha parte. Você não precisa explicar.

– Tudo bem.

– É só que, se formos mesmo usar essa foto no anuário deste ano... – as palavras escapam da minha boca na tentativa de limpar a barra –, seria legal ter um contexto. Sabe como é, uma história interessante por trás da foto, ou qualquer coisa assim, que seria legal mencionar.

– É claro. – Ele respira fundo, e um sorriso triste se espalha por seu rosto, um pouco incerto de como colocar em palavras o que quer que esteja prestes a dizer. – Então, aquela foto. Foi tirada no dia em que eu me assumi. Sou gay, e Henry foi a primeira pessoa para quem eu contei. Foi a primeira pessoa a me aceitar.

Ele revira os olhos como se aquilo fosse um segredo bobo de adolescência que nunca imaginou contar para alguém. Mas a história me atinge em cheio.

A primeira pessoa a me aceitar.

Agora eu sei por que a Sra. Brandstone me mandou vir até aqui.

– Provavelmente passei dos limites, Justin – diz ele, mexendo na maleta novamente. – Perdão.

Meus olhos estão se enchendo d'água. Quase saio correndo para procurar o banheiro, porque não posso surtar aqui, agora. Seria um desastre. No meio da aula de Educação Sexual, na frente do Cliff, já foi ruim o bastante; mas na casa de um total desconhecido, a uma hora de distância de casa? Nem pensar.

– Enfim... – Ele ri. – Olha eu enchendo a sua paciência com histórias dos velhos tempos. – Sua expressão se ilumina, como se tivesse se lembrado de outra coisa. – Charlie é o cara mais durão que eu conheço.

– Hã?

– A frase do Henry na legenda da foto: "Charlie é o cara mais durão que eu conheço". Era disso que ele estava falando. – Ele aponta para o anuário na minha mão. – Ele disse que sou durão porque me assumi para ele naquele dia.

Ele volta a atenção para a maleta casualmente, sem a menor noção da bomba que acabou de jogar no meu colo.

– Então, como fazemos? – pergunta ele. – Assino um cheque para o colégio? – Ele olha para mim, um pouco preocupado. Deve ter reparado no meu estado de choque. – Está tudo bem?

– Sim.

– Certeza?

– Sim.

Ele sorri.

– Assino um cheque para o colégio? Para a página patrocinada?

– Ah, sim, sim. – Fecho os olhos e balanço a cabeça, engolindo em seco. Calma, Sky.

Calma.

Não posso aceitar o dinheiro desse cara. Nem tenho o contrato de venda de páginas do anuário! Posso entrar em sérios problemas por estar fazendo isso. A Winter me mataria.

Peraí, os anúncios de página inteira custam mesmo cem dólares?

Respira.

Respira fundo.

– Não precisa me pagar ainda – digo, controlando a respiração. – Eu… eu acabei de lembrar que estou atrasado para um compromisso. Posso te ligar daqui a alguns dias para conversarmos sobre as próximas etapas?

– Claro…

– Perfeito! – Enfio o anuário na mochila e caminho até a saída, quase tropeçando nas patas do Bob.

Charlie parece confuso.

– Você tem meu número?

– Temos no arquivo – minto de novo.

– Tem certeza de que está tudo bem, Justin? – ele pergunta enquanto me esgueiro para fora da sala.

– Sim! É só que… perdi a noção do tempo, só isso. Obrigado, Charlie!

Corro até o saguão, desço a escada da entrada e vou até o carro da Bree.

– Primeiro, que bom que você não morreu – diz ela, baixando o volume de uma música da Kacey Musgraves e girando a chave na ignição. – Segundo, quem era o gostoso tatuado?

– Bree…

– Terceiro, você pegou o número dele? Eu estava falando sério. E quarto…

– *Bree.*

Ela para de falar e se assusta, finalmente notando as lágrimas que começaram a escorrer pelo meu rosto.

– Ai, meu Deus! O que aconteceu?

– Precisamos nos vingar do Cliff.

– Peraí, como assim?

– Não vou deixar ele acabar com meu último ano.

Pela primeira vez nesta semana – ou talvez na vida inteira – sei o que preciso fazer. Sei o que preciso *ser*.

Durão.

14 dias

Bree está devorando um prato de fettuccine que custou dezoito dólares, mas eu não estou muito animado para comer minha pizza de vinte.

— O que foi? — pergunta ela enquanto a encaro, a boca cheia de massa *al dente*. Somos literalmente os únicos clientes no Bella's, porque quem mais almoça às 10h45?

— Nada — respondo. — Desculpa. Só estou… chocado até agora?

— Eu também estaria.

— Nem parece realidade.

Termino de recapitular pela segunda vez tudo que aconteceu — mais para mim do que para ela, acho — e não deixo nem um detalhe de fora: o jeito doce de Brian e, ainda mais impressionante, sua beleza, Bob se oferecendo para ser meu cão terapeuta, a sala deles cheia de mapas incríveis e, o mais importante, a história do Charlie sobre o meu pai e a foto no anuário.

— Não acredito que minha mãe escondeu essa história por *anos* — diz Bree, mergulhando o pão de alho no molho alfredo e balançando a cabeça. — Ela estava na escola na mesma época que seu pai, que, posso mandar a real?, parece ter sido gente boa pra caramba.

— Pois é.

— Sei que você não gosta de falar sobre ele, mas acho que seu pai foi um cara incrível.

Penso em argumentar que não é que eu não *goste* de falar sobre ele, só nunca soube o bastante a respeito dele para ter algo a dizer. Mas agora eu sei.

– Apoiar o melhor amigo gay nos anos noventa? Que foda! – continua Bree, enrolando o macarrão no garfo e rindo de todo o absurdo que tem sido esta manhã. – Será que já falavam "gay" naquela época?

Bree começa um discurso sobre a evolução de vocabulários problemáticos, mas estou distraído por este *sentimento*. Um que nunca experimentei antes.

Está radiando pelo meu corpo desde que saímos da casa do Charlie e do Brian. É uma sensação difícil de descrever. Mas é boa. É quentinha e confortável. Nunca me dei conta de que precisava disso até agora.

– Você sabe que pode falar com a minha mãe sobre tudo isso, né? – comenta Bree. – Sobre o Charlie, seu pai, o anuário. Talvez ela tenha sido amiga deles!

– Não vai rolar.

– Por que não?

Suspiro.

– Porque, *como eu já disse*, sua mãe não quer que eu saiba que o anuário é dela. Ou ela não teria mentido sobre isso.

– E daí?

– Daí que… não vamos contar nada pra ela.

Bree parece irritada.

– Pelo menos por enquanto. Tudo bem?

– Beleza.

– Promete?

– Sim, que seja.

Deve haver um motivo para a discrição da Sra. Brandstone sobre isso tudo. Não faço ideia do que seja, mas algo me diz que é melhor ficarmos de boca fechada.

Por enquanto.

Além do mais, tenho um objetivo muito mais imediato em mente.

– Como vamos nos vingar do Cliff? – pressiono, tomando um gole de Coca-Cola e me sentindo completamente revigorado. Porque, se eu quiser ser durão como o Charlie, que meu pai admirava, não posso deixar Cliff Norquest se safar depois de arruinar meu último ano no colégio.

Ficamos em silêncio, pensando, enquanto o único garçom de ressaca trabalhando a essa hora da manhã acende velas nas mesas ao redor e coloca uma música clássica suave para tocar baixinho. Esse seria um lugar muito romântico em outras circunstâncias.

– Podemos jogar papel higiênico na casa do Cliff? – sugere Bree.

– Pense muito mais alto.

– Podemos *tacar fogo* na casa dele?

– Beleza, não *tão* alto.

Ela volta para o fettuccine. Bebo minha Coca. Pensamos mais um pouco enquanto o garçom enche o copo de Bree com mais água.

– Ali – penso em voz alta.

– O que tem o Ali?

– Ali merece se vingar do Cliff tanto quanto eu. Vamos chamá-lo para nos ajudar.

Ela assente enquanto mastiga um pedaço de pão.

– Ooouaidea!

– Hã?

Ela engole a porção.

– Boa ideia.

– Marshall também. Vamos recrutá-lo.

Dividimos a conta – Bree se sente culpada por me fazer pagar o almoço no fim das contas –, damos uma passadinha no CELM, porque quero comprar um presente de desculpas para o Marshall, e dirigimos até a casa do Ali.

Estamos estacionados na rua, quase no mesmo lugar onde paramos na nossa última sessão de espionagem, quando o Sr. Rashid quase nos pegou no flagra tomando milk-shake e tudo. Isso aconteceu há algumas semanas, mas tanta coisa já rolou desde então – tanta coisa mudou – que parece ter sido décadas atrás.

– Quer ir comigo? – pergunto à Bree.

Ela está comendo as sobras da minha pizza atrás do volante e usando um par de óculos de sol.

– Hum…

– Vamos.

– Peraí. Você não acha que seria meio esquisito, levando em conta que ele ia me chamar para o baile mas, tipo… nunca chamou?

– Bree – digo, boquiaberto. – Ali viu *a parede*. Ele viu todas as nossas ideias terríveis. Se alguém deveria se sentir esquisito com isso tudo, esse alguém sou eu.

Ela reflete por um instante.

– Bem colocado.

Não sei como me sinto fazendo isso. Não sei como *deveria* me sentir.

Porque já superei o Ali, acho.

Acho, não! Tenho *certeza*. Eu sei que superei Ali Rashid. (Acho.)

Tive mesmo um estalo na última semana; acho que não o vejo mais da mesma forma que o via na segunda de manhã. Mas as últimas duas vezes que estive no mesmo ambiente que Ali foram cheias de emoção, de jeitos drasticamente diferentes. Caminhando até a varanda dele agora, só consigo torcer para que a pizza continue no meu estômago, ao contrário das panquecas do Sr. Brandstone.

Bato na porta. Ali atende um minuto depois, vestindo bermuda de moletom e uma camisa do Detroit Lions, com Franklin ronronando a seus pés.

– Sky High? – diz ele, surpreso. – Bree?

Derreto um pouquinho. Porque, beleza, ouvir Ali dizendo meu nome ainda me faz sentir como se o Cupido tivesse me acertado com uma flecha bem gayzona. Mas, dessa vez, a flechada não acerta o coração. Parece que passa de raspão pelo meu ombro.

Ele empurra Franklin de volta para dentro da casa e fecha a porta atrás de si.

– Todo mundo na turma do Anuário estava preocupado. Até a Winter parece estar muito abalada com tudo que aconteceu.

– Você pode vir com a gente até a casa da Bree? – pergunto.

– Agora?

– Sim.

– Hum… – Ele olha para trás, através do vidro na porta. – Pra quê?

– Estamos planejando uma vingança.

– E você está sendo recrutado pra nos ajudar – acrescenta Bree.

– Vingança? Contra quem?

– O babaca que te chamou de terrorista.

– Só isso já basta. – Ali sorri. – Tô dentro.

Ali calça os sapatos e veste um casaco antes de entrarmos no carro da Bree e seguirmos em direção à casa do Marshall. Ele não faz perguntas sobre o plano, e fico feliz, porque não temos respostas. Muito menos um plano.

Há uma parte de mim que quer ir mais a fundo em tudo que descobri sobre ele durante a festa; seu interesse por improviso, o "carinha nerd de pele marrom" que ele precisava esconder para ser o Sr. Popular, as histórias por trás das fotos de família expostas na sala de jantar. Mas aqui, no carro, não é a hora nem o lugar certo.

Em vez disso, escutamos Sofi Tukker com as janelas abertas, apesar de estar começando a chover. O grave vibra dentro de mim. Bree bate no volante seguindo o ritmo da música. Ali bate os pés no apoio central e canta junto em voz alta. É como se estivéssemos nos preparando para uma batalha que temos certeza de que vamos ganhar.

Depois que estacionamos na entrada de garagem da família Jones, pulo para fora do carro e corro até a porta, tentando escapar das gotas de chuva pesadas e geladas. Mas Marshall sai da casa antes que eu consiga chegar lá.

Ele não parece feliz em me ver. Tipo, não mesmo.

– Oi – digo.

– Que foi? – Ele me odeia real. Seu tom de voz confirma.

– Eu...

– Você foi um cuzão – ele rebate.

– Sim. Mas também sinto muito.

Ele não tem uma resposta para isso.

– Ignorei suas mensagens – continuo. – E...

– Minhas ligações.

– E suas ligações.

– E minhas DMs.

– E suas DMs. E isso foi muito zoado da minha parte.

– Zoado mesmo.

– E eu trouxe uma coisa para mostrar que me arrependi. – Entrego a ele um vale-presente do cinema no CELM no valor de vinte e cinco dólares. – Os próximos três filmes são por minha conta, com doces inclusos.

Ele pega o vale da minha mão e passa os olhos pelo texto no cartão antes de cruzar os braços.

– O que faz você achar que pode comprar o meu perdão?

Penso por um segundo antes de franzir o cenho, pensativo.

– Seu amor por cinema?

Ele empurra o vale-presente contra o meu peito.

– Sei que a coisa toda do e-mail foi horrível. Tipo, muito, muito ruim mesmo. Mas, sério, por que você tem me ignorado?

Dá pra ver que ele está confuso de verdade. E irritado. E magoado.

Outra onda de culpa toma conta de mim.

– Não estava a fim de falar com ninguém. Pode perguntar pra Bree. Nem com ela eu estava falando.

– Por quê?

– Porque eu estava envergonhado.

– Do quê?

Arregalo os olhos para ele.

– Você não viu minha parede de ideias?

Ele abre um sorriso.

– Beleza, aquela coluna do KKKK NEM SONHANDO? Foi bem engraçada até.

– Não. Não foi mesmo.

Seu sorriso se desfaz.

– Desculpa.

– É só que… – Engulo em seco. – Eu sou gay. Mas…

– Sério? – Ele suspira, cobrindo a boca e fingindo surpresa. – Você? *Gay?*

Reviro os olhos.

– Mas nunca falo sobre isso com você. Sobre coisas *gays*. Eu só… sei lá. Achei que aquelas ideias na parede iriam te assustar.

– Cara! Por que me assustariam? Bree me disse que vocês dois passaram um bom tempo pensando naquelas ideias. E, para ser sincero, fiquei meio chateado por ter sido deixado de fora. Achei a parede épica!

– É que caras héteros geralmente se assustam com coisas gays!

– Sky. – Ele olha diretamente nos meus olhos e se recusa a piscar. É meio intenso, até. – Eu não sou um *cara hétero* qualquer. Sou o Marshall. Lembra de mim? Seu melhor amigo? Você pode falar comigo sobre qualquer coisa.

– Tudo bem.

– Até mesmo suas coisas gays.

– Tudo bem.

– Principalmente suas coisas gays.

– Beleza.

– Seja *gay* comigo, Sky.

– Cala a boca.

Rimos um pouco, mas voltamos a ficar em silêncio em seguida. O grave da música da Sofi Tukker continua vibrando no carro da Bree, e a chuva apertou, respingando na varanda dos Jones. Mas uma inquietação silenciosa começa a flutuar entre nós dois. Como se houvesse mais alguma coisa a ser dita.

– Eu entendo. – Marshall se apoia contra a porta, e então me olha daquele jeito, como se eu devesse entender exatamente sobre o que ele está falando.

Normalmente, entre nós dois, eu entenderia.

Mas hoje não.

– O que você entende?

– Entendo por que você não se sente confortável, ou até mesmo seguro, sendo você mesmo no meio de outros caras héteros. – Ele estica o queixo em direção ao carro da Bree e sorri. – É meio que o mesmo motivo pelo qual eu não faço uma coisa dessas.

Olho para o meio-fio. Bree nos observa intensamente do banco do motorista, comendo as sobras da minha pizza. Ali está dançando no banco de trás, alheio ao mundo exterior.

– O quê? Dirigir sob o efeito de pizza? – pergunto.

– Não. Estou falando sobre tocar música alta no carro em Rock Ledge.

Revezo o olhar entre Marshall e Bree. Estou ainda mais confuso.

– Como assim?

Ele suspira.

– Acho que você não percebe as pequenas coisas que faço todo dia para evitar... – ele tem dificuldade de achar as palavras certas – ...para evitar confusão.

– Não estou entendendo.

Ele balança a cabeça, frustrado.

– Cara. Você acha mesmo que as pessoas reagiriam da mesma forma se fosse *eu* – ele aponta para o próprio rosto – tocando música alta enquanto dirijo pela cidade? Como você acha que a *polícia* reagiria? Por que outro motivo eu evitaria aumentar o volume quando estou no carro?

– Ahhhh.

– Pois é.

Argumento válido. Muito válido mesmo.

De repente, as preocupações constantes do Sr. Jones toda vez que o filho sai de casa fazem muito mais sentido. Eu e Bree fomos estúpidos de não termos percebido antes – principalmente sendo os melhores amigos dele.

O que mais não estou percebendo?

Tipo, Marshall não sabe que ando de um jeito *mais hétero*, segurando meus livros de um jeito *mais hétero* quando passo pelo Cliff no estacionamento do colégio, só para evitar confusão. Esse é um dos meus pequenos gestos. Que outros pequenos gestos do Marshall continuam invisíveis para mim?

– Meu ponto é: – continua ele – entendo que você se sente travado comigo às vezes por causa das suas coisas gays. Mas você não precisa se sentir assim. Só isso.

Sorrio, assentindo.

– Tudo bem.

– Você é meu melhor amigo.

– Digo o mesmo.

Espero ele empurrar meus ombros, ou dar um tapão nas minhas costas como sempre faz com seus amigos do atletismo, ou soltar uma piada idiota para aliviar a conversa mais séria que já tivemos na vida. Mas ele não faz nada disso. Ele só me puxa para um abraço.

– Desculpa por ter te ignorado essa semana – digo ao ouvido dele. – Foi bobagem minha. Você tem razão. Você não é um cara hétero idiota qualquer. Você é o Marshall.

– Sinto muito pelo que aquele idiota que hackeou o e-mail disse sobre você.

– Awn! – Bree grita sobre o som da chuva, abrindo a janela do carro conforme me afasto de Marshall. – Por que vocês não são fofos assim um com o outro o tempo todo? Quero mais disso, por favor!

– De onde é essa pizza? – grita Marshall.

– Fomos ao Bella's – respondo.

Ele me entrega um chiclete de canela, a confirmação oficial de que estamos de boa.

– Pois é, senti seu bafo de alho. Mas… Bella's? Aquele restaurante em Traverse City?

– Esse mesmo.

Ele aperta os olhos em direção ao carro e se volta para mim.

– Por que o Ali está dançando no banco de trás?

Coloco o chiclete na boca.

– Vem comigo.

Tá aí uma coisa que eu nunca achei que veria: Marshall e Ali sentados no futon do meu quarto, encarando a parede de ideias em toda a sua glória apavorante. A expressão de Ali se divide entre confusão e fascinação. Marshall se esforça ao máximo para não rir.

— Fala o que você quer falar — sussurro. — Anda logo, põe pra fora.

Marshall suspira.

— Não é à toa que você nunca me trouxe aqui embaixo — diz ele. — Eu já tinha visto no e-mail, mas é... é muito melhor pessoalmente.

Olho para Bree, parada do outro lado, recostada na parede. Ela dá de ombros para mim, meio tímida.

— Só para deixar claro, eu já te superei cem por cento — enfatizo para Ali. — Sem ofensa.

— De boa, Sky High — responde ele, franzindo as sobrancelhas enquanto lê a lista. — Basquete ou Baile? Não vi esse na foto que enviaram. Que ideia é essa?

— Ai, meu Deus. — Bree solta a respiração e esfrega a testa.

Ali suspira.

— Peraí... como deixei passar "MEGAN FOX DRAG" no e-mail? Você ia me convidar para o baile montado de drag? De *Megan Fox*?

— Como você pode ver, não — assegura Bree, mostrando que a ideia está na coluna KKKK NEM SONHANDO. — Essas ideias são engraçadas *de propósito*. Não é pra ficar se achando.

— Eu provavelmente teria dito "sim" para essa, na real — comenta Ali, lançando uma piscadinha para mim. — Aliás, o que é um bolo de esponja do Bob Esponja?

– Chega! – Me movo para bloquear a vista da parede.

Marshall e Ali resmungam em desaprovação.

– Temos muito trabalho pela frente – diz Bree, se aproximando para me ajudar a cobrir a parede. – Precisamos decidir como vamos dar o troco Naquele Que Não Deve Ser Nomeado.

– Ele quem? – pergunta Ali.

– Cliff – respondo.

– Ele é apaixonado pela Bree, mas ela vive dando foras nele – explica Marshall, tirando pelos da Louise do seu suéter. – Ela se recusa a dizer o nome dele.

Ali se vira para ela.

– Sério?

Bree fica vermelha.

– Beleza, então – digo, dando continuidade à conversa, porque sei que Bree odeia falar sobre isso. – Nossa teoria é a seguinte: Cliff estava superirritado com os foras da Bree. Mexer com a newsletter seria um jeito de mexer com *ela* através da *gente*, o melhor amigo gay e você.

– Um cara de pele marrom – confirma Ali.

– Exatamente.

– Só que tem um pequeno problema com essa linha de raciocínio – diz Ali, descendo do futon e se sentando no chão para fazer carinho em Louise. – Cliff não conseguiria hackear a newsletter. Ele não está na turma do Anuário.

– Ele também não estava na festa do Ali para tirar a foto de vocês dois no sofá – acrescenta Marshall. – E como ele teria conseguido uma foto da parede?

– É isso que a gente precisa descobrir – afirma Bree de forma desafiadora. – Porque foi ele. Só *pode* ter sido ele.

Ali e Marshall se entreolham e concordam em embarcar na teoria. Pelo menos por enquanto.

– Vamos começar pela foto da parede – diz Ali. – Cliff já veio aqui embaixo alguma vez?

Bree solta uma gargalhada.

– Definitivamente não.

– Então, quem já veio aqui desde que vocês dois começaram a anotar as ideias na parede?

– Petey e Ray... – sussurra Marshall.

Bree ri de novo.

– Aqueles dois não conseguem nem digitar a senha do portão da garagem, que dirá invadir o sistema do Memórias.

– Eles com certeza não fariam isso – digo, só para deixar registrado, lembrando de como os gêmeos foram gentis comigo, me entregando comida a semana inteira, junto com os bilhetes adoráveis do Ray com lembretes do meu aniversário de *18!* anos.

– Clare? – prossegue Marshall.

– Clare *é capaz* de hackear um e-mail – digo, olhando para Bree.

– Mas qual seria a motivação dela? – pergunta Bree. – Ela só tem dois objetivos na vida: cozinhar com a Hanna Hart e dar uns pegas no Donald Glover.

– Além do mais, a Clare não faria uma coisa dessas comigo, certo? – pergunto, só para confirmar.

– Claro que não.

– Acredito que seus pais sejam inocentes também – comenta Ali.

Bree o fuzila com o olhar.

– Só confirmando... – Ele morde o lábio, pensativo. – Quem mais?

Ficamos em silêncio.

– Ninguém, na real – diz Bree, frustrada. – Vocês dois são os únicos amigos que eu e Sky recebemos em meses. Ninguém vem aqui embaixo por causa da reforma.

– E o pessoal da obra? – pergunta Marshall, dando de ombros.

– Como assim?

– Seu pai não tinha contratado umas pessoas para colocar as paredes de gesso e o piso da sala de recreação?

– Meu pai diz que é a *caverna* dele – esclarece Bree, revirando os olhos. – Mas bem lembrado. Teve, tipo... uns quatro caras que trabalharam aqui, mas faz tempo que não vejo nenhum deles. – Ela olha para mim. – E você?

Paro pra pensar. Faz um tempo mesmo. Me lembro que, perto do Ano-Novo, um deles quase me pegou assistindo a um pornô e vestindo meu pijama do Grinch. Que vergonha! Mas, tirando isso, não sei ao certo.

– Faz pelo menos algumas semanas, acho. A não ser que eles trabalhem aqui enquanto estamos no colégio.

Bree pega o celular e faz uma chamada.

– Está ligando pra quem? – sussurra Ali.

– *Bree?* – Ouço o pai dela do outro lado da linha, com o canal de esportes no último volume ao fundo, enquanto ela coloca a ligação no viva voz.

– Oi, pai.

– *Cadê a garotada toda?*

– Aqui embaixo, no quarto do Sky.

– *Ah, sim!* – Ele faz uma longa pausa. – *E o Sky está de boa perto do Ali?*

Enfio o rosto no meio das mãos. Ali e Marshall começam a rir.

– Pai! Você tá no viva voz!

– *Poxa, mas o Sky sabe que estou só brincando. Né, Sky?*

– Sim, senhor Brandstone – respondo entre os dedos.

– *Viu só?*

– Cedo demais, cara – murmura Marshall enquanto levanto a cabeça. – Cedo demais.

– Enfim – continua Bree. – Quem tem trabalhado aqui embaixo?

– *Aqui embaixo onde?*

– No porão.

– *Do que você está falando?*

– Quem são as pessoas que você contratou para fazer as paredes e o piso da sua caverna?

– *Ah. Chamei alguns dos funcionários do Jerry.*

– Quem é Jerry?

– *Jerry, meu amigo. Jerry Wing. Ele tem uma firma de construção na Brown Street, perto do posto de gasolina.*

– E qual o nome?

– *Qual o nome do quê?*

– Da firma de construção do Jerry, pai. Acorda, por favor.

– *Não sei. Você vai ter que perguntar pro Jerry.*

– Obrigada. Era só isso.

– *Clare fez sopa de mariscos, se vocês estiverem com fo…*

Bree desliga a chamada.

Marshall pega meu notebook. Me sento ao lado dele no futon.

– O que você está pesquisando? – pergunta Ali.

– Quem é esse tal de Jerry.

Marshall acessa o perfil do Sr. Brandstone no Facebook – a última postagem que ele fez foi há quatro meses: *Caramba, Spartans! –*, clica na aba de amigos e busca por "Jerry Wing".

– "Proprietário da Construtora Wing" – lê Marshall em voz alta depois de encontrar o perfil de Jerry. Ele clica na página da Construtora Wing enquanto Bree senta no meu colo para também enxergar a tela.

– Reconhecem alguém? – pergunta Marshall, passeando pela página da empresa. Há algumas fotos da modesta sede da Construtora Wing na Brown Street e uma dúzia de selfies sem sentido de Jerry, que parece adorar usar viseiras.

– Peraí – diz Bree, apontando para uma das imagens. – Clica nessa aqui.

Na foto, há um monte de funcionários sorrindo ao lado de um enorme buraco no chão que, ao que parece, foi cavado por eles.

– Esses dois caras já vieram muito aqui! – comenta ela, olhando para mim. – Né?

– Sim – respondo, me inclinando para ver melhor o rosto deles. O que quase me pegou vendo pornô parece ter uns sessenta anos, sem nenhuma cara de quem estaria envolvido na invasão de um e-mail do Ensino Médio, mas o outro é um cara alto e forte, com uma longa barba ruiva, que parece ser um pouquinho mais velho do que a gente. – São eles.

Marshall passa o mouse por cima do Barba Ruiva e clica no perfil marcado.

Rence Bloomington.

Rence tem um amigo em comum com Marshall: Clare Brandstone. Bree grita, pegando o celular novamente; dessa vez para ligar pra irmã.

– *Que foi?* – Clare atende.

– Quem é Rence Bloomington?

– *Quem?*

– Rence Bloomington.

Ela faz uma pausa.

– *O ruivo que está instalando o piso do porão?*

– Sim. Foi assim que você conheceu ele? Do trabalho que ele está fazendo aqui em casa?

– *Ele se formou um ano depois de mim.*

– Vocês são amigos? Tipo, na vida real?

– *Na verdade, não.*

– Ha! Ha! – Marshall grita, apontando para a tela do computador. Ele pesquisou pelo sobrenome "Norquest" nos amigos do Rence, e dois perfis apareceram: Denise e Cliff.

Denise e Cliff Norquest.

– Mentiraaaaaa! – exclama Bree, sorrindo feito boba enquanto encara a tela. – Clare, quem é Denise Norquest?

– *Você está no porão?*

– Sim.

– *Bree! Sério? Larga de ser preguiçosa! Vou desligar...*

– Peraí! É importante! Você conhece alguma Denise Norquest?

– *Sim. Ela é prima do Rence.*

Nós quatro nos entreolhamos.

– *Por quê?* – pergunta Clare.

– Você sabe quem é Cliff Norquest?

Ela faz uma pausa.

– *Não é aquele idiota no time de luta greco-romana?*

– Isso.

– *Sim, é o irmão mais novo da Denise.*

– Eu não sabia que Cliff tinha uma irmã mais velha! – Bree sussurra só pra gente. – Então quer dizer que Cliff Norquest é primo do Rence?

– *Levando em conta que é assim que as famílias funcionam, sim.*

– Ai, meu Deus.

– *Que diabos está acontecendo, Bree?*

– Não importa.

– *Vem aqui em cima. Eu fiz sopa de mariscos...*

Bree desliga.

– Caaaaaaaara! – exclama Ali.

– Nossa – diz Marshall, balançando a cabeça lentamente. – Então foi *mesmo* o Cliff Norquest.

– Xiuuuu – sussurra Bree, erguendo o dedo enquanto digita outro número.

– *Bree!* – O pai dela atende um segundo depois. – *Deixa de bobeira agora!*

135

– Só mais uma pergunta! Quando foi a última vez que os caras lá da firma do Jerry vieram aqui para trabalhar?

– *Não sei, Bree. Por que você não sobe e conversa comigo feito uma pessoa normal?*

– Já faz um tempinho, não faz?

– *Sim, algumas semanas. No começo eles vinham quase todo dia, mas tivemos que suspender tudo por um tempo por causa da indecisão da sua mãe, que ainda está repensando o que fazer no espaço na frente da escada. Te contei o que ela queria fazer? Está tentando me fazer desistir da ideia da caverna e…*

– Pai, foco.

– *Ah, tudo bem. Deixa eu pensar… a última vez que eles vieram foi numa terça, disso eu lembro. Então deve ter sido… na terça retrasada?… É. Isso mesmo. Foi nesse dia.*

– Peraí. – Bree fecha os olhos e sacode a cabeça. – Repete.

– *O último dia em que eles vieram trabalhar foi quando o Petey vomitou a moqueca de camarão da Clare na aula de natação. Isso foi há três semanas.*

– Então significa que… – Bree olha para a parede de ideias. – Na última terça, a contagem regressiva estaria em… – Ela para pra pensar. – Dezoito dias. E duas semanas antes…

– Trinta e dois dias – Marshall completa as contas dela, encarando meu computador.

Ele abre o e-mail com as duas fotos. Me encolho porque não vejo aquilo desde o incidente com as panquecas de mirtilo.

– Na última vez que eles trabalharam aqui embaixo – continua Marshall, mostrando a tela do computador para mim, Bree e Ali –, a contagem regressiva estaria em trinta e dois dias. E olha…

Lá está. A prova nos encarando à plena vista. A contagem regressiva que aparece na foto do e-mail hackeado marca trinta e dois dias. Faz sentido; a ideia "Basquete ou Baile?" que Bree inventou recentemente não aparece na foto.

– *Bree?* – o pai dela chama depois que caímos em completo silêncio. – *O que aconteceu? Você vai subir para tomar sopa de mariscos ou…*

Ela desliga.

– Eu te disse! – Ela cerra o punho e soca o ar em triunfo, como se tivesse acabado de vencer uma maratona. – Eu te *disse* que foi o Cliff!

– Rence deve ter fotografado a parede enquanto Sky estava no colégio – recapitula Ali em voz alta. – E mostrou a foto para o primo.

– Caso resolvido, né? – diz Marshall, fechando o notebook. – Vamos falar pra Winter na segunda? Vamos acabar com ele?

– Não, não, não – rebate Bree, andando de um lado para o outro de cabeça baixa enquanto pensa. – Se vamos entregar essa prova, precisamos acertar todos os pingos nos Ts e traços nos Is.

– Você quer dizer pingos nos Is e…

– Sim, sim, que seja.

Imagino a lista mental que criei com todas as características que o culpado deveria ter.

~~De alguma forma, a pessoa conseguiu uma foto da minha parede.~~

De alguma forma, a pessoa acessou o Memórias e hackeou o e-mail.

De alguma forma, a pessoa tirou nossa foto juntos na festa do Ali.

Uma já foi. Faltam duas.

Estou empolgado – mas, ao mesmo tempo, apavorado. Um completo estranho entrou no meu quarto só para me humilhar. Quem faria uma coisa dessas? Será que foi o Cliff quem pediu pra ele? Será que os dois estavam tramando pelas minhas costas desde que me mudei para a casa dos Brandstone e o Rence descobriu que eu sou o gay que seu primo tanto odeia? De uma forma ou de outra, a ideia é assustadora.

E eu estou pronto para me vingar.

– Posso só perguntar uma coisa? O que deu em você, Sky High? – Ali sorri, provavelmente percebendo minha sede de sangue. – Bree comentou que você passou a semana toda no fundo do poço por causa do e-mail. Está na cara que alguma coisa mudou.

– Isso mesmo – concorda Marshall, jogando uma almofada em minha direção. – Aquela pizza do Bella's deve ter algum ingrediente muito bom. Dá pra ver o fogo nos seus olhos. Você quer a cabeça do Cliff numa bandeja de prata.

Hesito em compartilhar qualquer coisa sobre nossa manhã em Traverse City, porque falar sobre meu pai é coisa rara. Mas não quero mais guardar segredos. Já deu.

Solto o ar lentamente antes de começar.

Conto sobre o anuário da Sra. Brandstone e sobre Charlie. Sobre como não sei muito a respeito do meu pai, mas, seja lá por qual motivo, alguma coisa acendeu dentro de mim ao descobrir que um dia ele achou seu melhor amigo gay o cara mais durão de todos. Sobre como preciso ser durão também.

Levanto os olhos depois de falar tudo de cabeça baixa.

– Desculpa.

Bree, Ali e Marshall me dão o mesmo sorriso acolhedor.

– Não peça desculpas – diz Bree, chorando um pouquinho.

– Vamos pegá-lo – continua Marshall, jogando mais uma almofada em mim, só de brincadeira. – Vamos deixar seu pai orgulhoso.

– Bree! – grita o Sr. Brandstone do topo da escada. – Vamos guardar a sopa! Se quiserem comer, subam agora!

– Tudo bem! – Bree grita em resposta. – Já estamos indo.

Permanecemos em silêncio por um minuto. Embora ninguém esteja dizendo nada, dá para ver que cada um de nós está assimilando a missão que acabamos de criar para nós mesmos. A missão de acabar com Cliff Norquest.

– Então… a sopa de mariscos da Clare é bem boa, na real – diz Bree finalmente, num sussurro. – Alguém está com fome?

– Que pergunta! – provoca Marshall, se levantando e se espreguiçando.

– Sim – respondo. Bree comeu o resto da minha pizza, então estou com fome também.

– Peraí – diz Ali. – É só isso?

– Como assim? – suspira Bree.

– Vamos parar por aqui? – exclama Ali. – Você me prometeu *vingança*, Brandstone. É por isso que estou aqui. Pra me vingar do Cliff Norquest.

– Você já tem algo em mente?

– Depois da sopa – diz ele, sorrindo enquanto limpa os pelos de Louise de sua roupa. – Precisamos sair e comprar camisetas brancas e marcadores permanentes.

Bree entra com o carro no estacionamento do colégio na segunda-feira, e estamos prontos para tacar fogo nesse lugar de uma vez por todas. Não literalmente. Óbvio. Mas parece que é isso que estamos prestes a fazer.

— Isso não é loucura? — pergunto pelo que deve ser a décima vez desde sábado, olhando para minha camiseta, que é *muito mais gay* do que a rosa de botão que vesti na festa do Ali. Aquela não chega nem perto.

— Não — Bree me garante, também pela décima vez. Ela ri, um pouco maquiavélica demais para conseguir me acalmar, e bebe um gole de chocolate quente. — Tá legal, talvez seja um pouquinho louco. Mas bem pouquinho mesmo.

Solto um gemido.

— Mas como é mesmo aquele ditado? — pergunta ela, enquanto o carro bate de leve no meio-fio à nossa frente. — Mulheres comportadas quase nunca fazem história? Bem, nós vamos entrar para os livros de História, Sky!

Entro em pânico, me esticando para pegar um dos casacos largos da Bree para vestir por cima da camiseta.

— Vai que…

— Não! — Ela puxa o casaco da minha mão. — Vai que *o quê*? Você tem que fazer isso, Sky. *Nós* temos que fazer.

— Acho que vou vomitar.

— Se isso acontecer, estarei do seu lado segurando seu cabelo.

— E se o Ali der pra trás no último minuto?

– Ele não vai fazer isso.

– E se o Marshall der pra trás no último minuto?

– O Marshall muito menos.

– E se o Cliff...

– Vai dar tudo certo.

– Como você sabe?

– Você perdeu tudo o que aconteceu na semana passada, cara. – Ela sorri para mim. – Está todo mundo do seu lado agora.

Respiro fundo e encaro o inferno heterossexual onde, na semana passada, jurei nunca mais colocar os pés.

Está todo mundo do seu lado agora.

– Beleza. – Minha respiração abafada embaça o para-brisa enquanto a chuva molha o vidro do lado de fora. – Vamos nessa.

Começamos a passar pelos alunos no estacionamento. Nada de estranho acontece. Nenhum olhar desconfortável, ninguém reparando na minha camiseta ou na da Bree.

– Você está bem? – sussurra Bree quando chegamos perto da entrada, protegidos por seu guarda-chuva.

– Acho que sim.

Então nós entramos.

A primeira aula começa em dez minutos, e os corredores estão hiperlotados. Parece existir um campo magnético que atrai os olhos dos alunos na nossa direção. E quem repara na gente *com certeza* repara nas nossas camisetas.

Não dá mais para voltar atrás.

– Sky! – grita um cara chamado Roy. – Seja bem-vindo de volta!

– Mandou bem, Sky! – grita em aprovação, conforme passamos, uma garota que acredito ser do segundo ano e integrante do clube de debate. – Amei as camisetas, gente.

Como ela sabe meu nome?

Sorrio em agradecimento.

– Continua tudo bem? – sussurra Bree, cutucando minha costela. Mais olhares, mais sorrisos, mais aprovação.

– Sim – respondo, cutucando-a de volta. Acho que estou falando a verdade.

Meu coração está a mil, minhas mãos, suando, e uma voz no fundo da minha cabeça me manda correr de volta para o carro da Bree e esperar lá até o dia acabar. Porém, uma voz mais alta – a do meu pai, como gosto de imaginar embora não me lembre como era – me diz que vai ficar tudo bem.

– Sou durão também – sussurro para mim mesmo.

– Quê? – pergunta Bree.

– Nada.

Assim como planejamos, entramos no banheiro masculino ao lado da sala de fotografia, aquele que ninguém usa.

– Ali? – digo, a voz trêmula ecoando pelas cabines vazias e pelo chão de azulejo. Não vejo ninguém aqui.

– Marshall? – chama Bree em seguida.

Por um segundo apavorante o banheiro fica em silêncio, até que...

– Oi! – responde Ali de trás de uma das portas verde-menta das cabines.

Eu e Bree nos entreolhamos aliviados. Ao menos um deles não desistiu.

– Graças a Deus – suspiro.

– Graças a Deus por quê? – pergunta Ali.

– Eu não sabia se vocês iriam até o fim com isso.

– As camisetas foram ideia *minha*, Sky High. Achou que eu ia amarelar?

Ele sai da cabine usando sua camiseta também.

Marshall entra pela porta do banheiro no momento seguinte, levemente sem fôlego.

– Foi mal, me atrasei. Meu pai me mandou limpar o quarto antes de sair. – Ele tira sua jaqueta impermeável, revelando a camiseta.

Nós quatro vamos fazer isso. Está acontecendo de verdade.

Caramba.

Nos viramos para o espelho juntos, lado a lado. Vejo meu reflexo esguio diminuído ao lado da postura forte de Ali, suas sobrancelhas cheias e volumosas ao lado das minhas, castanho-claras. À minha esquerda, o cabelo espesso de Bree cai sobre seu peito, bloqueando algumas das letras que estão visíveis na camiseta dos outros. E, depois, Marshall, orgulhoso ao lado de Bree, sendo o melhor amigo hétero que um garoto gay poderia pedir.

Em nossas camisetas brancas está escrito FALTAM 12 DIAS com marcador permanente na altura da barriga – assim como a contagem regressiva na parede do meu quarto neste exato momento.

Porém, na altura do peito, as mensagens são um pouquinho diferentes em cada uma delas.

A minha diz GAY PELO ALI em vermelho.

Na da Bree e do Marshall, GAY PELO SKY, em azul e verde.

E a do Ali diz NÃO SOU TERRORISTA, MAS SOU GAY PELO SKY em roxo.

Se Cliff achou que iria me calar – *nos* calar –, achou errado.

– Não acredito que isso está mesmo acontecendo – digo, sentindo arrepios pelo braço.

– Eu acredito – rebate Ali, abrindo um Sorriso do Ali. Ele coloca o braço em volta do meu ombro e segura o celular para tirar uma foto de nós quatro.

– Temos que correr – diz Bree, olhando para o próprio celular.

Marshall sacode meu ombro, como se estivesse incentivando um jogador antes da partida mais importante da temporada. Ali solta um gritinho empolgado.

Nós quatro marchamos até o corredor C, onde Cliff sempre fica com os amigos antes da primeira aula. Não planejamos dividir a multidão de alunos ao meio, mas isso acaba acontecendo.

Alguém começa a aplaudir, o que é meio engraçado, mas faz com que eu me sinta durão. Outros ficam surpresos, tipo, de verdade. Meia dúzia de calouros riem, meio chocados. Mas a maioria apenas nos encara com um sorriso curioso no rosto.

– Acaba com eles, Sky.

– *Caraaaaamba.*

– Puta merda…

– Também sou gay por você, Sky!

Vejo Dan ao lado do seu armário aberto. Ele assente quando passamos, sem medo de fazer contato visual comigo agora.

Ainsley e Teddy nos esperam ansiosos perto do bebedouro. Marshall deve ter contado a eles sobre nosso plano, porque as primeiras aulas dos dois são do outro lado do prédio – eles não estariam aqui se não quisessem ver o que vai rolar.

– Uhuuul! – grita Ainsley, dando um tapinha na bunda do Marshall quando ele passa. – Amei!

– Mandaram bem – diz Teddy, acenando para mim e para Bree.

Friozinho no estômago. De novo.

Por causa do Teddy.

Não olho para o Cliff conforme nos aproximamos. Ele não merece meu olhar. Mas sei que ele vê nossas camisetas. Dá para perceber pelo jeito como está sem palavras.

Nunca me senti tão durão quanto agora.

Achei que a poeira teria baixado antes da reunião do Anuário à tarde, mas não é bem assim que acontece. A turma inteira se junta em volta de Bree, Ali, Marshall e eu como se fosse uma coletiva de imprensa. Parece que vão colocar uns microfones na nossa frente a qualquer momento. Mas é legal até. Não é como se nós não estivéssemos pedindo por isso.

– Estou obcecada por essas camisetas.

– Quem teve a ideia da contagem regressiva? O Marshall?

– Vocês são doidos!

– Então, Ali – diz Dustin York com um sorriso malicioso –, você vai dizer "sim" quando o Sky te convidar pro baile daqui a doze dias? É isso que está rolando?

– As camisetas são *simbólicas* – respondo rapidamente, balançando a cabeça. – Eu e Ali não vamos ao baile juntos. As camisetas são para mandar uma mensagem: quem quer que tenha hackeado nosso e-mail não vai conseguir nos calar. Só isso.

– E todo dia, até a Festa dos Formandos na Praia, vamos usar uma nova camiseta com a contagem regressiva – diz Marshall com um sorriso. – Então é melhor vocês se acostumarem.

Todo mundo ri com empolgação.

– Quem invadiu o e-mail, afinal? – pergunta Christina. – Já sabemos quem foi o idiota que fez isso?

– O diretor Burger está investigando – responde Winter, entrando na sala de aula. – Todos sentados.

O bando se espalha, cada um correndo para seu respectivo computador.

– Seja bem-vindo de volta, Baker – diz Winter e, se inclinando quando ela passa para que apenas nós possamos ouvir, completa: – Muito interessante a escolha de vestimenta de vocês quatro.

– A cor da minha combina com a minha aura – explica Ali, apontando para as letras roxas sobre seu peito e piscando os olhos. Hoje ele decidiu se sentar perto de Bree, Marshall e eu. Pela primeira vez.

– Ah! – Bree salta e gesticula para que a gente se aproxime para ouvir no meio de toda aquela conversa e arrastar de cadeiras no chão. – Alguém deveria conversar com a Carolyn hoje!

– Por quê? – pergunta Marshall.

– Porque ela estava com o Ali e o Sky lá no porão durante a festa, quando alguém tirou a foto – responde ela, olhando para mim. – Você comentou isso comigo, não foi?

Me esqueci que tinha contado isso para Bree. Mas, a julgar pelo quanto ela estava bêbada naquela noite, Carolyn deve ter esquecido também.

– As camisetas são divertidas e tal – continua Bree. – Mas precisamos manter o foco na Operação Detonar Aquele Que Não Deve Ser Nomeado. Carolyn é uma peça-chave para conseguirmos mais provas.

– Podemos escolher um nome mais resumido? – pergunta Ali.

– Como?

– Operação Detonar Aquele Que Não Deve Ser Nomeado? Isso tem, tipo, umas cinquenta palavras, Bree.

Bree o ignora.

– Só estou dizendo que alguém precisa conferir se a Carolyn sabe alguma coisa sobre a foto.

– Isso vai ter que esperar – murmura Marshall, virando a tela de seu celular em nossa direção.

Vejo uma postagem de vinte minutos atrás no Instagram da Carolyn – cabelo desgrenhado, jogada na cama ao lado de uma pilha de lenços usados – com a legenda *Não sabia que era possível se sentir tão mal assim #OremPorMim #GripeSazonal #DodóiEmCasa* 😷. É meio engraçado, levando em conta que Carolyn posta selfies fazendo biquinho e cheias de filtro noventa e nove por cento das vezes.

– Caramba – diz Bree. – Será que é falta de educação aparecer na casa dela enquanto ela está doente?

– Sério? – Marshall inclina a cabeça para o lado. – Você faria isso?

– *Brincadeirinha* – garante Bree, se virando para o computador. – Mais ou menos.

– Vamos mandar mensagem e perguntar se ela viu alguém tirando nossa foto – diz Ali, pegando o celular.

– Não! – Bree empurra o aparelho para baixo. – Não podemos deixar rastros em mensagens.

– Hã?

– Não queremos que Aquele Que Não Deve Ser Nomeado fique sabendo, certo? – Bree abaixa o tom de voz. – Não que eu não confie na Carolyn, mas precisamos ser espertos. Não podemos deixar rastros de que estamos de olho nele.

– Entendi. Podemos ligar, então – rebate Ali.

Bree faz uma careta.

Marshall concorda.

– Perguntar pessoalmente me parece mais seguro.

– Precisamos ser pacientes, por mais difícil que seja – sussurra Bree. – Carolyn não vai ficar gripada pra sempre.

Estou rindo de desespero com meus prazos atrasados no Anuário depois de passar uma semana inteira me arrastando pelos cantos com Thelma e Louise. Mas encontrar a habilidade de focar em qualquer coisa que não seja a Operação Detonar Aquele Que Não Deve Ser Nomeado é praticamente impossível. Antes que eu me dê conta, o sinal já tocou e eu mal encostei no trabalho.

Winter me chama até sua mesa. Marshall, Bree e Ali vão embora sem mim, respondendo mais perguntas sobre as camisetas enquanto saem.

– Queria ver como você está – diz Winter, arregaçando as mangas do suéter.

Ela fala mais alguma coisa, mas meu cérebro desliga por um segundo quando vejo uma mensagem surgir na tela do meu celular. Uma mensagem do Gus.

Oi. Preciso falar com você.

Droga.

Gus ficou sabendo do e-mail. Provavelmente já deve saber das camisetas também. Apesar de ter abandonado a mim e à minha mãe quando se mudou para a capital depois do Ensino Médio, Gus continua preso nas fofocas de Rock Ledge. Algumas pessoas podem até sair fisicamente da cidade, mas se mantêm entranhadas aqui, independentemente da distância. Gus é uma delas.

Ele não me mandaria mensagem se não tivesse sido afetado de alguma forma pelo e-mail ou por essas camisetas. Eu praticamente morri para ele – a não ser que minha existência se torne inconveniente.

– Baker? – pergunta Winter depois do meu silêncio. – Está tudo bem?

– Ah, sim – digo, forçando um sorriso e guardando o celular no bolso. – Desculpa, o que você disse?

– Só perguntei como você está lidando com tudo.

– Semana passada foi horrível.

– Imagino.

– Mas estou bem.

– Tem certeza?

– Sim.

– Certo. Então, as camisetas... – Um sorriso toma conta do rosto dela. Ela espera, torcendo para que eu comece a explicar.

– As camisetas são para mandar uma mensagem para quem quer que tenha feito aquilo. Ninguém vai me intimidar para que eu passe o resto do meu último ano letivo escondido.

– Certo. – Seus olhos encaram meu peito. – Gostei da mensagem.

– Obrigado.

– O diretor Burger prometeu que vai solucionar o caso.

– Tenho certeza de que vai – digo com sarcasmo. Porque o Burger é um idiota que não conseguiria identificar o Ronald McDonald numa fileira de suspeitos.

Ela sorri antes de se virar para uma planilha no computador.

– Vou ignorar os seus prazos atrasados da semana passada, aliás.

– Ah, muito obri...

– Mas – ela me interrompe – você precisa correr atrás do prejuízo. Páginas em branco no anuário? Sem chance.

Ela afasta alguns papéis, revelando uma mancha enorme na mesa. Puxo o ar em desespero, encarando o borrão roxo.

– Isso aí é do…

Ela solta uma risada, coisa rara.

– Sim.

– Desculpa.

– Está tudo bem. Por incrível que pareça, limpar vômito de panqueca não foi a coisa mais nojenta que já tive que fazer trabalhando neste colégio.

Estou morrendo de vergonha.

E ela percebe.

– De qualquer forma, eu já estava precisando de uma mesa nova, Baker. Não precisa se preocupar.

Ela me entrega a correção de uma das minhas páginas do anuário. Está completamente destruída por marcações feitas em caneta vermelha, e de certa forma estou irritado e agradecido que Winter ainda pareça ter as mesmas expectativas altas sobre mim que tinha duas semanas atrás.

– Termine seu último ano com força total – ela me alerta com seu tom de sempre. – Você deve isso a si mesmo.

Assinto em concordância.

– Estou feliz de te ter de volta, Baker.

Nunca poderia imaginar isso na semana passada, mas também estou feliz.

Seguindo a onda desse otimismo recém-descoberto, decido ligar para o consultório do Charlie entre uma aula e outra para deixar uma mensagem pedindo desculpas pelo que fiz. Apesar de ele ser tão desconhecido para mim como, sei lá, os funcionários do cinema do shopping, ter ido embora correndo no sábado foi muita falta de educação. Ele parece ser um cara genuinamente legal, que merece mais do que uma despedida às pressas, e tenho certeza de que meu pai concordaria com isso.

O consultório dele é fácil de encontrar no Google.

– Centro Dermatológico – atende a recepcionista.

– O doutor Washington está?

– Você já é paciente dele?

– Hum, sou meio que… um amigo. – Peraí. Não sou um amigo. O que eu sou do Charlie? – Hum, amigo da família. Mais ou menos.

148

A recepcionista ri.

– Ele e meu pai são amigos – consigo enfim articular.

São amigos. É meio surreal me referir ao meu pai no presente. Mas *o doutor é amigo do meu pai* com certeza soa melhor do que *o doutor era amigo do meu pai, que morreu há mais de uma década.*

– Seu nome, por favor? – solicita a recepcionista.

– Meu nome...

– Sim.

– Justin Jackson.

– Um momento, senhor Jackson.

Ah. A recepcionista vai... passar a ligação para o Charlie? Quando foi a última vez que um médico esteve de fato disponível?

– Oi, Justin! – É Charlie.

– Oi – respondo.

Meu cérebro está confuso. Vou direto ao pedido de desculpas.

– Sinto muito por ter ido embora correndo no sábado.

– Sem problemas. Está tudo bem?

– Sim, eu só tinha me esquecido de um compromisso.

– Acontece. Eu quase esqueci minha consulta com o paciente das oito e meia hoje, na verdade.

A chamada fica em silêncio por um segundo.

A coisa mais lógica a fazer é continuar de onde parei.

– Você ainda está interessado em comprar a página inteira? – pergunto.

– É claro.

– Posso passar aí para falar dos detalhes, se você quiser.

– Me parece ótimo. Mas é uma baita viagem para você. Não prefere planejar tudo por telefone ou e-mail?

Penso na sala aconchegante deles, no pelo macio do Bob, nos olhos gentis de Brian e Charlie.

– Não tem problema. Você está livre hoje à noite? Eu estarei em Traverse de qualquer forma – minto.

– Hoje à noite está ótimo para mim.

Depois do colégio, peço o carro da Bree emprestado. Ela fica mais de boa depois que prometo encher o tanque.

– Você vai finalmente perguntar ao Charlie sobre a minha mãe? – questiona ela, me entregando a chave e levantando a tampa da panela elétrica para conferir a carne enlatada com repolho que Clare está fazendo. – Aposto que eles tiveram um caso secreto antes de ele se assumir ou alguma coisa assim. Imagina que loucura seria!

– Fecha a tampa! – grita Clare do sofá enquanto assiste a um episódio de *Mandou bem*. Bree revira os olhos, mas tampa a panela mesmo assim.

– Acho que não – respondo.

– Por que não?

Gesticulo para que ela fale mais baixo; a Sra. Brandstone pode estar à espreita. Parto do pressuposto de que a Sra. Brandstone está *sempre* à espreita.

– Porque, pela milionésima vez – sussurro –, não deveríamos saber que aquele anuário é da sua mãe, o que significa que…

– Sim, sim, já sei. Por que você vai voltar lá, aliás? Para ficar encarando o Gostosão Tatuado? Qual é o nome dele mesmo? Brian?

A pergunta me pega desprevenido.

– Você quer descobrir mais coisas sobre o seu pai – ela responde por mim, dando mais uma espiada na carne da Clare. Dessa vez Clare não percebe. – Eu faria o mesmo, se fosse você. Te entendo. Só não vá ficar fora até tarde, Justin Jackson.

– Tudo bem, mãe.

– Bree! – Clare a pega no flagra. – Deixa a tampa fechada!

Uma hora e três episódios de um podcast sobre teorias da Marvel depois, estaciono na calçada do Charlie. Bob vem correndo até mim de novo, como se eu fosse seu humano há muito perdido voltando da guerra.

– Robert, sentado! – grita Charlie da varanda. Hoje ele está vestindo um terno azul-claro com gravata bege. O Dr. Washington sabe se vestir bem. – Bom te ver, Justin. Pode entrar!

Eu e Bob trotamos juntos pela calçada e entramos na casa. O dia nublado deixa o saguão mais escuro e frio do que da última vez, mas Charlie compensa isso com velas acesas e música instrumental aconchegante tocando num sistema de som que provavelmente pode ser ouvido em todos os cômodos. Pelo cheiro, parece que há uma refeição deliciosa na cozinha também.

– Brian fez cozido de carne antes de sair para trabalhar – diz Charlie, provavelmente lendo meus pensamentos. – Quer um pouco?

– Estou bem, mas obrigado. O Brian trabalha com o quê?

– Ele é dono do Traverse Tats, lá na Front Street.

– Tats de… tatuagens?

Charlie ri.

– Sim. Faz sentido, né?

Assinto, lembrando dos braços fortes e tatuados de Brian.

– Ele é todo coberto! – continua Charlie. – Completamente viciado. Mal terminou uma e já está planejando a próxima.

– O que vai ser?

– Um cacto atrás do joelho. – Charlie revira os olhos, sorrindo. – Mas o importante é que ele esteja feliz.

Tiro os sapatos e o casaco – troquei de camisa para evitar qualquer pergunta esquisita sobre o significado de GAY PELO ALI e FALTAM 12 DIAS – e sigo Charlie pela casa. Chegamos à cozinha com Bob ofegante ao meu lado, e o ambiente é ainda mais legal do que eu imaginava.

Uma janela enorme em cima da pia dá para o lago. Parece que estamos em um cruzeiro. Uma dúzia de panelas de cobre com aparência cara balançam acima de um fogão enorme com milhões de bocas, e armários brancos com portas infinitas cobrem as paredes. Uma grande ilha de granito – com o dobro de tamanho da dos Brandstone – ocupa o meio da cozinha, cheia de itens que refletem as vidas contrastantes de Charlie e Brian: um livro grosso de Medicina, rascunhos de tatuagens, uma pilha de gravatas-borboleta e lápis grafite.

– Não repara na bagunça – diz Charlie, empurrando as coisas para o lado para abrir espaço. Ele me vê encarando a geladeira, coberta de desenhos feitos com giz de cera. – Brian acha que a sobrinha dele é a próxima Georgia O'Keeffe.

Assinto, apenas oitenta por cento certo de que sei quem é Georgia O'Keeffe.

– Ah, achei que eram trabalhos do Brian mesmo.

Ele solta uma risada carinhosa.

– Brian só desenha em *pessoas*, não no papel. Tem certeza de que não quer cozido?

– Sim, obrigado.

– Fique à vontade. – Charlie coloca o cozido em uma tigela e parte um pedaço de pão crocante antes de se juntar a mim na ilha. – Encontrei isso aqui no porão – diz ele, pegando uma caixa de sapatos que eu não havia notado e abrindo a tampa. Está cheia de fotos antigas. – Acho que posso usar algumas dessas na página, junto com a foto de 1996, já que vai ser uma página inteira.

– Com certeza! – Puxo a caixa para mais perto. – Posso dar uma olhada?

A caixa contém fotos de bebê, da época da escola e retratos da família dele, todas amassadas, desbotadas e com as bordas desgastadas. Charlie era um ávido jogador de tênis, conforme descobri com uma série de retratos posados – empilhados em ordem crescente –, que mostravam ele com suas raquetes. Seu cabelo não tinha fios brancos na época. Não sei o porquê, mas isso me faz rir. Por sorte, Charlie não repara.

– O colégio ainda organiza isso aqui? – pergunta ele, segurando uma foto perto do rosto com um sorriso largo. – Essas festas com fogueira ao lado do campo de futebol?

– Acho que não.

– Que pena. Eram tão divertidas. Ah! E a Sexta do Nugget?

– Sexta do Nugget?

– Eles não servem mais nuggets de frango no refeitório toda sexta?

Balanço a cabeça em negativa.

– Que tragédia. – Ele pega mais algumas fotos e as espalha pela ilha, longe da tigela de cozido, com os olhos marejados em um transe nostálgico esquisito.

Não sei o que dizer enquanto ele está distraído com seu passado, então abro meu notebook e acesso o Memórias.

– Quer que eu faça um teste de como a página vai ficar usando um dos nossos templates?

– Claro – responde ele, partindo mais um pedaço de pão, os olhos ainda grudados nas fotos. – Nossa, a Melissa Johnson parece outra pessoa hoje em dia...

– Quem?

– Desculpa, não é ninguém que você conhece – murmura ele, de boca cheia. – Só uma colega de classe. Acho que ela se mudou para Cincinnati.

Ele olha para mim.

Não sei qual é minha expressão nesse momento, mas acho que estou dando a entender que ele deve pegar leve na empolgação com seus dias glória.

– Sabe, o Ensino Médio foi péssimo. – Ele coça a barba por fazer. – *Hoje* é fácil olhar para esses anos com carinho. Mas passar por eles foi terrível.

Sorrio, clicando a esmo no Memórias para parecer ocupado.

– Esse é o perigo da nostalgia – continua ele, se servindo de mais cozido. – Nossa mente tenta se agarrar a um passado bom que nunca existiu de verdade.

A cozinha fica em silêncio, exceto pelo piano tocando ao fundo e Bob implorando por mais um pedaço de carne. Ele é tão impossível quanto Thelma.

– Enfim. – Charlie dá a volta na ilha e para ao meu lado, empurrando os óculos para a ponta do nariz. – Como funciona esse template?

– Dá para inserir as fotos aqui – digo, apontando para as caixas vazias na página. – E, se quiser, pode escrever uma mensagem aqui.

– Bacana.

– Mas é só uma base. Podemos customizar do jeito que você quiser.

– Queria que o Brian estivesse aqui – diz ele, apertando os olhos para a tela, meio confuso, os pés de galinha ficando mais profundos. – Brian é melhor com coisas criativas. Eu sou só um médico de pele chato.

Médico de pele. É isso! Eu sabia que dermatologistas eram médicos de pele. Dã. Mas só me toquei agora.

Será que um dia Charlie poderia dar uma olhadinha em Marte pra mim?

Preciso perder o medo de ficar sem camisa em qualquer lugar que não seja sozinho no banheiro. E provavelmente vou ter que revelar minha identidade verdadeira se quiser ser paciente dele um dia. É muito mais difícil usar uma identidade falsa quando se trata de plano de saúde.

Mas lembro de quando eu era mais novo, do dermatologista conversando com a minha mãe sobre as opções para minimizar ou cobrir a cicatriz. Não lembro se era um procedimento específico, ou uma pomada especial, sei lá, mas qualquer tipo de tratamento estava muito fora do orçamento da minha mãe. Charlie poderia me dar algum conselho.

Estou prestes a puxar o assunto, mas uma das fotos chama minha atenção: uma polaroid com meu pai.

Meu corpo fica tenso.

– Onde essa aqui foi tirada? – pergunto.

Charlie olha para a foto que estou mostrando.

– Esta aqui? – diz ele, puxando a fotografia com a ponta dos dedos. – Isso foi... – Ele pausa por um segundo, olhando para o teto, pensativo. – Chicago, no começo dos anos 2000. Acho que eu tinha uns... vinte e três, vinte e quatro anos.

É uma foto em grupo. Meu pai parece feliz de verdade nela. Não o tipo de felicidade fingida que todo mundo exibe para as câmeras. Mas um tipo real e livre de felicidade que nunca o vi demonstrar nas poucas fotos de família que a minha mãe guardava. Ele parece uma pessoa completamente diferente.

Além disso, está vestindo uma camiseta com um arco-íris.

– Você ia muito para Chicago quando era mais novo?

– Eu morava lá. Fiz faculdade de Medicina em Evanston. Vivia contando os dias para fugir de Rock Ledge.

– Você nem imagina – digo. – Bem... *claro* que imagina.

Ele ri.

– Esse é o mesmo cara da foto de 1996 no anuário – digo como quem não quer nada, torcendo para que minha atuação seja convincente. – Henry, certo?

– Ah, sim. Henry. – Ele puxa a foto para mais perto. – Se tinha alguém que queria escapar de Rock Ledge, era ele.

– Como assim?

– Henry sempre quis ir embora, mas nunca teve a oportunidade. Se casou ainda jovem e sossegou muito rápido.

Assinto, tentando parecer que estou ouvindo uma história sobre um desconhecido – e não a história de amor dos meus pais. É tão esquisito.

Estou sentado aqui, testando uma página inteira que nem sei se vou conseguir colocar no anuário, me passando por Justin Jackson, escutando histórias sobre o meu pai morto e seu melhor amigo, que não faz ideia de quem eu sou.

– Mas ele amava me visitar em Chicago. Era sempre muito divertido. O Henry foi um amigo incrível. Sinto saudades dele. – Charlie solta a foto e pega outra, uma em que ele está vestindo o uniforme da banda marcial do colégio e tocando saxofone. – Enfim. Que tal essa aqui da aula de música? Acho que foi no primeiro ano. Pareço um bobão, mas talvez seja melhor aceitar meu Steve Urkel interior, né?

– Sim – respondo, sem saber quem é Steve Urkel. Volto minha atenção para o computador, me sentindo um pouquinho mais próximo do pai que só estou começando a conhecer agora. – Acho que essa foto vai ficar ótima na página.

Henry Baker queria fugir. À sua própria maneira, meu pai também era um deslocado em Rock Ledge.

Quando chega a quarta-feira, o colégio começa a perceber que nós quatro não estamos de brincadeira, porque, pelo terceiro dia consecutivo, Marshall, Bree, Ali e eu vestimos nossas camisetas gays.

E ainda temos dez dias pela frente.

Para ser sincero, não sei *exatamente* o que vai acontecer quando o relógio – ou melhor, nossas camisetas – chegar a zero. Algumas pessoas na turma do Anuário acham que elaboramos um superplano para a Festa dos Formandos na Praia. Mal sabem elas.

– Peraí, você vai *mesmo* chamar o Ali para o baile? – sussurra Marshall no meu ouvido quando saímos da aula de Trigonometria. Ali está bem atrás da gente. Nossas camisetas continuam arrancando sorrisos, oizinhos e olhares curiosos; Ali está distraído demais com a comoção à nossa volta para notar que estamos falando dele.

– Não – sussurro de volta o que Marshall já deveria saber a esta altura. – Bem… provavelmente não. Eu acho. Né?

– Eu…

– Esse não é o objetivo das camisetas.

– Verdade.

– O objetivo real é esfregar na cara do Cliff.

– Certo.

– Não vou deixar aquele idiota arruinar a minha vida.

– Exatamente.

– Mas será que eu *deveria* convidar o Ali?

Não. Não deveria. Já superei.

Mas e se for isso que as pessoas esperam de mim depois da invasão do e-mail? Sinto que todo mundo está torcendo por nós dois como se fôssemos um casal improvável de comédia romântica que vai viver feliz para sempre. A coisa toda começa a parecer muito maior do que simplesmente o que *eu* quero fazer no baile.

– Quer minha opinião sincera? – pergunta Marshall.

Faço que sim com a cabeça.

Ele confere para ter certeza de que Ali não consegue nos escutar.

– Você merece ir ao baile com alguém que te olhe do jeito como você olhava para o Ali – diz ele, dando de ombros. – E essa pessoa… provavelmente não é o Ali. – Ele se encolhe. – Foi mal.

✗ ✗ ✗

Cliff e sua turminha me ignoram totalmente durante a aula de Educação Sexual. De novo.

Ele mal conseguiu me olhar nos olhos enquanto entregava as provas corrigidas da Sra. Diamond, aquele maldito covarde. Mas, sinceramente, acho ótimo. Ser invisível para ele e seus capangas deve ser minha parte favorita de vestir esta camiseta. Uma capa da invisibilidade contra babacas racistas, por assim dizer.

Está na cara por que ele não ousaria me confrontar também. Como Bree disse na segunda, *está todo mundo do meu lado*. Cliff não entraria numa briga sabendo que não pode vencer.

E dessa vez ele vai perder.

O lado ruim da aula é que Carolyn ainda está doente e em casa. As piadas da Bree sobre visitá-la no leito de morte só para perguntar sobre a festa do Ali já não parecem mais uma ideia tão ruim assim.

Estou atrasado para a reunião do Anuário porque passei o intervalo fazendo a segunda chamada de uma prova do Sr. Kam que perdi na semana passada. Quando entro na sala da Winter, percebo na hora que rolou alguma coisa. A turma toda está em volta da Bree.

Ali se vira para mim com um olhar estranho.

– Ei, temos um problema.

Passo no meio de todo mundo para ver o que está acontecendo.

– Você viu? – pergunta Bree, irritada.

– Vi o quê?

Ela me entrega o celular.

Victor Bungle – o presidente chato, espertinho e puxa-saco da turma – postou uma foto no Instagram. A foto em si é relativamente normal. Pelo menos para o Bungle. Ele está no campo de futebol com um sorriso arreganhado e uma camisa do time de Rock Ledge, como uma daquelas fotos de banco de imagem.

– E daí? – pergunto. – Acho que não entendi.

– Lê a *legenda*.

Deslizo a tela.

Atenção, formandos,

Uma coisa tem tomado grandes proporções esta semana, e, como presidente de classe, sinto que é meu dever me pronunciar.

Como muitos sabem, alguns alunos estão usando camisetas controversas no colégio, afirmando que são "gays" por outras pessoas. O que começou como uma brincadeira de mau gosto envolvendo o e-mail do Anuário acabou se tornando uma confusão ainda pior, que, para ser sincero, está começando a estragar toda a diversão do nosso último ano, levando em conta que a Festa dos Formandos na Praia e o baile estão chegando.

Como presidente, acho importante que todos saibam que eu não compactuo com as camisetas desses quatro indivíduos.

Esclarecendo: tenho orgulho de apoiar a comunidade gay. O que aconteceu com aquele e-mail foi terrível. Mas, aos alunos que estão zombando por aí vestindo uma "contagem regressiva": precisam mesmo esfregar sua orientação sexual na cara de todo mundo?

Não saio por aí dizendo que sou "hétero por fulana"; por que vocês sentem a necessidade de nos lembrar que são "gays por sicrano"?

Já chega.

Sinceramente, espero que essa distração causada pelas camisetas acabe, para que TODOS os formandos – gays, héteros ou qualquer outra coisa – possam terminar a experiência do Ensino Médio com orgulho, felizes e sem drama.

Cordialmente,

V-Bungle

Fico parado encarando a tela, me perguntando se deveria estar rindo ou enfurecido com o absurdo que acabei de ler.

– Mas que filho da…

– Calma, Baker – alerta Winter de trás da mesa.

– Calma? O cara acabou com a gente com essa postagem ridícula – digo, olhando em volta para o resto da turma. – "Eu não compactuo com as camisetas"? Quem ele pensa que é? Um senador soltando uma declaração oficial?

– Tipo isso – zomba Marshall, sentando na cadeira e bufando. – É o Victor Bungle. Não passa de um…

– Jones, calma também – Winter o interrompe.

– Mas vocês viram os comentários? – pergunta Bree, rangendo os dentes.

Dou uma olhada. Puta merda.

– Quanta gente caindo nessa conversinha.

– Sem estresse – diz Erica Pott, dando de ombros. – Quem liga? É só uma postagem idiota no Instagram.

– *Eu* ligo – Christina se manifesta. – Já conferi, e a maioria das pessoas que o apoia nos comentários nem estuda aqui. Parecem ser pais de alunos, curiosamente.

– Pais? – Bree grunhe, fervendo. – Qual é o problema desses pais?

– Mais alguém está irritado com o pano que ele passou para o e-mail? – Marshall se levanta. A raiva de todo mundo está à flor da pele, como se fôssemos a Rebelião do Anuário, prontos para pegar as forquilhas. – Tipo, ele chamou a invasão de "uma brincadeira de mau gosto". Foi isso mesmo? Uma brincadeira?

– Foi um assédio racista e homofóbico! – exclama Ali. – Isso sim.

– Exatamente. – Marshall aponta para ele em concordância. – Como presidente de classe, ele deveria se preocupar mais com a invasão do e-mail do que com as nossas camisetas. Isso, sim, foi controverso de *verdade*.

– E aí? – pergunta Bree, olhando em volta. – O que vamos fazer?

– Denunciar pro Instagram? – sugere Dustin.

– Mas o post não é *assédio* assédio.

– Será que vale a pena falar com o diretor Burger? – pergunta Christina. – Ele faria alguma coisa a respeito?

– Duvido.

– Peraí – Bree clica sua caneta compulsivamente, perdida em pensamentos. Ela tem o mesmo olhar de quando tentava adivinhar qual empregado tirou a foto da parede do meu quarto. – O ano já está acabando, e ainda temos orçamento na conta da nossa turma...

A sala fica em silêncio, e as cabeças se viram para Winter, que levanta os olhos do computador enquanto come uma cenoura.

– E...?

– *E* – continua Bree – provavelmente temos dinheiro suficiente para nove dias de camisetas brancas para uma turma de vinte e cinco alunos...

Os olhos da Winter voltam para o computador, e seus lábios se contorcem num sorriso que ela tenta esconder.

– A decisão é sua, editora-chefe.

Bree precisa ficar por um tempinho no colégio depois da aula para terminar umas coisas do Anuário. Geralmente eu pediria carona para o Marshall ou – quando ele tem treino, o clima está agradável e eu tenho uma playlist nova para escutar – voltaria andando. Mas hoje, curiosamente, não me importo de ficar esperando no colégio depois que o último sinal toca.

E, acredite: é a primeira vez que isso acontece.

Pego um refrigerante na máquina perto da quadra e caminho até o carro da Bree. Como o dia está bonito e minhas endorfinas não estão no lixo, vou esperar lá fora. Um monte de gente vem falar comigo sobre a minha camiseta GAY PELO ALI e a postagem sem noção do Victor Bungle, que viralizou no colégio em apenas algumas horas.

— Aquele post foi *ridículo*, Sky.

— Eu apoio você e o Rashid, Baker!

— Victor é um idiota.

— Não parem com as camisetas, mano, eu amo.

— Fiquei sabendo que a turma toda do Anuário vai vestir a contagem regressiva também. É verdade?

Acordei no mesmo corpo, na mesma cidade, mas, de alguma forma, esta não é a minha vida. Não pode ser. Atletas que nem sabiam meu nome há algumas semanas agora param o que estão fazendo só para me dizer que estão do meu lado? Calouros ansiosos elogiando minha camiseta como se eu fosse uma celebridade local intimidadora?

Eu? Minha vida? Não. Sem chance.

Isso é loucura.

– Oi, Sky – diz Teddy, caminhando até o carro da Bree.

Friozinho no estômago.

Não. Eu não deveria me sentir assim!

Minha obsessão pelo Ali deveria ter me ensinado alguma coisa sobre me apaixonar por garotos héteros. Mas parece que essa empolgação dentro de mim não aprendeu nada.

Ele está vestindo um short supercurto e uma camisa de manga longa do time de atletismo, que, em seu corpo forte e alto, fica quase parecendo um cropped. O departamento falido de esportes não deve ter nada do tamanho dele.

– Como vai? – pergunta ele.

– Ótimo – digo, me sentando no capô e usando a mão para proteger os olhos do sol. – Marshall já foi para o treino.

– Eu sei – responde ele, recostando na porta do passageiro.

Teddy veio até aqui para conversar? Só comigo?

– Ah, sim, beleza. – Pigarreio, tentando soar menos gay. O que, pensando bem, é ridículo, já que minha camiseta *literalmente* anuncia que eu estou a fim de um cara. Bebo um gole de refrigerante. – Qual é a boa?

– Aquele dia no carro, quando estávamos indo para o cinema, você mencionou que gostou de *Para todos os garotos que já amei*, certo?

A pergunta me pega de surpresa. Fico um pouco tenso.

– Sim.

Ele abre um sorriso e pega o celular, tocando na tela.

– Vi isso aqui e lembrei de você.

Ele vira a tela pra mim. É uma conta no Twitter chamada *"Para todos os garotos que já amei sem contexto"*.

Dessa vez, diferentemente daquele dia no banco de trás do carro da Bree, não consigo esconder minha empolgação. Solto uma risada e quase me engasgo com a Coca-Cola.

– Sim! – Pego o celular da mão dele com uma risada. – Descobri essa conta uns meses atrás e quase *morri*.

A ideia da página é bem idiota, pra ser sincero. São cenas do filme transformadas em memes, que ficam ainda mais hilários fora de contexto. Mas é o tipo de besteira que eu mando para a Bree o tempo todo; é basicamente o jeito como a gente se comunica.

Para ser sincero, é meio chocante que o Teddy – todo grandão e esportista – também curta esse tipo de coisa.

– Esse aqui é o melhor. – Ele ri, apontando para um meme que combina uma frase do Peter Kavinsky com uma foto do Baby Yoda.

Solto um grunhido – e cubro o nariz imediatamente, ficando vermelho.

– Você precisa ver a continuação – diz Teddy. – Falando sério.

– É? – pergunto, como se já não tivesse visto três vezes. – É boa?

– Demais. – Ele guarda o celular e ajusta as alças da mochila. – Preciso correr para o treino.

– Daí você vai *continuar* correndo quando chegar lá. – Tento fazer uma piada (e falho miseravelmente).

– Hã?

– Deixa pra lá. – Balanço a cabeça.

Ele ri.

– Até mais, cara.

– Tchau.

Ele corre em direção à quadra enquanto o friozinho no meu estômago vira um iceberg.

Teddy é fã de *Para todos os garotos que já amei*? Ele acaba de ganhar uns dez mil pontos comigo.

Por fim, o estacionamento fica vazio. Depois de roubar um moletom do banco de trás do carro da Bree, subo de novo no capô e encaro os tufos de nuvens brancas no céu. Elas parecem só um pouquinho distantes de mim.

Há apenas alguns dias, eu estava escondido no porão dos Brandstone, me recusando a sair. Pensei que minha vida tinha acabado. Ou, pelo menos, que meu último ano no colégio havia acabado – o que ainda restava dele. Não achei que seria capaz de voltar para cá, ou de encarar Ali, ou de me abrir sobre as coisas gays com Marshall. Mas acabei fazendo tudo isso.

E me sinto… *bem*.

Acho que não acredito em Deus ou na vida após a morte, então é loucura imaginar uma cena clichê de filme em que meu pai está me olhando cheio de orgulho, ou dando um jeito nos bastidores do paraíso para fazer tudo isso acontecer, sei lá. Me sinto ridículo só de deixar minha mente pensar uma coisa dessas. Mas é como se, de alguma forma, ele soubesse o que está acontecendo. É estranho. No fim das contas, percebo que sinto saudades dele. É esquisito sentir saudades de alguém que eu mal conheci. Acho que o que faz falta é o pai que descobri desde que conheci o Charlie.

– É daí que veio seu nome?

Dou um pulo, colocando as mãos sobre o peito. Agora é Dan quem está ao lado do carro da Bree.

– Desculpa – diz ele, envergonhado, e se encolhe um pouco dentro do moletom. – Não quis te assustar.

– Tudo bem – digo, passando as mãos pelo cabelo e tentando parecer menos assustado do que realmente estou. – O-o que você perguntou?

Ele cerra os olhos contra a luz do sol.

– É daí que veio seu nome? Tipo, Sky, por causa do céu?

Olho para o alto novamente. Os tufos de nuvem já se desfizeram.

– Na verdade, não sei. Me disseram que foi meu pai quem escolheu meu nome.

Ele assente, mas não diz nada.

– Ela está resolvendo umas coisas do Anuário, mas deve sair daqui a pouco – aviso, presumindo que Dan está procurando a Bree.

– Eu sei.

Os novos amiguinhos do Marshall *e* da Bree decidiram vir falar comigo hoje?

Permanecemos em silêncio. Até ficar desconfortável.

– Então – continuo. – Tudo bem?

– Tudo, sim. E você?

– Bem, muito bem. – Mais silêncio. Mais desconforto. Beira o insuportável. – Posso te ajudar com alguma...

– Eu estava pensando... organizar... GLAM? – ele vomita as palavras com pressa.

– Hã?

– Desculpa. *De novo.* – Ele esconde o rosto com as mãos, envergonhado e tenso. Só agora me dou conta de que ele parece nervoso pra caramba.

– Falei rápido demais. Queria te perguntar se você quer me ajudar a organizar um GLAM aqui. Tipo, no colégio.

– O que é GLAM?

– Gays, Lésbicas e Algo Mais.

– Como?

– Gays, Lésbicas e Algo Mais. GLAM.

– Ah. – Nunca ouvi falar de GLAM antes.

– É um grupo para alunos LGBTQ. Tipo a Aliança Gay-Hétero, com menos ênfase nos héteros.

Ah. Dan está me dizendo que é gay.

– Me sinto honrado. – Dou uma risada. – Claro que te ajudo a começar um grupo GLAM. Me parece uma ideia ótima. Aliás, seja bem-vindo ao clube gay… hum, ao clube dos gays *assumidos*, na verdade.

Ele morde o lábio.

– Na verdade, eu não sou gay. Gosto de garotas.

– Saquei. Você é bi, então?

– Não, só gosto de garotas. Sou um garoto trans.

Nossa, parabéns por estragar tudo, Sky!

– Desculpa – digo, e balanço a cabeça envergonhado. – Me sinto um idiota agora.

– Tudo bem. – Ele abre um sorriso. Dá pra notar o alívio se espalhando por seu rosto. – Meus pronomes são ele/dele, só pra você saber.

– Maravilha! – Chego para o lado, abrindo espaço para que ele se sente no capô. – Obrigado por me contar. Fico feliz que tenha contado.

Mas ainda me sinto um idiota.

Como eram mesmo aquelas expressões que a minha mãe sempre usava? "As aparências enganam", "veja de perto para contar o certo" ou qualquer coisa assim? Me sinto um grande babaca agora por ter decidido – sem nunca ter conversado direito com ele – que Dan era gay como eu. Acho que foi a energia tímida e levemente assustada que ele passa; lembrei de mim mesmo, quando me pego andando de um jeito mais hétero no corredor, ou deixando a voz menos gay, ou carregando os livros do "jeito de homem". Nós dois estávamos tentando esconder nossas diferenças abaixo da superfície, mas eu não devia ter presumido que nossas diferenças eram as mesmas.

– Você é assumido para mais alguém? – pergunto.

– Tipo, tecnicamente sou assumido para todo mundo, mas todos pensam que sou cis – explica ele, se juntando a mim no carro e tirando o capuz da frente do rosto. A luz do sol bate em suas bochechas e em seu queixo. – Me assumi no meu colégio anterior. Foi horrível. Não aguentei ficar lá por um segundo a mais, então dei no pé.

– Sinto muito – digo. – As pessoas são horríveis.

– Põe horríveis nisso.

– Então Rock Ledge é meio que um recomeço para você?

– Talvez? Estou *tentando* recomeçar, pelo menos. – Ele faz uma pausa. – Tipo, é ótimo ser percebido como o garoto que realmente sou, mas ninguém sabe que sou trans, então eu acabei trocando um armário por outro. Entende? Ainda recebo olhares estranhos dos outros, como se estivessem tentando me decifrar. Como se achassem que sou um novato com um segredo. – Ele dá de ombros.

Dan está *me* descrevendo. E me sinto péssimo por isso.

Eu e Marshall especulamos sobre a sexualidade dele na praça de alimentação e o julgamos por nos ignorar. Por que eu concluí coisas sem deixar que Dan me contasse sua própria história? Queria poder voltar para janeiro e apoiá-lo desde o começo.

– Bem – tento encontrar as palavras certas –, você não deve satisfação nenhuma. Se quiser falar para alguém que é trans, vá em frente. Mas, se não quiser, não é da conta de mais ninguém.

– Ah, jura? Você tem muita experiência em se assumir trans?

– Não, eu… Eu só estava tentando…

– Sky, eu sei! – Seus lábios se abrem num sorriso. – Só estou brincando.

Dan cruza as pernas e puxa o cordão do capuz. Sinto o cheiro do perfume que está usando, parece toranja. Ele solta um suspiro quase silencioso. Espero que esteja botando para fora pelo menos um pouquinho do fardo que tem carregado desde que se mudou para Rock Ledge.

– A Bree sabe? – pergunto a ele.

– Sim, ela sabe – responde Dan. – Mas nenhum outro aluno sabe. Então, se puder, não conta pra ninguém, tá? Pelo menos por enquanto.

Faço aquele gesto de fechar a boca com um zíper invisível.

Ficamos sentados por um momento, aproveitando a brisa fresca, o canto dos pássaros e o céu imenso lá no alto. Tenho perguntas, porque nunca conheci outra pessoa assumidamente trans. Nossa, eu mal conheço outros gays assumidos. Tipo, quando ele soube que é trans? E *como*? Eu nunca tive uma grande epifania gay onde, tipo, vi o John Boyega num tapete vermelho e pensei *Sim, é disso que eu gosto!* Foi uma revelação mais lenta. Me pergunto se foi a mesma coisa com o Dan. Mas agora não é hora de ficar me intrometendo.

– Essas camisetas gays que vocês estão usando são incríveis, aliás – diz ele, quebrando o silêncio. – Dez dias. A Festa dos Formandos na Praia, né?

– Isso aí.

– Você vai mesmo convidar o Ali? Ele não é hétero?

Antes que eu possa responder, as portas do colégio se abrem do outro lado do estacionamento e Bree aparece carregando sua bolsa e seus livros. Ela nos vê sentados juntos e se aproxima correndo com um sorrisão.

– Contei pra ele – diz Dan assim que ela chega perto o suficiente. Dá pra ouvir o alívio na voz dele.

A expressão de Bree se enche de euforia.

– Eba! – Ela joga seus livros no capô do carro (que imediatamente deslizam e caem no chão) e envolve Dan num abraço. – Se sente melhor agora?

– Total – diz Dan, as bochechas ainda vermelhas.

Bree sobe no capô do carro e se acomoda no espaço entre nós dois antes de olhar para mim.

– Viu? Eu falei que o Sky é uma boa pessoa.

Meu coração derrete um pouquinho.

Nunca fui uma pessoa muito boa. Principalmente com o Dan. Mas vou melhorar.

Nós três ficamos sentados por mais um tempo, pegando sol pela primeira vez no ano e aproveitando a liberdade do estacionamento vazio. Bree repassa tudo que sabemos sobre a invasão do e-mail e o que veio com isso – como a foto da parede só poder ter sido tirada pelo Rence Bloomington e repassada para o Cliff; como todo mundo na turma do Anuário também vai vestir camisetas gays com a contagem regressiva em solidariedade depois da postagem ridícula que o Victor fez hoje; como Cliff e seus capangas passaram a semana toda nos ignorando, e como, na real, essa é a melhor parte disso tudo.

Dan acompanha com empolgação, observando os lábios da Bree se moverem a duzentos quilômetros por hora enquanto ela conta cada detalhe. Decido que gosto dele.

Gosto muito dele.

Porque, se ser gay num lugar atrasado como Rock Ledge é como correr uma maratona, ser trans deve ser como finalizar um triatlo no qual você deve correr uns quarenta quilômetros *antes* de pedalar e nadar por mais outro milhão de quilômetros.

Dan é a síntese do durão. E eu o admiro por isso.

Depois de um dia de preparativos e compras, a turma do Anuário invade o porão dos Brandstone armada de canetinhas, pilhas de camisetas brancas novinhas – compradas no atacado, graças ao orçamento da turma – e muito, muito glitter. Glitter até demais. Thelma vai passar dias brilhando feito um anjo de quatro patas.

Com exceção de um canto cheio de equipamentos da obra, a maior parte do porão continua vazia e sem nenhum móvel, então é o lugar perfeito para vinte adolescentes brincarem com materiais artísticos. O Sr. e a Sra. Brandstone parecem não se importar nem um pouco – ou eles fingem *muito* bem, o que deve ser mais provável.

– Mais uma vez, muito obrigada. – Escuto a voz da Winter nos últimos degraus do porão, falando com os pais da Bree. – O plano era fazer isso na sala de aula, mas a Bree convidou a turma toda para vir pra cá sem que eu soubesse.

– Pois é – suspira o Sr. Brandstone, bebendo um gole de cerveja. – A cara da Bree.

Winter bancou alguns sanduíches de metro gigantes, salgadinhos e refrigerante. Dustin conectou seu Spotify nas caixas de som, e algumas pessoas estão dançando e cantando junto. Petey e Ray aparecem na escada o tempo todo para uma espiadinha – curiosos com a horda de estudantes que invadiu a casa deles, mas intimidados demais para descerem os degraus –, e Clare já mandou um monte de mensagens para a Bree, pedindo para fazermos menos barulho (parece que ela está maratonando um reality show de culinária).

A porta do meu quarto está fechada, claro.

Não quero que minha parede acabe se tornando Um Grande Evento, mesmo que todo mundo já tenha visto a foto naquele e-mail. Não me importaria se alguém acabasse entrando lá, mas não é como se eu quisesse exibir minhas ideias.

– Ei, por quem eu escrevo que sou gay? – pergunta Christina ao grupo, um marcador rosa na mão. – Ali? Sky? Ou preciso escolher uma garota, já que sou uma garota?

Eu e Bree nos entreolhamos.

– Sei lá! – Bree dá de ombros, jogando uma batatinha na boca. – Qualquer pessoa pela qual você seja gay.

A turma começa a discutir em paralelo.

– Pode ser uma pessoa famosa?

– Precisa ser alguém do colégio?

– E se a gente usar só nomes dos alunos do Anuário?

– É melhor escolhermos só os formandos.

– Galera! – anuncia Marshall, ficando na ponta dos pés. – Escrevam o nome de quem vocês quiserem: colegas de classe, políticos, músicos, garotos, garotas, qualquer pessoa!

– Não existem regras! – Ali completa, andando de um lado para o outro com as mãos para trás, analisando o trabalho dos outros como se fosse um crítico de arte. – Apenas sejam gays por alguém… ou alguma *coisa*.

Me sinto meio aliviado.

Porque, por um lado, ficaria lisonjeado de ver toda a turma do Anuário sendo gay por mim nas camisetas. Mas toda essa atenção extra nos próximos oito dias seria brutal para alguém setenta por cento introvertido como eu.

Muita gente aqui é gay por figuras públicas, tipo Seth Rogen, Michael B. Jordan e Michelle Obama, ou super-heróis, tipo Batman, Tempestade e Homem de Ferro. Alguns escolhem outros alunos do Anuário, que retribuem o elogio em suas próprias camisetas. Alguns alunos até escolhem professores, o que pode ser um pouquinho arriscado, beirando o inapropriado, mas aí já não é problema meu. Uns colocam o mesmo nome em todas as camisetas restantes até a Festa dos Formandos na Praia; outros escolhem uma pessoa diferente para cada dia da contagem regressiva.

Mas, a esta altura, a turma toda me apoia. A mim *e* ao Ali. E isso é incrível. Num determinado momento, eu e Ali trocamos um olhar e sorrimos, ambos nos sentindo amados. Podemos ter sido sacaneados pelo Cliff, mas agora estamos revidando.

Não tenho muito que fazer porque já tinha preparado todas as minhas camisetas, todas com GAY PELO ALI. Só estou perambulando, comendo salgadinho e debochando da letra feia de todo mundo junto com Dan. Embora não esteja na turma do Anuário, ele decidiu aparecer para ajudar.

– Gay pelo… Joe Jonas? – diz um garoto, Tim, apresentando sua ideia para o Dan.

Dan pensa por um segundo.

– Acho que o Nick é mais a sua cara.

– Quer saber? – Tim balança a cabeça, concordando. – Tem razão.

Viu só? É por isso que eu amo o Dan.

– Isso é incrível, Sky – diz a Sra. Brandstone com orgulho quando passo por ela. Parada com sua caneca de café descafeinado da noite, ela observa todo mundo trabalhar. Ela me pergunta outra coisa, mas vejo Teddy descendo a escada e imediatamente perco o foco.

Sabe quando você encontra alguém que já viu um monte de vezes mas sente como se só *agora* o estivesse enxergando pela primeira vez? É bem isso.

O friozinho na barriga agora mais parece uma avalanche.

Teddy veste um terno bege muito bonito, com uma gravata marrom, como se tivesse acabado de sair do tapete vermelho da estreia de um filme da DuVernay e vindo direto para o porão dos Brandstone. Seu cabelo espesso e ondulado está penteado para trás e partido para o lado – um visual totalmente diferente do emaranhado embaraçado que estou acostumado a ver depois dos treinos.

Não sou o único a reparar.

– Nossa, Teddy! – grita Christina do outro lado do cômodo.

– Quem você está tentando impressionar? – provoca Dan com um sorriso.

A turma inteira solta uns "uuuhhhs" e "aaahhs". Ali corre para cumprimentar Teddy com um soquinho. Marshall solta um assobio sedutor, e o Sr. Brandstone aplaude lentamente, entornando a cerveja. O rosto de Teddy fica com o tom mais brilhante de vermelho que já vi num ser humano.

– Como você teve essa ideia? – pergunta a Sra. Brandstone.

Esqueci que ela estava falando comigo.

Rapidamente desvio os olhos de Teddy.

– Que ideia?

– Das camisetas.

– Ah, foi o Ali! – Aponto na direção do meu ex-crush, que está ajudando Dan a escrever "George Stephanopoulos" numa camiseta. – Ele que inventou toda essa coisa de "gay por fulano".

– Muito esperto.

– É mesmo.

No meio do caos surreal desta semana, quase esqueci que a Sra. Brandstone é a responsável por tudo isso. Tipo, *tudo isso* mesmo. Se ela não tivesse me dado seu anuário, eu nunca teria conhecido o Charlie. E nunca teria me tornado durão, voltado para o colégio e me vingado do Cliff. E, com certeza, nunca teria concordado em vestir essas camisetas no colégio.

Agora é a hora. De confessar que sei que o anuário é dela, e descobrir por que ela não abriu o jogo comigo desde o começo.

– Você se formou no Colégio Rock Ledge também, né? – Começo, dando um passo em direção a ela.

– Me formei, sim – diz ela, bebendo café. – Parece que faz uma eternidade. Aproveite enquanto pode, meu bem.

– Em que ano você se formou mesmo?

Ela sorri enquanto observa Christina criar uma camiseta que diz GAY POR BATATA FRITA com glitter dourado.

– 1997. Muito antes de você e Bree sonharem existir.

– Então você conheceu o meu pai, né?

Isso chama a atenção dela.

Ela esquece as batatas fritas da Christina e ajusta os óculos de armação vermelha.

– Sim, conheci.

– Por que nunca falou sobre isso comigo?

Ela respira fundo e bem devagar antes de soltar o ar no mesmo ritmo.

– Não sabia se você queria falar sobre isso.

– Por que eu não iria querer?

– Não quis arriscar te deixar desconfortável.

Bem, agora eu *estou* desconfortável.

– Desculpa – digo. Não sei por que senti a necessidade de me desculpar. – Acho que vou começar a falar mais sobre ele.

– Não precisa fazer isso por minha causa.

– Eu sei – respondo. – Mas eu quero.

Ela sorri.

– Sabe, eu...

Mas Marshall me chama do outro lado do porão.

Meus olhos se dividem entre ele e a Sra. Brandstone.

– Vai lá – diz ela, sorrindo e apontando na direção de Marshall. – A gente conversa melhor depois.

Caminho em zigue-zague pelo mar de corpos espalhados pelo chão até alcançar Marshall e Bree. Os dois estão parados ao redor de Teddy, que está sentado de pernas cruzadas atrás de uma pilha de camisetas.

– Fala pra ele que não tem problema ele fazer uma camiseta também? – me pede Marshall. – Ele acha que vai ser esquisito se fizer.

Olho para Teddy; seu rosto ainda está vermelho por causa de todas as cantadas que recebeu um minuto atrás.

– Qual seria o problema? – pergunto.

– Sei lá. – Teddy olha em volta, com um sorriso hesitante no rosto. – Isso é coisa da turma do Anuário. Estou invadindo o espaço de vocês.

– Nada a ver. – Me sento de frente para ele e roubo um pedaço do sanduíche da Bree. – Sei que parecemos uma panelinha, mas, quanto mais gente, melhor. E ele vai fazer uma camiseta também! – Aponto para Dan, que está rindo com Dustin do outro lado do porão.

– *Mas* – diz Bree, arrancando seu sanduíche da minha mão e dando uma mordida também –, se você fizer uma, Teddy, vai ter que se comprometer. Precisa fazer uma camiseta para cada dia até a Festa dos Formandos na Praia.

– Quem disse?

– Não fui eu quem criou as regras. – Ela dá de ombros.

– Você literalmente acabou de inventar essa – retruca Marshall.

Ela dá de ombros de novo.

Ainsley aparece na escada um minuto depois, embasbacada com o que vê. Ela diz oi para o Ali e rouba um gole do refrigerante dele antes de caminhar em nossa direção, desviando dos alunos no chão.

– Oi, gente – diz ela, abraçando Bree e dando um selinho em Marshall. – Nossa, que *demais*! Isso aqui parece uma fábrica de camisetas, e Ali é o gerente do setor. – Ela sorri. – O colégio todo vai surtar.

– O diretor X-Burger provavelmente vai surtar também – acrescenta Bree, com um sorriso maquiavélico.

– Manda o Teddy fazer uma também – diz Marshall para a Ainsley. – Ele não quer porque acha que é coisa da *turminha do Anuário*.

– Teddy, você com certeza deveria fazer uma camiseta – confirma Ainsley.

– Mesmo não sendo da turma?

– Eu também não sou! – argumenta ela. – Mas sou, *sim*, um pouquinho gay pela Camila Cabello, e quero fazer uma camiseta dizendo isso.

Marshall e Ainsley entram no mundinho particular deles, como era de esperar.

– Então, qual é a do terno? – pergunta Bree para Teddy.

Teddy olha para baixo, como se tivesse se esquecido do que está vestindo.

– Ah, tive um recital hoje.

– Recital?

– Eu toco piano.

Teddy? Um músico?

Eu jamais o imaginaria como um pianista. Mas, até aí, eu também nunca o imaginei como um grande fã de comédias românticas. Estou aprendendo na prática como estereótipos podem ser errados.

– E como foi? – pergunta Bree.

Ele fecha a cara.

– Não muito bem.

– Aposto que não foi *tão* ruim assim.

– Minhas mãos ficam muito suadas quando estou nervoso – diz ele, mostrando as mãos pra gente e arregalando os olhos verdes. – E meus dedos escorregaram pelas teclas.

– Quem nunca? – Bree concorda. – Toda vez que preciso apresentar algum trabalho, viro uma poça nojenta de suor.

– Né?

Teddy está flertando com a Bree, acho. E, entre isso e ficar sentado com Marshall e Ainsley, me sinto um grande gay segurador de vela de novo – assim como fiquei na sala de jantar durante a festa do Ali. Mas, dessa vez, não tenho o gato Franklin para me distrair.

Thelma está por aí, em algum lugar. Me levanto para sair, mas...

– Sky? – Teddy me chama assim que começo a me afastar, estendendo uma camiseta com as mãos aparentemente suadas. – O que eu escrevo mesmo?

Me sento de novo.

O Sr. Brandstone chama Bree porque alguém derrubou uma garrafa de dois litros de Sprite e ele precisa de ajuda para limpar antes que Louise beba tudo e passe mal. Agora somos só eu e Teddy, sentados de frente um para o outro.

E de repente eu fico... nervoso, acho?

Sim. Nervoso. O friozinho volta com tudo.

– Não tem muitas regras – explico. – Mas, se quiser fazer igual a todo mundo, coloque a contagem regressiva com marcador preto aqui. Se for usar essa amanhã, escreve FALTAM 8 DIAS.

– Aqui?

– Isso. Daí você escolhe uma cor e...

– Eu gosto de laranja.

– Em laranja, na altura do peito, você escreve por quem você é gay.

Ele encara a camiseta, pensativo, antes de olhar para mim.

– Quem seria uma pessoa legal para eu colocar?

Os olhos dele são *tão verdes*. Nunca tinha reparado em como são marcantes. É como se dois kiwis partidos ao meio estivessem me encarando.

– Hum. – Olho em volta para o resto da turma. – Pode ser quem você quiser. Muita gente está usando celebridades. Cassy colocou Michelle Obama. Dustin, sendo Dustin, colocou o senhor Zemp. Christina é gay por batatas fritas.

Ele ri.

– Acho que vou simplificar e colocar você mesmo, o fundador do movimento gay em Rock Ledge.

– Ah, é?

– É.

Ele se curva sobre a camiseta e começa a escrever, e eu sinto o cheiro do seu perfume, ou shampoo ou qualquer coisa do gênero. Isso faz meu coração bater um pouquinho mais rápido. Assim como Dan, o cheiro combina com ele.

– Pronto! – diz ele, ajustando a postura e olhando para o chão com orgulho. GAY PELO SKY está escrito no meio da camiseta em letras laranja brilhantes. – Perfeito!

– Perfeito – concordo. – Aliás… obrigado por ter me mandado mensagem depois daquilo tudo… você sabe. – Aponto para o caos ao nosso redor. – Aquela confusão toda do e-mail. – Não planejei puxar esse assunto agora, mas as palavras começaram a sair do nada.

– Ah. – Ele fica vermelho de novo. – Sem problemas.

– Foi muito legal da sua parte.

Ele sorri.

Eu também.

– Teddy! Ajuda a gente aqui numa aposta! – grita Ainsley, rindo e acenando para que ele chegue mais perto. – Marshall acha que existem dez planetas no sistema solar.

Teddy revira seus olhos verde-kiwi enquanto sorri e corre até a Ainsley, a camiseta nas mãos.

Não sei muito bem o que acabou de acontecer, mas estou irracionalmente empolgado porque Teddy não parece ser tão hétero se decidiu ser gay por mim. Pelo menos numa camiseta.

9 dias

— Droga! – exclama Christina, a voz aguda atravessando como faca o som da música e da conversa no porão dos Brandstone. Salto de susto e me viro para ela, junto com todo mundo. Ela começa a rir, mas parece totalmente arrasada.

— O que foi? – pergunta Ali do outro lado do porão.

Ela levanta sua camiseta para que todo mundo leia GAY POR BATATA FRIA. O porão inteiro cai na gargalhada.

— Vocês são péssimos! – grita ela, rindo junto.

— Quem gosta de batata *fria*, Christina? – provoca Dustin.

— Não enche! – rebate ela, puxando seu celular com a capinha toda brilhante para tirar uma foto do erro na camiseta.

— Você gosta de fritar e esperar esfriar, ou prefere a batata crua mesmo? – brinca Ali.

— Vai se lascar.

Peraí. Um minuto.

O celular com a capinha toda brilhante…

Lembro da segunda passada, quando Christina pegou o celular durante a aula de Trigonometria para mostrar sua conta no Memórias para Marshall. Ela não conseguia acessar naquele dia – o dia em que hackearam o e-mail.

— Christina! – eu berro alto demais.

— Calma. Estou bem aqui, Sky, não precisa gritar.

Corro até o lugar onde ela está sentada.

– Se você veio zoar minhas batatas frias também – ela alerta conforme me aproximo –, eu vou embora.

– Não, não – respondo, baixando o tom de voz. – Lembra quando você estava com problemas com o Memórias durante a aula de Trigonometria? Tipo, você não conseguia acessar ou alguma coisa assim?

– Não.

Suspiro.

– Pensa bem. Estávamos fazendo trabalho em grupo na aula do Kam, e você foi falar com o Marshall pra ver se ele conseguia resolver...

– Ah, sim! – Ela assente. – Pois é, foi esquisito.

– O que aconteceu exatamente?

– Tentei entrar na minha conta naquela manhã, mas o sistema não deixava. Acabei tendo que criar uma senha nova. O erro era alguma coisa tipo... – ela pensa – "Sua conta foi acessada em um computador suspeito", ou alguma coisa assim.

– Isso já tinha acontecido antes?

– Nunca.

– Pois é, nem comigo. – Me inclino e chego mais perto dela. – Já parou pra pensar que isso foi na mesma segunda em que hackearam nosso e-mail?

Ela fica boquiaberta.

– Você quer dizer que...

– *Não tenho ideia* do que eu quero dizer. Mas parece estranho, né? – Olho para Ainsley e Marshall, que estão agarrados um ao outro, os braços e as pernas embolados feito barbante. – Ei, Marshall!

Ele olha para mim.

– Reunião de emergência – digo num grito sussurrado, tentando não chamar a atenção de outras pessoas. – Rápido.

Eu, Christina e Marshall fugimos para o meu quarto.

– Ai, meu Deus, a parede! – diz Christina, encarando a lista de ideias com um sorriso. – É ainda mais gloriosa pessoalmente.

– Sim, sim – murmuro enquanto abro meu notebook e acesso o Memórias.

– Foi um elogio, Sky! – Ela se joga ao meu lado no futon e bagunça meu cabelo. – Megafofo. Uma obra de arte.

– Eu estava no meio de um amasso *muito bom* antes de ser interrompido – reclama Marshall, fechando a porta e comendo salgadinhos. – Qual é a dessa *reunião de emergência*?

– Lembra quando eu não conseguia acessar o Memórias naquela manhã porque alguém usou minha conta num computador suspeito ou alguma coisa assim? – pergunta Christina.

– Claro.

– Foi na *mesma* manhã em que hackearam o e-mail – completo.

Marshall para de comer.

– Ai.

– Pois é.

– Será que isso significa alguma coisa? – pergunta Christina, saltando no futon. – O que isso *significa*, Marshall?

– Acesso suspeito – diz ele, mais para si mesmo do que pra gente. – Acho que você recebe esse tipo de notificação quando um computador ou um celular diferente do que você está acostumada a usar acessa sua conta. Foi por isso que você foi desconectada e não conseguia voltar. Peraí! – O rosto de Marshall se anima enquanto ele se joga do meu outro lado, puxando o computador para o seu colo. – Não acredito que não pensei nisso. O Memórias tem uma espécie de planilha de logins, onde dá pra ver o dia e a hora em que todos os usuários da turma acessaram o programa, e quando deslogaram. – Ele clica em um monte de janelas diferentes por um minuto, até finalmente abrir uma planilha. – A-há!

– Nossa – respiro fundo, olhando para a tela.

– Eu não sabia que o sistema tinha isso! – diz Christina, esticando o pescoço para ver melhor.

– Tem uma penca de funcionalidades inúteis, a maioria a Winter nem sabe que existe – comenta Marshall. – Mas, às vezes, são uma mão na roda.

Ele começa a rolar a página, voltando no tempo. Percebo que durante a semana, especialmente no horário da reunião do Anuário, há vários nomes logados no sistema. Mas aos fins de semana a planilha fica quase vazia – exceto pela nossa editora-chefe nota dez, Bree –, porque ninguém quer passar os domingos mexendo nas páginas do Anuário. Faz sentido.

Daí chegamos ao fim de semana antes da invasão do e-mail.

– Olha só – diz Marshall, apontando para o domingo, um dia depois da festa do Ali, quando fomos assistir ao filme da DuVernay e Bree estava mal-humorada. Só existe *um* nome que aparece entre a noite de sexta e a manhã de segunda.

– Christina Alpine – leio.

– Hã? – Christina fica boquiaberta. – Que porra é essa?

– A usuária Christina Alpine acessou o Memórias naquela noite, às 19h12. – Marshall leva o olhar da tela para ela.

– Isso não faz sentido – diz Christina, ajeitando a postura e parecendo confusa pra caramba. – Sem chance de eu passar uma noite de sábado mexendo em coisas do Anuário. Literalmente. Tipo, zero chance.

– O que você estava fazendo naquele sábado?

Ela pensa.

– O dia depois da festa do Ali... Ah! Eu estava na casa da Tana. Um encontrinho casual. A gente assou uns cookies, dividimos um baseado e assistimos a *Na rua com Billy*.

– Tem certeza de que você não acessou a página lá na casa da Tana?

Ela ri.

– Sério mesmo? Gente. Eu mal mexo nas coisas do Anuário quando *estou* na aula, imagina se vou fazer isso sozinha e chapada... – Ela para abruptamente. – Espera. Ai, caramba...

– Que foi?

– Ai, meu Deus.

A porta se abre de repente e Bree aparece.

– Achei vocês! – diz ela, entrando no quarto. – Por que estão escondidos aqui...

– Fecha a porta! Fecha! – grita Marshall, gesticulando para que ela entre. Ela obedece.

– Beleza, beleza, calma aí. – Bree lê nossas expressões. – O que rolou? Christina se levanta lentamente.

– Cliff Norquest – murmura ela.

– Peraí. Quê? – Bree entra em pânico, olhando para nós três. – O que esse idiota fez agora?

– Eu estava na casa da Tana – continua Christina. – E o Cliff apareceu do nada, sem ser convidado, com aquele amigo chato dele que usa botas de caubói... qual é mesmo o nome dele? Brendon!

180

– Pastures?

– Isso. Brendon é amigo da Mary, e foi por isso que eles apareceram lá, eu acho. Enfim. Não importa. – Ela pensa por um segundo. – Cliff disse que ouviu um boato de que colocamos uma foto muito feia dele na página da equipe de luta greco-romana no anuário. E eu garanti que era mentira, porque essa página é minha. Então, se tem *uma pessoa* que saberia, era eu.

– Checagem de fatos: correta – intervém Bree. – Editei a página da equipe de luta greco-romana hoje mesmo. Não tem nenhuma foto do Cliff, exceto por uma na qual ele aparece com o time todo. Mas, calma lá, o que está acontecendo?

– Então – Christina a ignora e continua – Cliff ficou todo nervosinho por causa disso, dizendo que eu estava mentindo e pediu para ver a página. Só para ele parar de encher o saco, acessei minha conta no celular dele e mostrei a página bem rapidinho… – O rosto dela se contorce em pura culpa.

– Por que você não usou o seu celular?

– Porque estávamos na cozinha e meu celular estava na sala do andar de baixo. Me pareceu mais fácil usar o dele.

– Gente, sério agora – implora Bree. – Que diabos está acontecendo?

– Temos mais provas de que foi o Cliff – responde Marshall. – E agora sabemos *como* ele fez tudo. Hackeou o sistema, vazou as fotos.

– Espera. Como essa história prova que foi o Cliff?

– É mais um sinal apontando pra ele – digo.

– Um sinal dos grandes – completa Marshall. – Só dá pra editar o e-mail de dentro do Memórias, e o horário de login na planilha bate certinho com a sua história. Você provavelmente usou o celular dele para mostrar a página por volta das sete da noite, certo?

Christina pensa.

– Sim, por aí. – Ela olha para mim e para Bree. – Gente, desculpa.

– Foi por *isso* que você não conseguiu acessar na segunda de manhã! – diz Marshall com satisfação em seu sorriso. – É uma medida de segurança. O sistema te obriga a mudar de senha quando um computador ou um celular suspeito, nesse caso o do Cliff, acessa sua conta.

Caramba.

Risco mais um item da minha lista mental.

De alguma forma, a pessoa conseguiu uma foto da minha parede.

De alguma forma, a pessoa acessou o Memórias e hackeou o e-mail.

De alguma forma, a pessoa tirou nossa foto juntos na festa do Ali.

– Eu tinha que ter me lembrado disso antes – diz Christina, devastada.

– Tudo bem! – respondo, ficando de pé para andar de um lado para o outro, me sentindo meio Veronica Mars. – Isso foi uma novidade boa, batata fria. Estamos um passo mais perto de desmascarar o Cliff. E agora sabemos *como* ele hackeou o sistema e *como* conseguiu a foto da minha parede.

– Aquele babaca do Rence Bloomington – resmunga Bree com raiva.

– Só precisamos descobrir como ele conseguiu a foto da festa do Ali, e já era! – diz Marshall, e, se virando para Christina, completa: – Mas tudo isso aqui continua sendo superconfidencial, beleza?

Christina assente, empolgada por saber do segredo.

– Claro.

A porta do quarto se abre de novo. Ali está do outro lado, a camisa toda suja de mostarda.

– Ah, então é *aqui* que está rolando a festa – diz ele, olhando em volta. – O que eu perdi?

Eu tinha certeza de que pelo menos alguns alunos do Anuário iriam amarelar. Mas cada um deles, além de Ainsley, Dan e Teddy, vestiu a camisa na sexta. O colégio inteiro só fala disso. Se nós quatro provocamos uma onda na segunda-feira, hoje é um tsunami com força total.

Ouvi o Sr. Kam reclamando com outro professor que o diretor Burger está recebendo um monte de ligações de "pais" insatisfeitos. Dizem que um dos grupos religiosos de alunos – sim, aqui no colégio tem, tipo, uns cinco – quer lançar um abaixo-assinado. (Pedindo o quê? Ninguém sabe ao certo.) Até a equipe do Jornal Estudantil está andando por aí em busca de declarações de alunos do Anuário para uma matéria sobre a invasão do e-mail e todo o drama envolvendo o Victor Bungle. E, quando os alunos do Anuário e do Jornal trabalham juntos, o bicho pega de verdade.

Juntando as camisetas com o avanço enorme na Operação Detonar Aquele Que Não Deve Ser Nomeado (Bree ainda não conseguiu inventar um nome menor), me sinto nas nuvens.

Eu, Bree e Marshall sempre almoçamos no corredor, do lado de fora da sala da Winter, mas hoje fizemos questão de esfregar nossas camisetas na cara do Victor. Decidimos nos juntar à Ainsley e ao Teddy e usar o refeitório pela primeira vez, numa mesa próxima àquela em que o nosso presidente de classe puxa-saco geralmente devora cheesebúrgueres com o resto do conselho esnobe.

– Vamos bater de frente com ele? – pergunta Bree, encarando Victor como se ele tivesse sequestrado a Thelma.

– Não – digo com firmeza.

– Por que não?

– É, por que não? – repete Marshall depois de um arroto, surpreso por eu não querer que Bree comece a Terceira Guerra Mundial no meio do almoço.

– Vamos deixar as camisetas falarem por si – declaro enquanto coloco um Cheetos na boca. – As camisetas estão mexendo com a cabeça do Cliff, não estão?

– Talvez – murmura Bree, os olhos ainda grudados em Victor, sem piscar, como uma pantera analisando sua presa. – Não vi Aquele Que Não Deve Ser Nomeado a semana inteira. Acho que ele está se escondendo de mim.

– Cliff vive andando pelos corredores desesperado por atenção – diz Teddy enquanto morde um pedaço de picles. – Mas ele anda pianinho nos últimos dias.

– Viu só? – Balanço a mão na frente da Bree para tirar sua atenção do Bungle. – Cliff também tem me evitado. E agora o Bungle sabe que aquela postagem idiota dele não vai nos calar.

– Sim – diz ela, afastando os olhos lentamente da mesa do Bungle. – Tem razão, acho…

Ela não está mais olhando para ele, mas dá pra ver que continua distraída. Decido mudar de assunto.

– Enfim. Petey perguntou se a gente vai jogar *Super Smash Bros* com ele depois da aula. Ficar de boa nessa sexta me parece uma ótima ideia depois da loucura que foi a semana. A gente pode pedir pizza ou perguntar se a Clare quer fazer nachos. Topa?

– Não posso – responde ela, mexendo no celular. – Vou pra casa do Dan.

– Ele é gay, não é? – solta Marshall, lambendo purê de batata do garfo.

Aff. Lá vamos nós. Vai ser como naquela noite na praça de alimentação do shopping, tudo de novo.

Sei que Marshall não se importa com a orientação sexual do Dan, mas a especulação constante é ainda mais irritante – principalmente depois que o Dan se abriu comigo e contou tudo que ele tem passado.

Bree revira os olhos.

– Marshall, só… para – diz ela.

– Parar com o quê?

– Com as especulações – respondo pela Bree. – Você fez a mesma coisa na praça de alimentação do CELM. Lembra?

Ele fica boquiaberto.

– Ai, gente, sem essa. Vocês sabem que não me importo. Só quero que o Dan se sinta confortável em ser quem ele é, só isso.

A mesa toda fica em silêncio.

Bree parece irritada. Tento morder a língua para que a conversa não acabe virando uma briga muito maior. Teddy e Ainsley parecem muito concentrados em seus sanduíches.

– Foi mal, Bree – diz Marshall com delicadeza. – De verdade, não quis parecer um cuzão…

– Tá tudo bem – responde Bree, evitando contato visual.

O sinal toca. Bree se levanta imediatamente e se mistura à multidão que sai do refeitório. Quase derrubo meu Cheetos quando tento alcançá-la.

– Ei! – Minha mão toca seus ombros. – Você tá bem?

– Sim. – Ela anda com pressa pelo corredor e não olha para mim.

– Marshall não fez por mal – digo. – Ele não entende que é grosseria perguntar esse tipo de coisa.

– É mais que grosseria. É intrusivo.

– Tem razão.

– A última coisa de que o Dan precisa agora é ter caras como o Marshall fofocando sobre quem ele realmente é.

– Verdade. Mas, ei! – Eu puxo a manga dela. – Tem certeza de que está tudo bem?

Ela para bruscamente, se vira e afunda o rosto no meu ombro.

– Sim, desculpa. É só que… – Ela recupera o fôlego. – Dan passou por muita coisa desde que saiu do último colégio. E agora ele está tentando encontrar um lugar para ele aqui, e está tudo… muito complicado.

– Imagino.

– Odeio saber que ele não pode ser quem é, livre de julgamentos. Entende?

– E como…

Seus olhos encontram os meus.

– É claro que entende.

– Quer que eu converse com o Marshall?

– Não, está tudo bem. Não estou chateada com ele. É só… Vai ficar tudo bem. – Ela limpa o pozinho de Cheetos do meu ombro com um meio sorriso. – Te vejo na sala da Winter.

E então ela vai embora.

Bree e Marshall precisam conversar sobre isso – ou Bree vai ficar adiando, como sempre faz –, mas, de uma forma ou de outra, os dois riem juntos com alguns memes clássicos do Vine durante a aula, meia hora depois.

Sinto que tem alguma coisa rolando.

Porque nós três discutimos o tempo todo, não é grande coisa, mas Bree parecia balançada de verdade por causa do Dan.

Na aula da Winter, Marshall se inclina para mais perto de mim, sem tirar os olhos da página em que está trabalhando.

– Se você não for jogar *Super Smash* com o Petey, quer ir pro CELM depois da aula comigo e com a Ainsley? – Ele aplica um filtro numa foto de um grupo de formandos para deixar mais brancos os dentes de todo mundo. – Vamos assistir ao novo Bourne.

Segurar vela tornaria a experiência de ver o Matt Damon pulando de um telhado para outro por duas horas ainda mais insuportável, então recuso o convite. Mas me ofereço para ir com eles até lá, só para pegar o carro do Marshall emprestado e visitar o Charlie, que mora mais ou menos perto do cinema. Preciso terminar a página dele para o anuário, de qualquer forma. E posso acabar conseguindo mais informações sobre o meu pai também.

Caramba, talvez eu até consiga juntar coragem para pedir ajuda do Charlie em relação a Marte.

Marshall concorda e nem me pede dinheiro para a gasolina.

Depois da aula, passamos na casa dele para pegar o vale-presente do CELM que eu dei. (Ele comenta que vai comprar doces pra mim na loja do Moe até o fim do ano; acho que está se sentindo culpado por ter aceitado o vale-presente depois de nos acertarmos.) Estamos prestes a sair da garagem quando a porta se abre e o Sr. Jones aparece com seu equipamento de jardinagem, um ancinho na mão.

– Droga – sussurra Marshall do banco do motorista. – Se preparem, gente. – Ele abaixa o vidro conforme o pai se aproxima. – Pois não?

– Todo mundo bem? – pergunta o Sr. Jones, enfiando metade do corpo dentro do carro. Seus óculos escorregam até a ponta do nariz. Tenho um déjà-vu da noite da festa do Ali.

– Ótima! – Ainsley sorri.

– Muito bem – respondo.

– Vão ao cinema?

– Sim – diz Marshall prontamente. – Não, não vamos beber; sim, todos com cinto de segurança; e não, não vamos chegar tarde.

– Parece que está finalmente aprendendo, logo agora que está prestes a deixar o ninho – diz o Sr. Jones com um sorriso, se esticando para dar um tapinha na nuca do Marshall. Ele se vira para mim, no banco de trás. – E aí, Sky?

– Oi, senhor Jones.

– Gostei daquelas camisetas que vocês estão usando.

Fico tenso. Daquelas camisetas? Daquelas camisetas *gays*? O pai do Marshall gostou daquelas *camisetas gays*?

– Ah. – É tudo que consigo dizer. – Obrigado.

– Já passou da hora de alguém colocar esta cidade em seu devido lugar. Fico feliz que você, a Bree e… qual é mesmo o nome do outro garoto?

– Ali Rashid.

– Rashid, isso. Fico feliz de ver vocês lutando pelo que acreditam. Não vão se arrepender.

Ele me dá uma piscadinha antes de se esticar para fora do carro, bater no capô e lembrar Marshall de dirigir dentro do limite de velocidade.

Estou sem palavras.

Nunca em um milhão de anos imaginei receber um elogio desses de um cara osso duro, fã de camisas polo e hipermasculino como o Sr. Jones.

Já passou da hora de alguém colocar esta cidade em seu devido lugar.

Não consigo parar de sorrir durante todo o caminho até Traverse City.

Depois que Marshall e Ainsley descem no CELM, dirijo até a casa do Charlie, onde Bob aparece galopando pela entrada para me receber, como se eu fosse uma visita constante.

– Oi, Justin! – diz Charlie assim que passo pela porta. – Carro novo?

– Quem me dera – respondo, tirando minhas botas. – Não tenho carro. É de um amigo.

Brian chega do trabalho alguns minutos depois, e acabamos na ilha da cozinha de novo. Charlie pega mais algumas fotos para selecionar, embora eu achasse que já tínhamos decidido as cinco escolhidas na última vez que estive aqui. No fundo, acho que ele gosta mesmo é de ficar relembrando os velhos tempos.

Brian está bancando o bartender e prepara uns drinques superchiques para eles dois, com gim e alguma coisa que me parece ser menta, enquanto uma música da Adele toca suavemente pelas caixas de som. Sinto que estou invadindo a noite romântica de sexta deles, ou alguma coisa assim, e eles só estão sendo gentis e acolhedores. Sky Segurador de Vela ataca novamente!

– Então, como vão as coisas no colégio? – pergunta Brian.

Quase respondo com sinceridade – comentando sobre a invasão do e-mail, a parede de ideias, as camisetas gays e a investigação contra o Cliff –, até me lembrar de que, aqui, não sou Sky Baker.

– Tudo na mesma – minto, como Justin.

– Quase perguntei se você queria um – diz Brian, apontando para a taça de bebida e rindo sozinho. – Ainda faltam o quê? Uns três anos até você ter vinte e um?

– Sim, infelizmente.

– Poxa.

– Nós temos água, refrigerante, limonada… – diz Charlie, analisando a geladeira aberta.

– Aceito uma limonada, obrigado.

Meu celular vibra sobre o balcão.

Outra mensagem do Gus. Meu estômago embrulha.

Esqueci de responder à mensagem anterior. Tá bem, eu tentei *me convencer* de que esqueci. Só estou enrolando mesmo.

oi estarei na cidade semana que vem, escreveu Gus dessa vez. **quer sair para jantar no Denny's comigo e com a mamãe na quinta?**

– Tudo bem aí? – pergunta Charlie, percebendo que aconteceu alguma coisa.

Respondo **claro** para o Gus e guardo o celular no bolso.

– Sim. É só o meu irmão – digo, revirando os olhos com um sorriso forçado.

– Parece que você viu uma assombração – comenta Brian.

– Nossa relação é meio complicada.

– Não precisa explicar. – diz Charlie. – A não ser, é claro, que você *queira* falar sobre isso. Se for o caso, sou todo ouvidos.

Dou uma risada meio constrangida, desesperado para mudar de assunto.

– Não… deixa pra depois. Mas eu queria te perguntar uma coisa mais clínica.

Charlie desvia os olhos da pilha de fotos, e seu rosto é tomado por uma expressão mais séria.

– Nada muito clínico *clínico*, na real – esclareço. – Só queria saber, tipo, como funciona para, hum, agendar uma consulta com você? Na clínica de dermatologia e tal.

– Posso arrumar um horário. Por quê? O que aconteceu?

O nervosismo sobe pela minha espinha.

– Eu tenho uma cicatriz de queimadura desde que eu era criança.

– Ah, sério?

– É bem feia.

– Você está no plano de saúde dos seus pais?

Eu nem sei se minha mãe *tem* um plano de saúde. Não vou ao médico há anos.

Charlie percebe que estou demorando a responder.

– Não se preocupe com isso. Podemos dar um jeito lá na clínica. Ou posso dar uma olhada agora também, se você não quiser passar por toda a burocracia de marcar um horário.

– Nossa, Charlie – murmura Brian. – Você gosta mesmo de deixar os outros sem graça, né?

– Tá tudo bem – respondo. – É só que… faz muito tempo que eu não mostro Marte pra ninguém.

– Marte?

– Hum… – Meu Deus, como eu sou idiota. Minhas bochechas estão corando. – Sim, é meio esquisito mesmo, mas eu dei um apelido para ela. Pra cicatriz.

Charlie sorri.

– Marte? Gostei.

Ele é um dermatologista. Deve ver cicatrizes o tempo todo. Provavelmente já viu coisa muito pior do que Marte. É melhor resolver isso agora.

Então respiro fundo e puxo a gola da minha camisa para baixo, revelando a marca horrorosa e rosada que cobre boa parte do meu peito.

Charlie se aproxima para ver de perto.

Só que algo estranho acontece.

O comportamento dele muda. Tipo, imediatamente. Ele parece todo sério, como se tivesse algo errado ou… sei lá. Não era isso que ele esperava encontrar? Então ele olha para Brian, que não parece compartilhar da mesma preocupação.

– O que foi? – pergunto, meio em pânico. – Tem algo errado?

– Não – responde Charlie rapidamente, a expressão confusa dando lugar a um sorriso. – Não há nada errado, não mesmo.

– Por que o nome "Marte", aliás? – pergunta Brian, servindo limonada para mim, sem notar o pavor que tomou conta de seu parceiro.

– No geral, porque se parece com Marte mesmo – respondo. – Tipo, o planeta.

Brian faz um biquinho, como se aquilo fosse a coisa mais fofa que já ouviu na vida, antes de deslizar o copo de limonada em minha direção pelo balcão.

– Já vi muitas cicatrizes como Marte antes – comenta Charlie. – Vou marcar uma consulta na clínica, se você quiser. Não precisa se preocupar com plano de saúde nem nada do tipo.

– Claro – digo, concordando. – Muito obrigado.

Brian sugere que a gente vá para a sala terminar a página, porque lá é menos gelado, então começamos a recolher as fotos para trocar de cômodo.

Mas, sério, o que acabou de acontecer?

É claro que Charlie viu *alguma coisa*. Será que Marte é ainda mais feia do que eu imaginava? Ou talvez tenha algo de errado com ela? Será que é câncer? Estou *morrendo*?

– Encontro vocês na sala – digo, fugindo para o banheiro com cheiro de lavanda ao lado da cozinha.

De frente para o espelho, abaixo a gola da camisa de novo só para ver se Marte é… sei lá! Uma anomalia? Uma segunda cabeça feita de cicatriz? O que não estou vendo aqui?

Ops. Sabe a bola de desespero gay que sempre rola montanha abaixo na minha cabeça, destrói tudo cheia de graça e me faz ter um colapso mental? Estou sentindo que ela está ganhando velocidade.

Não. Isso não pode acontecer aqui.

Aqui não, Sky.

É só uma maldita cicatriz. Sim, é feia e grande. Mas ainda assim. É só uma cicatriz.

Mas eu não sou médico. O Charlie é. Por que ele surtou por um segundo?

Deve ter sido coisa da minha cabeça. Talvez o que eu acredito ter sido confusão e preocupação era só ele *pensando* – o jeito como ele fica quando está examinando um paciente novo, ou qualquer coisa assim.

Eu geralmente exagero, sei disso. Esse pode ser apenas mais um dos meus exageros.

Respiro fundo e freio a bola de desespero da melhor forma que consigo.

Me imagino esfregando a barriga da Louise. *Inspira.*

Rindo no cinema com Marshall e Bree. *Expira.*

Ouvindo Winter nos contar sobre as viagens que fez quando era jovem. *Inspira.*

Assim que a bola para completamente, abro a torneira por um segundo, só para parecer que usei mesmo o banheiro, e saio em direção à sala. Mas escuto Charlie e Brian sussurrando um com o outro antes de eu virar no corredor.

– Não, definitivamente é ele. – Ouço Charlie sussurrar.

– Tem certeza? – responde Brian.

– Apostaria minha vida nisso. É o Sky.

Desgraça.

Desgraça, desgraça, *desgraça.*

Dou um passo para trás e me apoio na parede, coração a mil, cabeça girando. Num piscar de olhos, a bola está rolando montanha abaixo mais uma vez.

– O que você vai fazer? – pergunta Brian depois que o silêncio toma conta da sala de maneira sufocante. – Você não pode falar sobre isso hoje à noite…

– Não *consigo* não falar sobre isso.

Marte me entregou.

Só pode ter sido ela.

Charlie deve tê-la visto quando eu era criança ou algo assim. Sei lá. Minha aparência mudou muito desde que eu era criança, então faz sentido que Charlie não tenha me reconhecido depois de tanto tempo. Mas Marte? Marte não mudou nada. Tirando o jeito como se expandiu conforme eu cresci, ela continua basicamente a mesma.

A bola explode.

Meus olhos começam a marejar. Meu coração pulsa até a ponta dos dedos.

Não posso ficar aqui. Estou envergonhado demais para que me vejam de novo.

Volto para a cozinha, pego meu computador e minha mochila e flutuo cuidadosamente até o saguão para ir embora.

– Justin? – Ouço Brian chamar quando fecho a porta da frente e corro até o carro do Marshall.

Durante o fim de semana, não consigo parar de pensar no Charlie e no Brian e em como eu ferrei tudo. Devia ter sido honesto desde o começo: sobre o anuário da Sra. Brandstone, sobre o meu nome, sobre o meu pai.

Honesto sobre tudo.

– Por que você não está com a minha irmã? – pergunta Clare, desconfiada, na noite de domingo, enrolada confortavelmente no seu moletom de unicórnio.

Estamos em cantos opostos do sofá da sala, comendo o pão de banana que ela acabou de tirar do forno e assistindo a reprises de *Buffy: a caça-vampiros*. Bem, ela está assistindo a *Buffy* – eu estou encarando a notificação no meu celular que mostra uma chamada perdida do Charlie. Nem sonhando que eu vou retornar. "Vergonha" não chega nem perto de descrever as cambalhotas que sinto no estômago toda vez que me lembro do que aconteceu na sexta.

Bree foi fazer dever de casa no Dan, explico a Clare, e Marshall está ajudando o pai a trocar o piso do banheiro.

– Nossa – diz ela, olhando pra mim como se eu fosse a coisa mais patética que ela já viu. – Vocês três têm vidinhas bem entediantes, hein?

A Sra. Brandstone, suada e estressada, entra na cozinha e joga as sacolas de compras sobre o balcão.

– Cadê a Bree? – ela também pergunta.

Acho que eu e Bree chegamos a um nível tão inseparável que, quando não estamos juntos, parece que algo alarmante aconteceu. Repito a mesma explicação que acabei de dar para Clare. A Sra. Brandstone percebe que há algo errado.

– Está tudo bem? – pergunta ela, tirando uma quantidade inexplicável de espigas de milho de dentro das sacolas.

Eu deveria conversar com ela sobre Charlie e o anuário, agora que o segredo já foi exposto. Mas estou tão envergonhado por ter mentido – e, pensando bem, por ter saído correndo da casa dele pela *segunda* vez – que não quero tocar no assunto.

– Sim, estou bem – minto. – Só a melancolia normal de domingo mesmo, só isso.

✗ ✗ ✗

Passo a noite toda me revirando na cama. Mas, na verdade, Charlie e Brian são responsáveis por apenas uma parte da minha ansiedade noturna.

O que mais me deixa apavorado é o jantar com Gus e minha mãe. Afinal, o que há para ser dito? Não tenho nada para falar com eles.

– Boas notícias, Sky High! – Ali aparece ao meu lado conforme saímos da aula de Trigonometria na segunda. Ele está vestindo sua camisa GAY PELO SKY, e eu a minha GAY PELO ALI. É estranho como essa coisa totalmente anormal se tornou normal.

A contagem regressiva marca cinco dias hoje.

Só mais cinco malditos dias até a Festa dos Formandos na Praia.

– Carolyn finalmente voltou – continua ele, colocando a mochila pesada nas costas. – Perguntei se ela se lembra de alguma informação útil sobre a minha festa.

Ai, merda, ainda tem isso.

No meio de tudo que está acontecendo, me esqueci completamente da Carolyn. Ela passou uma semana doente, afinal.

– O que ela disse? – pergunto, esfregando os olhos.

– *Jeff Blummer!*

– O maconheiro?

– Isso!

– O que tem ele?

– Jeff estava sentado no sofá na nossa frente no porão. Pelo menos de acordo com o que a Carolyn se lembra. Sei que ela estava quase apagada naquela noite, mas talvez seja uma pista interessante. – Como estamos no meio do corredor e cercados de pessoas, ele está desesperado para conter a empolgação radiante dos seus olhos castanhos, como se tivesse encontrado o bilhete dourado da Fantástica Fábrica de Chocolate e tentasse guardar o segredo.

– Que loucura.

Ele para de andar, o que me faz achar que devo parar também.

– Por que você não ficou empolgado com isso? – pergunta.

– Estou – minto. – Só estou um pouco cansado.

Ele me encara desconfiado.

– Bem, se estiver a fim, encontre comigo e com a Bree no corredor D durante o almoço.

– A fim de quê?

– Vamos colocar Jeff contra a parede e exigir respostas – diz ele, como se a resposta fosse óbvia.

Isso vai ser constrangedor pra caramba.

Quase não me encontro com Bree e Ali porque a ansiedade para o jantar com Gus e minha mãe passa a manhã inteira tomando conta da minha mente, jogando um balde de água fria no que deveria ser um dia empolgante. Mas não aparecer poderia deixar Bree desconfiada de que há algo errado, então decido me juntar a eles.

– Onde o Jeff almoça? – pergunto, observando o corredor D.

– Onde mais poderia ser? – Bree aponta para a porta que dá para o estacionamento.

– No mesmo lugar onde ele fica chapado o dia todo – completa Ali.

Saímos pela porta e atravessamos o pátio principal às pressas para não sermos flagrados matando aula, e encontramos a van enferrujada e acabada do Jeff estacionada toda torta perto da quadra de tênis. Como era de esperar, ele está no banco do motorista, ao lado do seu amigo Sam.

– Oi, podemos entrar rapidinho? – pergunta Bree, batendo no vidro.

– Eu não vendo mais – diz Jeff, tomando uma bebida verde-limão num copo do Taco Bell.

– Não queremos comprar nada – garante Ali. – Só queremos fazer algumas perguntas.

Jeff olha para Sam, e depois de volta pra gente.

– Vocês não são policiais, né?

Bree bufa.

– Jeff, a gente estuda junto desde a terceira série.

Ele nos deixa entrar no banco de trás, coberto de embalagens de fast--food e cheirando a maconha. É como se Jeff estivesse se *esforçando* para ser um estereótipo ambulante.

– Você foi na minha festa umas semanas atrás, não foi? – pergunta Ali.

– Hum.... – Jeff coloca o canudo na boca. – Festa de quem?

– Do Ali – responde Bree, irritada. – Ali Rashid. O garoto que acabou de te perguntar. E que está literalmente sentado aqui.

Jeff nos olha novamente, percebe nossas camisetas e sorri.

– Mensagem maneira nessas roupas. – Ele soluça. – Será que alguém é gay por mim?

– Você lembra de estar no porão naquela noite?

Jeff morde o lábio, pensativo.

– Acho que vocês pegaram a pessoa errada, caras...

– Jeff. – Bree está perdendo a paciência. – Você abriu a porta pra mim, pro Sky e pro Marshall. Não lembra de nada daquela noite? Tipo, *literalmente* nada?

Ele contorce o rosto e suga o canudo novamente.

– Tinha um gato lá, não tinha?

– Sim. Franklin – diz Ali. – Meu gato Franklin.

Jeff sorri.

– Aí, sim – diz ele, abrindo um sorriso. – Lembro do Franklin.

– Podemos ver seu celular? – pergunta Bree.

– Por quê?

– Alguém tirou uma foto que não devia durante a festa. Só quero confirmar se não foi você.

Ele dá de ombros, entregando o aparelho para Bree.

– Não tenho nada a esconder. Só não vai olhar meus nudes, hein?

Bree abre a pasta de fotos e desliza o dedo pela tela – passando por um monte de selfies praticamente idênticas no espelho do banheiro e um monte de prints de receitas de um blog de culinária – até encontrar as fotos datadas de duas semanas atrás.

– A-há! – diz ela, tocando a tela.

Ela abre a imagem; a foto mostra Ali e eu sentados no sofá do porão – a mesma onde escreveram *Além de terrorista, também é bicha* no topo.

É *a* foto.

Carolyn tinha razão.

– Que porra é essa? – grita Ali, pegando o celular e virando a tela para Jeff. – Por que você tirou essa foto?

Jeff encara a imagem por uns cinco segundos, com a expressão mais confusa que já vi em seu rosto.

– Peraí, posso explicar.

– É melhor mesmo – Ali grunhe.

Jeff puxa o celular da mão dele.

– Calma, cara.

– Explica por que você tirou essa foto, depois a gente se acalma – diz Bree.

Sam começa a rir no banco do passageiro. Não por causa do que está acontecendo, acho. Ele só está chapado pra caramba.

– Beleza, beleza. – Jeff respira fundo, fechando os olhos para se lembrar melhor. – Um cara pegou meu celular naquela noite. Disse que o porão estava escuro demais para fotografar com o celular dele e não queria usar o flash, daí pediu pra tentar com o meu. – Jeff abre os olhos novamente e olha para Sam. – Qual é mesmo o nome daquele cara?

– Qual nome de qual cara? – pergunta Sam entre uma risada e outra.

– Aquele cara.

– Qual cara?

– Você sabe, o cara vestindo aquela camiseta.

Sam ri ainda mais alto.

– Sei lá, cara.

– Como ele era? – pergunta Bree.

Jeff suga o canudo mais uma vez. O líquido verde-limão sobe do copo.

– Ele era loiro…

– Beleza, loiro.

– Tinhas os dentes superbrancos.

– Loiro de dentes brancos.

– E estava com a camisa do time de luta greco-romana.

Nós três nos entreolhamos.

– Certo – diz Bree, literalmente na beirada do banco. – Loiro... dentes brancos... luta greco-romana...

– Ah! – Ali se anima. – Brendon Pastures?

Jeff sorri e aponta.

– Esse mesmo!

– Brendon babaca Pastures. – Ali balança a cabeça. – Lembro de ter achado meio esquisito ele ter aparecido sozinho na minha festa, e parecia que ele nem queria estar lá.

– E vocês lembram? – diz Bree empolgada. – A Christina comentou que o Brendon estava com o Cliff quando ele apareceu na casa da Tana e pediu para ela acessar o Memórias usando o celular dele. – Ela se vira para o Jeff. – Posso ver seu celular de novo, Jeff? Só preciso conferir umas coisinhas.

Ele entrega o aparelho para ela.

– Brendon provavelmente enviou a foto para o Cliff na mesma noite – Bree sussurra para mim.

Primeiro ela procura nos contatos do Jeff. Porém não encontra nenhum "Cliff" ou "Brendon" salvos. Ela entra nas mensagens recentes dele, descendo até a data próxima da festa do Ali, mas Jeff só trocou cinco mensagens naquele fim de semana: uma conversa chata sobre sanduíches de presunto com Sam; interações rotineiras com os pais; umas mensagens safadas e muito desconfortáveis com um contato que foi salvo em seu celular como "gêmea da Kylie Jenner", e um papo sem fim sobre o preparo dos Estados Unidos para um ataque nuclear com alguém chamado "Soluço".

– Quem é Soluço? – pergunta Bree.

Jeff abre a boca lentamente para responder, mas...

– Quer saber? Deixa pra lá.

Prestes a desistir, Bree estende o celular de Jeff de volta para ele, porém seu rosto se ilumina.

– Peraí! – Ela abre o aplicativo de e-mail, vai até a pasta de enviados e procura pela data da festa do Ali.

– Isso! – diz ela com um sorriso maquiavélico. – Olha aqui. O Brendon mandou a foto para ele mesmo por e-mail.

Ela mostra a tela para mim e para Ali. Brendon enviou a foto para BPastures101@gmail.com naquela noite.

– Aposto que ele tentou esconder os rastros mandando a foto desse jeito, porque um e-mail enviado é mais fácil de passar despercebido do que uma mensagem – diz Bree, pensando em voz alta. – E, como estava escuro demais no porão para usar o celular dele, ele decidiu usar o celular de um maconheiro, porque *é claro* que um maconheiro não se lembraria de nada. Sem ofensas, Jeff.

– De boa – diz ele, sorrindo de olhos fechados.

Começamos a sair do carro quando Jeff acorda do seu transe.

– Diz pro Franklin que eu mandei um…

Mas fechamos a porta da van antes que ele possa terminar.

– Quanto tempo temos até o fim do intervalo? – pergunta Bree enquanto atravessamos o pátio. Estou correndo para acompanhar o ritmo.

– Cinco minutos – responde Ali.

– Aff, vamos correr, então.

Sigo Bree, que anda em zigue-zague com determinação pelo refeitório, onde encontra Carolyn almoçando com um grupo de garotos do segundo ano que são obcecados por ela.

– Te devemos uma – diz Bree, se jogando ao lado dela na mesa e sorrindo de orelha a orelha.

Carolyn – de olhos cintilantes e totalmente recuperada do resfriado que a deixou de cama na semana passada – se anima.

– Sério? O que o Jeff disse?

– A foto estava no celular dele.

– Mentira! – Ela suspira. – Eu sabia! Bem que eu vi ele perto de vocês dois no sofá, aquele babaca.

– *Mas* – Ali a interrompe – descobrimos que foi o Brendon que tirou a foto e mandou para ele mesmo por e-mail naquela noite.

– Brendon Pastures?

– O próprio.

– Filho da… – Carolyn respira fundo, irritada e impressionada. – E agora? Vocês vão contar para a Winter o que rolou?

– Mas não foi o Brendon.

– Ué? Pensei que vocês tinham dito que...

– Foi Aquele Que Não Deve Ser Nomeado – explica Bree.

– Quem?

– Cliff Norquest – esclarece Ali. – Todas as outras provas apontam para ele. Brendon provavelmente enviou a foto para o Cliff na noite da festa. Brendon é um cúmplice, não o autor de tudo.

– Filhos da mãe – murmura Carolyn. – Então agora é só provar que Brendon deu a foto para o Cliff?

– É o ideal.

Ela agita a mão em nossa direção, como se não fosse grande coisa.

– Não se preocupem, amores. Deixem comigo.

Bree parece confusa.

– Como assim?

Carolyn sorri.

– Tenho aula de Economia com o Cliff, e ele fica com aqueles amiguinhos babacas no corredor toda vez que o professor passa filme, ou seja, todo dia. Ele sempre deixa o celular na mesa, no fundo da sala, e não acho que ele tenha uma senha.

– Ele não bate muito bem mesmo – comenta Ali.

– Né? As garotas mandam nudes para ele, e as fotos ficam lá para quem quiser ver. Nojento. Enfim, pode deixar. Eu resolvo.

– Peraí – diz Bree. – Você está dizendo que vai pegar o celular do Cliff para ver se Brendon mandou a foto para ele?

– Se ele deixa lá dando bobeira, *não é invasão*, né?

Quando o sinal toca, trocamos olhares maquiavélicos.

– Carolyn, você é tudo!

– Eu sei – diz ela, enquanto nos afastamos para a próxima aula. – Além do mais, posso fazer uma camiseta gay também? Não quero ficar de fora!

Bree concorda com um sorriso.

Depois de nos espremermos por entre os alunos tentando atravessar a porta do refeitório, Bree me pressiona no caminho até a sala do Anuário.

– Tá tudo bem? – ela pergunta.

Assinto e tento parecer perfeitamente bem.

Ela não se convence.

– Está tão quietinho hoje.

Quero contar a ela sobre Gus e minha mãe, mas também não quero estragar sua empolgação com o andar da Operação Detonar Aquele Que Não Deve Ser Nomeado.

– Estou bem – digo, tentando abrir um sorriso genuíno. – Juro.

Na manhã de terça, o diretor Burger chega ao limite. Durante a aula do Sr. Kam, enquanto encerramos o primeiro período, a secretária anuncia nos alto-falantes que eu e Ali estamos sendo chamados na diretoria. Sei que isso não pode ser coisa boa.

— Acha que o Burger descobriu que foi o Cliff? — sussurra Marshall, bem otimista, enquanto guardo minhas coisas.

— Aposto que não — respondo. Odeio ser um estraga-prazeres, mas isso deve ter a ver com nossas camisetas gays, certeza. E, modéstia à parte, só de entrar na diretoria e analisar o ambiente, sei que estou certo.

Winter e Victor nos esperam junto com Burger, que está sentado atrás de uma mesa entulhada de coisas; na parede, uma cabeça de cervo gigante flutua ao lado de um diploma de uma faculdade da qual nunca ouvi falar. A sala tem cheiro de naftalina e suor. Depois de quatro anos neste colégio, é a minha primeira vez na sala do diretor. De certa forma, é exatamente como eu imaginava.

— Rapazes — Burger nos recebe e aponta para os dois lugares vazios ao lado do Victor.

Winter, recostada na parede de braços cruzados, assente, confirmando que está do nosso lado. Ainda bem.

— Precisamos resolver essa coisa das camisetas — diz Burger, com um sorriso condescendente que indica que ele não está levando nada disso a sério. Ele recosta na cadeira barulhenta, e o reflexo da luz fria muda de foco em sua cabeça careca. — Isso está se tornando uma distração.

– Uma distração de quê? – pergunta Ali.

– Do aprendizado.

– Como?

Burger foca o olhar nele.

– Não gostei desse tom, senhor Rashid.

– Posso dar uma palavrinha? – diz Victor, erguendo a mão.

– Não. É o seguinte – continua Burger. – A senhorita Winter me disse ter permitido que a turma do Anuário fizesse essas camisetas para o resto da semana, então ninguém aqui está encrencado. Mas decidi reunir todo mundo para chegarmos a um acordo e encontrarmos uma solução.

– Como vai a sua investigação? – questiono.

– Perdão?

– Pensei que você estivesse investigando quem hackeou o programa Memórias e enviou aquele e-mail terrível.

– Bem, não sabemos se o sistema foi *hackeado*, por assim dizer. Mas, sim, estou investigando quem foi o responsável.

– E?

– Perdão?

– E o que você descobriu? Quem foi o responsável?

Se, junto com mais alguns adolescentes, eu já estou prestes a descobrir a última evidência de que foi o Cliff, aposto que a investigação do diretor – com todos os recursos do colégio a seu dispor – já deveria ter resolvido isso há dias.

Burger se inclina para a frente de novo, fazendo ainda mais barulho com a cadeira.

– Também não gostei do seu tom, senhor Baker.

– Agora eu posso dar uma palavrinha? – repete Victor avidamente.

Burger fixa seu olhar em mim por tempo o bastante para deixar todo mundo desconfortável antes de dar a palavra a Victor.

– Primeiro de tudo, conforme eu disse no meu post que viralizou, não sou homofóbico, mas…

– Alto lá! – interfere Ali, se virando para o Victor. – É, sim.

– Isso não é sobre o Sky ser gay – protesta Victor.

– Seu *post que viralizou* diz o contrário – murmuro.

– Rapazes, deixem ele terminar – interrompe Burger.

– Só estou dizendo que, sim, eu entendo – continua Victor. – É óbvio que vocês querem atenção e essas camisetas garantem justamente isso. Mas vocês estão fazendo a Festa dos Formandos na Praia ser sobre *vocês* à custa de todos os outros alunos. A festa na praia e o baile são sobre *união*. É assim que vocês querem ser lembrados pela turma de formandos?

– Claro – respondo rapidamente.

– Com certeza. – Ali dá de ombros.

Victor, frustrado, olha para Burger.

– Rapazes – Burger repreende –, sejamos sinceros. As camisetas foram um pouco… *além da conta.*

Há alguma coisa no jeito como ele diz isso.

Além da conta.

Já tenho o jantar com Gus e minha mãe para me preocupar, e o desastre com Charlie continua martelando minha cabeça, me deixando à beira de um surto. Isso é o fim da picada.

A bola começa a descer a montanha da minha mente. Dessa vez, entretanto, não é uma bola de desespero – é mais como uma bola de fúria. Não consigo segurar.

E, sinceramente, nem quero.

– Quer saber? – rebato. – Nós estamos, *sim*, querendo chamar a atenção, diretor Burger. Porque alguém enviou um e-mail *me* chamando de bicha e chamando o *Ali* de terrorista, e esse colégio não fez absolutamente nada a respeito.

– Cadê o seu post sobre *isso* viralizando, Bungle? – demanda Ali.

– Rapazes, rapazes. – Burger fecha os olhos, sufocado. – Se acalme, Sky, não queremos esse tipo de linguajar…

– Que tipo de linguajar? – pergunto.

Ali ataca.

– Está falando do linguajar homofóbico e racista que foi espalhado pelo colégio inteiro enquanto você e a diretoria *nem sequer* se pronunciaram?

– Senhorita Winter? – Burger suspira, ficando roxo e pedindo ajuda. – Me dá uma força aqui?

Winter apoia a mão no meu ombro e no de Ali.

– Meus alunos estão decepcionados, diretor Burger.

– Já percebi isso.

– E com razão.

O clima na sala fica tão pesado que daria para cortar a tensão com uma faca.

– Você me disse que iria investigar quem foi o responsável pelo e-mail – continua ela. – Mais de duas semanas se passaram, e não recebi nenhuma atualização sobre a situação.

– Bem… – Burger, surpreso com a reação da Winter, gagueja, enquanto uma gota de suor escorre pelo seu nariz. – Sinto muito, mas esse tipo de coisa leva tempo, e eu tenho outras responsabilidades, é claro.

– Proteger dois alunos que foram alvo de um discurso de ódio não deveria estar no topo da sua lista de prioridades? – ela questiona.

Burger fica quieto antes de abrir um sorriso malicioso, percebendo que não vai sair dessa briga sem ser atingido. Então ele ataca também.

– O dilema é o seguinte – diz ele, passando os olhos por nós quatro. – Tenho mais de trinta mensagens no meu celular, enviadas por pais preocupados com o que chamam de "camisetas gays", que estão se espalhando feito um incêndio no conselho estudantil. Mais dezenas de formandos solicitando uma reunião comigo, com medo de o baile estar, de acordo com um deles, "virando gay". E tenho…

– Quê? – grito. – Virando *gay*? Essa é a coisa mais idiota que eu já ouvi na vida.

– E eles estão errados? – rebate Victor. – Se todos estão proclamando suas paixões gays para o baile, fica implícito que nossa festa está, de fato, virando bem gay.

– E daí se estiver? – grita Ali. – Quem diabos se importa?

– Ali. – Winter dá um tapinha no ombro dele, para acalmá-lo.

– Eu me importo! – Victor rosna. – Me importo quando as pessoas estão empurrando suas preferências sexuais goela abaixo dos outros e estragando o baile para todo mundo.

– *De novo*. – Ali se inclina em direção a Victor. – Onde estava toda essa revolta quando alguém nos humilhou naquele e-mail? – Ele se vira para Burger. – E, em relação às trinta e sei lá quantas mensagens de pais preocupados, claramente você não deu ouvido a eles, ou saberia que três delas são dos meus pais, perguntando o que você vai fazer sobre o fato de que o filho deles foi chamado de terrorista em um e-mail enviado para centenas de...

– Chega! – Burger se levanta da cadeira, que desliza para trás e bate numa estante de livros empoeirada. Os chifres do cervo que agora estão bem acima da cabeça dele, parecendo que são chifres do *próprio* diretor, balançam com o impacto. – Vamos fazer o seguinte: Victor, apague sua postagem sobre as camisetas. Entendido?

– Claro – diz Victor, dando de ombros. – Que seja.

– E vocês dois – cospe Burger. – Já chega dessas camisetas. Elas estão banidas do código de vestimenta do colégio.

– Poderia explicar como as camisetas quebram o código de vestimenta? – Winter provoca, com calma.

– Estão se tornando uma distração do aprendizado. E não vou mais permitir o uso delas, para vocês dois ou para qualquer aluno da turma do Anuário.

– Com todo o respeito – diz Winter, ainda calma e controlada. – Não vou reforçar esse banimento dentro da minha sala de aula. Enquanto alguém que pratica *bullying* continuar à solta sem enfrentar consequências, não vou reprimir as camisetas que meus alunos escolhem usar para protestar.

A sala fica em silêncio.

Burger respira fundo, tentando desesperadamente não explodir de novo.

– Estou a *um passo* de cancelar toda essa coisa ridícula de Festa dos Formandos na Praia. Ainda é abril. Deve ter *neve* no chão, de toda forma.

Victor pigarreia, se inclina sobre a mesa de Burger e baixa o tom de voz.

– Senhor, você, hã... *tecnicamente* você não pode fazer isso. É numa praia pública, e é organizada de maneira independente pelos formandos, sem ligação com o colégio. Então, hã... *tecnicamente*, não é um evento oficial...

– Muito bem! – Juro que dá pra ver as veias pulsando na cabeça do Burger. – Teremos que cancelar o baile, então!

Victor salta de susto.

– Não para todo mundo – acrescenta Burger. – Só para aqueles que continuarem usando as camisetas. Já chega.

– Diretor Burger. – Winter sorri. – Tenho certeza de que conseguiremos resolver essa situação sem banir alunos do baile.

– Senhorita Winter. – Burger retorna o sorriso, mas com malícia. – Que tal fazermos assim? A não ser que você queira bancar seu *próprio* baile com sua *própria* turma do Anuário – ele solta uma risada afiada –, você precisará apoiar o banimento das camisetas.

– Bem. – Winter suspira, pensativa. – Tudo bem, então.

Burger pisca.

– Você vai apoiar o banimento?

– Eu vou bancar meu próprio baile para os meus alunos do Anuário – diz ela, dando um tapinha nos nossos ombros. – Vamos lá.

Durante a aula, Winter abre uma votação: devemos ter nosso próprio baile, só para a turma do Anuário, ou não?

Nenhum voto contra.

— Calma, calma — diz Winter no meio do falatório. — Vocês têm certeza disso?

Pensei que algumas pessoas mudariam de ideia, mas isso não acontece. A sala inteira vibra em concordância.

— Parece que teremos nosso próprio baile, então — confirma Winter, surpresa com as palavras que saem da sua boca. — Mas, antes, precisamos organizar algumas coisas.

— Só algumas? — brinca Ali.

— Gastamos o que sobrou do orçamento com a festa das camisetas na casa dos Brandstone — explica Winter. — Então precisamos pegar leve nos gastos. O valor total deve ser pago pela turma, cada um doando um pouco, se quiserem mesmo fazer isso.

— Moleza — diz Bree. — O maior custo de um baile, de *longe*, é a locação de um espaço. Podemos usar meu porão. Tem espaço de sobra pra dançar.

— Mas dessa vez peça aos seus pais *antes*, Brandstone — alerta Winter. — Não quero que sua mãe e seu pai tentem me matar.

— Eu posso correr atrás de um DJ — diz Dustin, recebendo aprovação, porque a maioria dos alunos concorda que ele tem bom gosto para música. — Conheço algumas pessoas que tocariam de graça.

– Meu pai pode servir a comida, por conta da casa – complete Christina. A família dela é dona de uma hamburgueria para turistas no centro da cidade.

– Ótimo! – Winter se senta na beirada da mesa e procura por papel e caneta para anotar tudo. – No que mais precisamos pensar?

Levanto a mão.

Winter aponta para mim.

– Bem. – Pigarreio. – Acho que, tipo, a ideia de um Baile do Anuário é ótima e tal, e fico feliz por termos um momento só nosso. – Todos ficam em silêncio, incertos de aonde quero chegar com isso. – Mas não podemos esquecer o *motivo* por trás disso: é só porque o Burger não gostou muito das nossas camisetas gays.

– E ele parece não estar nem aí para a invasão do e-mail – completa Ali. – Tipo, não deu a mínima.

– Certo. Vamos manter isso em mente enquanto planejamos tudo. Esse deve ser um baile para *todo mundo* do colégio. Especialmente gays, trans e outros alunos queer…

– E alunos negros e marrons! – Ali acrescenta novamente, erguendo a mão. – Todos os quatro, de qualquer forma.

– Exatamente. Todos devem se sentir bem-vindos e livres. Acho que isso é importante.

Minhas bochechas estão ardendo.

Não foi minha intenção parecer todo sério na frente da turma, e espero não ter soado condescendente ou palestrinha. As palavras apenas escaparam. Porém, todo mundo parece estar de acordo.

Especialmente Winter, que está radiante.

– Muito bem colocado, Baker!

✕ ✕ ✕

Depois da aula, Ali, Marshall e Ainsley decidem ir até a casa da Bree para planejarmos as coisas do Baile do Anuário enquanto comemos homus e pão sírio. Todos estão espalhados pela cozinha, enchendo a barriga e organizando o que precisamos, mas – por mais que eu queira me empolgar com isso – só metade da minha cabeça está concentrada. Porque a outra metade continua ansiosa por causa do jantar com Gus e minha mãe. Não consigo parar de pensar nisso.

– Terra chamando Sky – diz Bree, estalando os dedos na frente do meu rosto. Ela ri sozinha. – Terra chamando Sky – murmura ela. – É meio engraçado isso.

– Hã?

– Eu sugeri decorações com as cores do arco-íris por motivos óbvios – diz ela, mostrando a tela do computador cheia de fotos de festas decoradas em cores vibrantes. – Tudo ou nada?

– Arco-íris pode ser um pouquinho clichê.

– E, se pensarmos nas fotos, vai ser uma guerra de cores, juntando os vestidos e os ternos dos alunos – acrescenta Ainsley, lambendo homus da ponta dos dedos.

– Verdade, verdade – considera Bree, mordendo a caneta enquanto pensa.

A campainha toca. Provavelmente é o Dan.

Todos na casa sabem que ele é um garoto trans. Ele pediu para Bree contar aos outros, e ela meio que vomitou as palavras enquanto Ali, coincidentemente na mesma hora, derrubou uma colher de homus no chão.

Ninguém se importou, é claro, porque esse grupo é o melhor de todos. Ainsley e Ali disseram alguma coisa do tipo "Ah, legal", enquanto Marshall gritou um "Cara, que maneiro!", mergulhando seu pedaço de pão no homus que Ali havia derrubado, aterrorizando o resto do grupo. Agora aposto que Marshall entende o motivo de Bree ter ficado chateada com ele no refeitório.

Bree achou que seria uma boa ideia incluir o Dan nas reuniões do Baile do Anuário, levando em conta nossos planos de fazer uma festa acolhedora para alunos LGBTQ, o que foi uma boa ideia. Sou o único aluno gay assumido que conhecemos, afinal – e a responsabilidade de deixar a festa *mais gay* não pode ficar toda nas minhas costas, né?

– E se entregarmos minibandeiras de arco-íris na entrada? – pergunto a Bree por cima dos ombros, a caminho da porta, tentando usar a sugestão inicial que ela deu. – Acho que pode ser uma boa.

Chego na porta e abro....

Mas é Teddy quem encontro ali.

– Ah – digo, surpreso.

Friozinho, friozinho, *friozinho*.

Ele ri.

– Oi pra você também.

Ele está de óculos escuros e short supercurto de novo. Além disso, sua regata deixa os músculos muito à mostra. Só comentando mesmo.

– Não sabia que você vinha – digo.

– Marshall me convidou.

Fazemos uma pausa esquisita.

– Entãããão – ele balança para a frente e para trás, de chinelo e mão no bolso –, posso entrar?

– Ah. Nossa, sim. – Chego para o lado, corado. – Desculpa.

Ele tem o mesmo cheiro de perfume ou shampoo ou desodorante que usou no dia em que fizemos as camisetas, e continua delicioso.

– Lá vem ele! – diz Marshall empolgado quando Teddy aparece ao meu lado na cozinha. – Demorou, hein?

Teddy dá a volta na cozinha, abraçando e cumprimentando todo mundo.

– Baile do Anuário, né? – diz ele, ocupando uma cadeira e atacando o homus. – Primeiro as camisetas, e agora um baile? Caramba. Qual é o plano?

Bree mostra a tela do computador, onde criou um rascunho de uma planta do porão, indicando onde o DJ e a pista vão ficar, a área para a comida e o lugar onde todo mundo vai tirar fotos em um fundo bonito.

– Curti – diz Teddy. – Principalmente a parte da comida. Qual é o cardápio?

– O pai da Christina vai nos servir, de graça!

Teddy balança a cabeça em aprovação, impressionado. Então ele apoia o punho sobre o balcão e se inclina, jogando o corpo para a frente e esticando o pescoço para ver o quintal dos Brandstone. Desse jeito, seus músculos de arremessador de peso se destacam ainda mais.

Mais uma vez, só comentando e tal.

– Dá pra ver o Lago Michigan do seu quintal? – pergunta ele como uma criança feliz, encarando a janela. Teddy mora na parte normal de Rock

Ledge, e não no um por cento, e eu sei muito bem o efeito que a casa e o bairro da Bree podem causar em pessoas como nós.

– Temos um acesso à praia compartilhado com os vizinhos.

– Os Brandstone são *tão chiques* – brinca Ali.

– Talvez a gente até consiga esticar o baile até o quintal se estiver quente o bastante – sugere Ainsley. – Na verdade… Podemos caminhar até o lago hoje, antes do pôr do sol? Está tão quente!

– Claro! Para as duas ideias – diz Bree. – As mudanças climáticas têm suas vantagens.

Mais uma batida na porta.

Corro até lá novamente para receber Dan. Ele veste uma camisa roxa justa e um relógio dourado brilhante.

– Nunca vou superar o tamanho dessa casa – diz ele, virando o boné para trás e tirando as botas de couro.

– Né?

– O que os pais da Bree fazem mesmo? – pergunta ele, me seguindo até a cozinha. – É falta de educação perguntar isso?

– Acho que não. Mas, de qualquer forma, eu não sei.

– Ei! – Ele toca meu ombro antes de nos juntarmos ao grupo. – Você sabe se a Bree contou pra todo mundo? Sobre… mim?

– Ah, sim. Está todo mundo de boa. – Sorrio. – Menos o Teddy.

– Teddy? – Dan franze o cenho. – Ele tem algum problema com isso?

– Não, não, desculpa – sussurro. – O que eu quis dizer foi que eu não tinha ideia de que o Teddy vinha, então acho que ele ainda não sabe.

Dan assente.

– Conto pra ele depois – diz.

Eu o levo até a cozinha, me sentindo nervoso *por* ele, pra ser sincero. Mas todo mundo está tranquilo. Bree o envolve num abraço antes de puxar uma cadeira.

– Bem-vindo à festa do homus.

Depois de alguns minutos comendo e discutindo sobre o filme da DuVernay – Teddy comete o erro de usar uma fala do filme, o que faz Marshall começar um monólogo sobre o final surpreendente, para desespero de todo mundo –, Bree volta sua atenção para o computador.

– O que você acha? – ela pergunta a Dan, virando a tela para ele. – Estou em dúvida. É melhor colocar a área das fotos aqui? Ou aqui?

Dan se inclina para observar a planta.

– Não sei... Mas só vai ter um banheiro?

Bree olha para onde ele está apontando.

– No porão, sim. Os garotos usam o lá de baixo e as garotas, o daqui de cima.

– Se eu fosse você, deixaria os dois banheiros pra todo mundo – diz Dan. – Qual o sentido de separar por gênero banheiros com uma única cabine? – Ele olha em volta, corando. – Sem querer ser chato.

– Isso! – Bree dá um soquinho carinhoso no ombro dele. – Você precisa ser meu coordenador de planejamento do baile!

Dan abre um sorriso e esfrega a área onde Bree o acertou. Já recebi um desses soquinhos de alegria também, e machucam mais do que parece.

– Que outras ideias iradas para o baile você tem escondidas aí, Dan? – pergunta Marshall com um sorriso. – Você é calado, mas aposto que tem um monte de ideias flutuando nessa sua cabecinha.

O brilho rosado de Dan fica ainda mais intenso.

– Sim – concorda Bree, empurrando o computador na direção dele. – Vamos ouvir.

Dan ri e olha de novo para a tela.

– Hum, bem... – Ele morde o lábio, pensativo, clicando na longa lista de anotações da Bree. – Paris?

– Hã?

– Você quer que o cenário para as nossas fotos do baile seja uma Torre Eiffel? – Dan balança a cabeça, fingindo estar apavorado. – Sério, Bree?

– Isso é *mesmo* um pouquinho... – Ainsley franze o cenho, hesitante em criticar – clichê. Além do mais, a gente precisa economizar, lembra? Um cenário de Paris me parece caro.

– Concordo – diz Marshall rapidamente, como se tivesse se segurado por décadas.

Bree olha para o grupo, um pouquinho magoada.

– Todo mundo odiou a ideia, então, é isso mesmo?

– Te amo, Bree, mas sou obrigado a concordar – diz Teddy, mergulhando pão no homus. – Não existe nenhum lugar menos parisiense do que Rock Ledge.

– E se... – Dan pensa por um instante, apoiando a mão no ombro da Bree para confortá-la. – A gente pensar mais nas fotos em grupo?

– Como assim? – pergunta Bree.

– Se queremos que esse baile seja inclusivo para alunos LGBTQ, não acho que a maioria de nós teria um par para levar ao baile, de qualquer forma – comenta Dan. – Um tema super-romântico pode acabar não sendo o ideal.

– Verdade – acrescento.

– Talvez a gente possa comprar um monte de fantasias baratas, tipo aqueles óculos de sol gigantes, boás, essas coisas... Daí todo mundo se diverte na frente da câmera.

Bree dá mais um soquinho em Dan.

– Ai!

– Desculpa! – ela grita antes de anotar a ideia. – Fiquei empolgada. Amei isso.

Depois que Dan sugere mais algumas ideias fantásticas – como um formulário de inscrição no GLAM para alunos interessados –, Ainsley volta a falar sobre a praia. Calçamos os sapatos e caminhamos pelo quintal em direção à água.

Para chegar lá, precisamos seguir um caminho de terra que atravessa uma pequena floresta. Num dia de sol como hoje, nenhum de nós se importa com a caminhada. As árvores ainda estão secas por causa do inverno, mas o ar está abafado e pegajoso como se fosse junho. Dá para ouvir o barulho das ondas quebrando – um som do qual nunca me canso, mesmo tendo passado a vida toda a escutá-lo. Quando viramos a última curva e encontramos o azul profundo do lago bem na nossa frente, Marshall e Ainsley saem correndo como duas crianças no recreio. Quando alcançamos os dois, eles já se acomodaram em um longo tronco de árvore caído sobre a areia.

– Dá pra sentir o cheiro da primavera chegando – comenta Ainsley, de olhos fechados e cabelo ao vento.

– Queria que chegasse mais rápido – diz Marshall, cavando um buraco na areia usando os pés. – É melhor que o clima continue assim até a Festa dos Formandos.

Eles comentam sobre todo o drama que está rolando – Ali repassa nossa reunião escandalosa com Winter e Burger pela milionésima vez para Dan ouvir direto da fonte, Marshall conta a Ainsley nosso progresso mais recente envolvendo Carolyn e Jeff, e nos revezamos na hora de comentar como odiamos Cliff.

Na maior parte do tempo fico quieto, porque não consigo parar de pensar em Gus e na minha mãe. É impossível. O tempo inteiro, o rosto preocupado dos dois aparece na minha mente, trazendo com eles uma onda de ansiedade. Isso está me deixando louco.

Decido usar uma tática que Winter ensinou durante a aula certa vez. Ela explicou que as pessoas se dão melhor em entrevistas de emprego quando visualizam o processo antes. Tipo, se você se imaginar sentado lá, respondendo às perguntas dos entrevistadores, parece que fica mais fácil se sentir confiante quando chega a hora.

Então penso no restaurante onde vamos nos encontrar. Tento prever como os dois estarão vestidos, suas expressões. Passo pela conversa fiada que provavelmente vai iniciar o jantar e pelas perguntas constrangedoras que inevitavelmente vão surgir – sobre eu ser gay, sobre as camisetas, sobre o e-mail. Me imagino ouvindo o Sermão de Igreja da minha mãe, porque aposto que ela vai jogar uns trechos da Bíblia na minha cara. Preciso me preparar.

Mas, sei lá. Ensaiar o jantar na minha cabeça parece estar piorando ainda mais a minha ansiedade.

– A gente devia dar um mergulho! – grita Marshall, tirando a camiseta e me arrancando dos meus pensamentos. – Quem topa?

– Ninguém está com trajes de banho – aponta Ainsley, como se ele estivesse com um parafuso a menos.

– E daí? É só irmos com a roupa de baixo! – responde Marshall, como se aquilo fosse óbvio.

Bree balança a cabeça com firmeza.

– Eu vou continuar vestida, muito obrigada.

– Vou passar também – diz Dan, sorrindo e apoiado no tronco. – Não sei nadar muito bem.

– Uuuuu! – Ali solta uma vaia de brincadeira. – E você? – Ele olha para mim. – Você vem, né?

Finjo pensar a respeito, apesar da certeza absoluta de que a resposta vai ser "não". A ideia de apresentar Marte ao mundo quatro dias antes do planejado é assustadora.

– Estou até tentado, mas vou ficar aqui com o Dan.

– Ah, vamos! – grita Teddy, tirando sua regata.

– Não vou aceitar "não" como resposta – diz Marshall, pegando minha mão e me levantando. Ainsley começa a rir enquanto brincamos de cabo de guerra com meu braço direito.

Isso é um pesadelo.

– Beleza, beleza! – grito, me rendendo. – Mas deixa eu pegar umas toalhas antes, pra gente não congelar até a morte.

– Bem pensado.

Que ódio.

Volto para dentro da casa e, sinceramente, penso em ficar aqui. Ninguém do grupo conhece Marte. E se eles a acharem nojenta?

Não estou preparado. Mas tenho que tentar ser durão – apesar de estar me sentindo qualquer coisa agora, *menos* durão.

Tiro a camiseta e encaro meu reflexo no espelho do banheiro. Lá está Marte. Feia como sempre. Sinto aquela mesma pontada de déjà-vu – dessa vez lembrando da manhã em que a Sra. Brandstone entrou no banheiro enquanto eu sonhava com o Ali. A contagem regressiva marcava trinta dias.

Controlo a respiração, pego uma pilha de toalhas e volto para a praia com uma sensação nauseante de pavor tomando conta de mim. Jogo uma das toalhas por cima do ombro para esconder Marte.

Quando estou na metade do caminho, vejo um vulto vindo em minha direção. O sol está bem atrás de quem quer que seja, então não consigo distinguir o rosto até ele chegar bem perto.

É o Teddy.

– Oi – digo, aliviado por ter colocado a toalha no ombro.

O pôr do sol ilumina metade do seu rosto com um brilho rosa-alaranjado. Parece que ele já entrou na água, porque vejo gotas pingando das pontas do seu cabelo escuro e ondulado, escorrendo pela testa e caindo sobre o torso, cintilando junto com uns calafrios bem perceptíveis. É como se eu estivesse em mais um dos meus sonhos molhados.

– Toma – digo, jogando uma das toalhas para ele. – Parece que você está precisando.

– Valeu. – Ele começa a se secar, tremendo de frio. – A água está congelante!

– Jura? – Abro um sorriso. – Você sabe que ainda estamos em abril, né?

– Eu estava indo ver se você precisava de ajuda com as toalhas – comenta ele. – Estava demorando e tal.

– Desculpa. Sou muito lerdo.

Ele analisa meu rosto por um segundo.

– Está tudo bem?

– Sim, por quê?

Ele sorri – é um Sorriso do Teddy muito específico. Mas não dá pra saber se é especial só pra mim. O Sorriso do Ali não era. E eu descobri do jeito mais difícil.

– Te achei meio calado hoje – diz ele. – Não que seja da minha conta.

Ninguém sabe sobre o jantar na noite de quinta. E pretendo manter assim. Tem muita coisa legal acontecendo esta semana, com as camisetas gays e o Baile do Anuário, e eu não quero que meus problemas pessoais arruínem a diversão dos outros.

Mas preciso botar pra fora. Para uma pessoa, pelo menos.

– Vou ver minha mãe pela primeira vez desde que ela me expulsou de casa por ser gay – cuspo as palavras.

O Sorriso do Teddy desaparece.

– Desculpa – digo. – Sei que isso é meio… pesado.

– Não peça desculpas! – Ele dá um passo em minha direção. – Como você está se sentindo com isso tudo?

– Ah… – Dou uma risada sem jeito, porque não consigo nem mesmo organizar uma resposta quando estou sozinho com meus pensamentos complicados durante a noite, que dirá ter a habilidade de articular em um momento surreal como este. – Não sei muito bem.

Ele chega perto e toca meu braço. Seus dedos estão gelados por causa da água.

– Sinto muito que isso tenha acontecido com você.

– Não foi culpa sua.

– Eu sei. Mas, ainda assim, sinto muito. Sua mãe é quem sai perdendo. Não sei o que dizer.

– Obrigado – respondo, por fim.

Ele olha para trás, em direção à praia, com a mão ainda pressionada contra o meu braço esquerdo.

– Dan acabou de me contar.

– Sobre ele…?

– Sobre ele ser trans, sim. E sobre como você o inspirou a nos contar.

Peraí, quê?

– Ele disse isso? – pergunto, sentindo um formigamento dentro de mim.

– Sim. Isso é incrível. – Ele sorri. – Que se dane a sua mãe. Você está fazendo a diferença na vida de muitas pessoas de Rock Ledge, mesmo sem saber.

Ele dá um tapinha no meu braço usando a mesma mão, e a toalha sobre meu ombro – a que escondia Marte – cai no chão.

Pego-a de volta imediatamente, mas é tarde demais.

Teddy vê.

Teddy vê Marte.

– Ei! – diz ele, encarando meu peito. – Que irado.

Irado?

Marte pode ser muitas coisas, mas nunca imaginei que fosse *irada*.

– O que aconteceu? – pergunta Teddy casualmente, como se quisesse saber sobre o que almocei hoje e não sobre a coisa mais humilhante a meu respeito.

Tento manter a voz firme, como se não estivesse morrendo de vergonha.

– É uma cicatriz de queimadura, de quando eu era criança. – Meu rosto deve estar da mesma cor que Marte. – Foi um acidente de carro. Tenho a cicatriz desde sempre.

Ele ergue o braço esquerdo, mostrando uma cicatriz perto da axila. É bem menor que Marte, e bem mais discreta também.

Mas talvez uma cicatriz seja apenas uma cicatriz.

– Caco de vidro – explica ele, apontando para sua marca de guerra. – Eu tinha seis anos. Foi no dia de São Patrício. – Ele ri. – Isso é tudo que você precisa saber.

Abro um sorriso.

Nos viramos e voltamos para a praia juntos.

Quero esconder Marte de novo. Mas luto contra essa vontade, e luto com força. Teddy achou Marte *irada*, e eu não consigo acreditar nisso. Mas só o fato de ele ter dito isso já vale alguma coisa.

Bree me deixa no restaurante antes de seguir para uma das sessões de tutoria do Ray.

— Boa sorte — diz quando saio do carro.

— Boa sorte — repete Ray.

Antes de ir embora, Bree me olha como quem diz *vai dar tudo certo*.

Fico feliz por ter contado sobre o jantar para ela também. A essa altura, já deveria saber que meus problemas parecem muito menos esmagadores — ou ao menos um pouco mais sob controle — quando os compartilho com a Bree.

Entro e me encontro num ambiente vazio. Uma garçonete muito gentil traz suco de laranja. Cinco minutos se passam. Depois dez.

Eles estão atrasados, é claro, coisa que eu já deveria esperar. Quanto mais o tempo passa, mais irritado comigo mesmo eu fico — sentado aqui, rolando pelo Instagram como um idiota — por ter aparecido na hora marcada, achando que minha mãe e Gus fariam o mesmo. Por ter aparecido *no geral*.

Eu já deveria saber o que esperar.

— Mais suco? — pergunta a garçonete.

Não lembro de ter bebido um gole sequer, mas o suco acabou.

— Claro, obrigado.

De última hora, minha mãe e Gus mudaram o restaurante e escolheram este aqui, que tem cheiro de carpete molhado e fica no meio do nada, superafastado. Não sei muito bem o porquê; o local acabou ficando inconveniente para nós três.

– Ei! – diz a garçonete, servindo o suco direto da jarra. – Você é aquele garoto do Colégio Rock Ledge, né?

– Hum… sim?

Ela para de servir e olha para mim.

– O garoto das camisetas.

– Ah. Sim. – Olho para baixo, nervoso.

Antes de sair, me certifiquei de que minha jaqueta de zíper cobria a camiseta gay por baixo, porque sei que ela deixaria minha mãe muito mais desconfortável. A roupa continua completamente coberta; a garçonete deve ter reconhecido meu rosto.

– Legal. – Ela sorri e se retira.

Que estranho.

Acho que o principal motivo da minha ansiedade hoje é não saber ao certo o que esperar disso aqui. O que Gus acha disso tudo? Será que minha mãe vai pedir desculpas? Será que vai diminuir um pouco seu nível de insanidade? Vai me chamar para voltar a morar com ela, mas sob as minhas condições?

Sei lá. Estou com medo de descobrir.

Finalmente avisto a caminhonete do Gus entrando no estacionamento e parando de forma brusca bem ao lado da janela onde estou sentado. Ele sai da caminhonete usando um jeans largo e um boné verde virado para trás, o cabelo oleoso escapando dos lados.

Ele está com a namorada.

O que ela está fazendo aqui?

Ele acena, mas os dois levam um minuto para terminar seus cigarros antes de entrar.

– E aí? – diz ele, se jogando no banco da cabine e pegando o cardápio plastificado. Ele está vinte minutos atrasado, mas sei que não vai se desculpar por isso. – Como vão as coisas?

– Tudo bem.

– Lembra da Chelsea?

– Sim. Como vai? – digo, acenando para ela.

Ela coloca o cabelo para trás, mostrando o pescoço cheio de sardas.

– Bem, e você?

Dou de ombros.

– Nada a reclamar. Cadê a mãe? – Olho para o estacionamento lá fora. – Ela não vinha com você?

A garçonete aparece.

– Gostariam de pedir algo para beber?

– Pode ser água mesmo – diz Gus.

– Vocês têm milk-shake? – pergunta Chelsea.

– Sim.

– De amendoim?

– De amendoim, não temos.

– Caramelo?

– Temos chocolate, baunilha e morango.

– E de Oreo?

– Só temos de chocolate, baunilha e morango mesmo.

– Hum… – Ela analisa o cardápio. – E chocolate com menta?

– *Que saco*, Chels! – Gus chia. – Tem chocolate, baunilha ou morango. Escolhe um sabor logo.

Chelsea o encara com raiva.

– Pode ser água pra mim também.

A garçonete se retira.

Gus analisa o cardápio, virando-o dos dois lados várias vezes.

– Lembra que o pai sempre trazia a gente aqui? – ele pergunta casualmente, os olhos passeando pelos petiscos.

A pergunta parece um bloco de cimento caindo na minha cabeça.

– A gente vinha aqui com o pai?

Ele olha para mim, confuso, como se fosse algo que eu devesse saber.

– Sim. Todo domingo. – Ele vira o cardápio para mim, apontando para os petiscos. – Palitos de muçarela empanada. Ele *sempre* pedia os palitos de muçarela empanada.

– Que fofo. – Chelsea boceja.

– Por que você nunca me disse isso? – pergunto.

Ele dá de ombros.

– Achei que você soubesse.

Gus não entende. Nunca entendeu.

Não tem noção de como nossos três anos de diferença mudam tudo. Antes da morte do nosso pai, o cérebro do Gus já era desenvolvido o bastante para guardar lembranças sobre ele, documentar nossas idas ao restaurante no domingo, absorver seus trejeitos, a forma como ele falava. Gus não entende que, enquanto nosso pai é um fantasma amigável que o visita de vez em quando, minha memória é uma tela em branco. Nunca consegui sentir nada.

Bem, até conhecer o Charlie.

Cogito falar sobre o Charlie com Gus – porque talvez ele tenha lembranças de infância com o Charlie também –, mas ele muda de assunto.

– Enfim – diz ele, esticando o braço por cima do encosto do banco. – Falta pouco pra sua formatura.

– Sim.

– Como você está se sentindo?

Dou de ombros.

– Bem.

– Só isso?

– Sim. – Fico inquieto no assento, me perguntando o quanto Gus sabe sobre a contagem regressiva nas camisetas, minha parede de ideias e o Baile do Anuário. – Estou contando os dias para acabar. A mãe já está a caminho?

– Comigo foi a mesma coisa – comenta Chelsea. – Ensino Médio é a pior coisa do mundo.

– Você vai para a faculdade comunitária? – pergunta Gus.

Eu o encaro.

Ele me encara de volta.

Por que ele não quer falar sobre a nossa mãe?

– Sim – respondo por fim. – Bem, espero que sim. Me inscrevi para uma bolsa de estudos.

– Legal. Bem mais barato do que ir para...

– Você ficou sabendo que sou gay, né? – cuspo as palavras. – Acredito que a mãe tenha te contado o que aconteceu no fim do ano passado. E ficou sabendo também do que está acontecendo no colégio? O e-mail do Anuário, a foto da minha parede que vazou...?

Gus e Chelsea me encaram.

Tudo fica muito desconfortável muito rápido.

– Só queria esclarecer tudo – digo, depois que os dois continuam em silêncio. – Já que faz um tempo que a gente não se fala.

– Sim, fiquei sabendo de tudo isso – responde Gus. – A mãe me contou sobre a briga de vocês. Mas não é como se eu já não soubesse antes.

– Como assim?

Ele olha para mim como se eu fosse idiota.

– Ah, Sky, sem essa.

– O quê?

– Você estava sempre desfilando de um lado para o outro. – Ele ri. Chelsea também. – Nunca teve muitos amigos garotos.

– Marshall é um garoto.

– Você odeia esportes, sempre escutou música gay. E suas calças jeans? Não era tão difícil adivinhar.

Quando Marshall brinca comigo sobre as minhas "coisas gays", não é desse jeito. Quero jogar suco de laranja na cara do Gus e sair correndo daqui.

A garçonete volta com as duas águas.

– Já sabem o que vão pedir?

– Uma perguntinha – diz Chelsea. – Que tipos de molho ranch vocês têm?

– Molho ranch?

– Sim.

– Não sabia que existiam tipos diferentes.

– É do tipo mais aguado? Ou mais pastoso?

– Hã...

– Pode trazer um pouquinho pra eu provar?

– É do tipo ralo, eu acho.

Ela desanima.

– Então vamos precisar de mais um minutinho.

A garçonete vai embora.

Permaneço em silêncio, olhando pela janela em busca do carro da minha mãe, ficando ansioso.

– Não falei por mal – diz Gus, percebendo que estou irritado. – É só que... não foi uma surpresa descobrir que você é gay, só isso.

– Eu tenho amigos gays – Chelsea se intromete, como se eu ligasse para a opinião dela sobre qualquer coisa. – Não tem nada de mais, amore.

Agora quero jogar suco de laranja na cara dela também.

– Cadê a mãe? – pergunto a Gus novamente.

Ele não diz nada.

– Gus – repito, mais alto. – Sério, cadê ela?

– Sky.

– Ela vem ou não?

– Fica calmo, cara.

– Ou você me diz o que está acontecendo, ou eu vou embora.

Nos encaramos sem piscar por um tempo. Minhas orelhas queimam enquanto sinto a raiva borbulhar mais e mais dentro de mim a cada segundo que Gus passa sem dizer a verdade.

– Beleza – alerto, antes de deslizar a bunda pelo banco para ir embora. – Vou nessa…

– Ela não vem.

Eu paro.

– Como?

– Ela não vem.

–Já entendi. É só que… por que não? Pensei que fosse por isso que você tinha marcado esse jantar. Foi para isso que eu vim… para poder conversar sobre tudo com você e *com ela*.

– Mas era.

– O que aconteceu, então, caramba?

– Por que você diz isso? – ele rebate quando a palavra não termina do jeito que ele esperava.

– Isso o quê?

– "Caramba". Você tem dezessete anos, já pode falar palavrão.

– E por que você se importa com isso?

– Porque é ridículo.

– Gente. – Chelsea intervém, colocando o cardápio entre nós dois por um segundo. – Vamos todos respirar… inspira, expira… muito bem. Relaxa, gente.

Olho de novo pela janela.

Talvez ele esteja errado. Foi uma falha de comunicação. Minha mãe vai aparecer no estacionamento a qualquer momento.

Mas será que eu *quero mesmo* que ela venha?

Sei lá. Não sei como estou me sentindo com isso tudo.

Só sei que estou com raiva.

– Então é isso? – digo, minha voz enfraquecendo um pouco.

Gus está brincando com a colher e evitando me olhar nos olhos.

– A mãe simplesmente… não vai aparecer? Ela te disse alguma coisa?

Ele coloca a mão no bolso do casaco e puxa um panfleto que já foi dobrado ao meio algumas vezes.

– Ela estava planejando vir. O jantar foi sugestão dela. – Ele empurra o panfleto em minha direção. – Mas mudou de ideia hoje.

– O que é isso? – pergunto, pegando o papel.

– Abre.

– "Recomeços"? – leio, desdobrando o papel brilhoso. Parece um informativo sobre um acampamento de verão ou qualquer coisa assim. As fotos photoshopadas mostram adolescentes com dentes brancos irreais jogando vôlei, tomando sorvete e (sim, é claro) lendo a Bíblia.

Jogo o panfleto para o lado.

– Tá de brincadeira?

– Que foi?

– Isso é um daqueles acampamentos cristãos bizarros, Gus.

Ele dá de ombros.

– Não sei o que te dizer.

– Você está do lado dela?

– Não estou do lado de ninguém.

– Acha que eu deveria ir pra esse lugar?

– Cara – ele me interrompe. – Você está praticamente desabrigado, não está?

– Não, estou ficando na casa da Bree.

– Então, sim, praticamente desabrigado.

Quero virar a mesa.

– *Não*, estou morando com os Brandstone.

– Olha. Ela disse que se você for pra esse acampamento retardado…

– Olha a palavra com R, amor – murmura Chelsea.

– ...se você for pra esse acampamento, pode voltar a morar com ela. Ela vai até pagar, e você sabe como a mãe está sempre sem grana. Não vale a pena?

Sabia. Sabia que haveria condições.

Nenhum pedido de desculpas, nenhuma mudança no coração dela.

Apenas condições.

– Olha... – diz Chelsea tamborilando as unhas sobre a mesa, sugando água pelo canudo e olhando para o panfleto enquanto tento me acalmar. – Podem me chamar de doida, mas esse acampamento até que parece divertido.

Não aguento ela.

Sério mesmo, não aguento.

– Chelsea – rebato. – Por favor... pare.

– Com o quê? – pergunta ela.

– Por favor, *por favor,* fique fora disso.

– Ei! – Gus rosna. – Não fala assim com ela.

– Ou o quê?

– Ou eu vou acabar com essa sua cara de bicha.

É como se o tempo parasse. A palavra me atinge como uma faca.

Já doeu muito quando a li naquele e-mail. Mas dessa vez dói muito mais. Muito, muito mais. Quem diria? Era de pensar que a palavra escrita num e-mail visto por centenas de milhares de pessoas seria algo muito mais sério. Mas não é.

Encaro Gus, ele me encara de volta. Parece que uma eternidade se passa até eu conseguir desviar o olhar.

– Vocês precisam se retirar – diz a garçonete, surgindo do nada. Percebo que os outros clientes do restaurante estão nos encarando.

– Tudo bem – digo, saindo da cabine e jogando o panfleto sobre a mesa, junto com uma nota de cinco dólares. – Até mais, Gus. Manda um oi pra mãe por mim.

Hoje, no colégio, todo mundo vai esperar uma resposta minha, já que a contagem regressiva chegou a um. Um dia, caramba!

– O que exatamente vai acontecer amanhã? – pessoas como Christina, Dustin, Carolyn e *todo mundo* vão perguntar, esperando uma resposta elaborada ou uma promessa de que, seja lá qual for o meu plano, será espetacular. – Como você vai convidar o Ali para o baile quando estivermos na praia?

Passei as últimas duas semanas vestindo a contagem regressiva, preparando todo mundo para um momento empolgante nas margens do Lago Michigan, como se eu fosse anunciar minha candidatura a prefeito. Arrastei toda a turma do Anuário para essa brincadeira também. E, depois, o resto do colégio.

Não posso *não* fazer algo que esteja à altura. Certo? As pessoas estão contando que eu me posicione, que faça uma declaração – que, de alguma forma, pegue esses limões e faça uma limonada significativa.

Pessoas como Dan e Teddy.

– Oi – diz Bree, do lado de fora do meu quarto, batendo delicadamente na porta. – Posso entrar?

– Claro.

A porta se abre.

Lá está ela, de pé na porta ao lado de uma Louise curiosa e preocupada. Como os cachorros sempre sabem quando estamos no fundo do poço? A camiseta de Bree diz GAY PELO SKY e FALTA 1 DIA. A arte é especial hoje também, escrita em letras gordinhas preenchidas com glitter amarelo, porque 1) é minha cor favorita, óbvio e 2) sou da Lufa-Lufa.

– Está melhor? – pergunta ela, se jogando no futon, já sabendo a resposta.

Ela me buscou no posto de gasolina ontem, depois que saí do restaurante. No caminho de volta, contei nos mínimos detalhes tudo que aconteceu: a cisma esquisita da Chelsea com molho ranch, minha mãe dando para trás e mandando um panfleto de um acampamento/culto cristão e, é claro, Gus usando a palavra que começa com B para me atingir.

– Mais ou menos – respondo. – Mas gostei da sua camiseta.

– Você vai para o colégio hoje.

– Hum.

– A contagem chegou no *um*, Sky.

– Hum.

– O colégio precisa de você.

Solto uma risada alta com essa afirmação ridícula – mas então me lembro do que Teddy disse: que eu estou fazendo a diferença. Deveria ao menos tentar. Tentar ser durão.

Então me levanto, mas solto um grunhido em protesto mesmo assim.

– Muito bem! – Ela pega minha última camiseta GAY PELO ALI na cômoda e joga em minha direção. – Me encontra no carro em cinco minutos.

– Peraí – digo quando ela está saindo. – Acha que seus pais vão me botar pra fora depois que você se mudar pra Califórnia?

– Por que você está falando disso *agora*?

– Sei lá. Porque… sim.

Não posso ficar aqui para sempre, afinal. Bree vai embora em breve. *Vou* acabar naquele acampamento cristão, caso contrário terei que literalmente morar na rua.

– Claro que você vai poder ficar aqui – diz ela, como se aquela fosse a pergunta mais estúpida do mundo. – Meus pais adoram você. Eles te deixariam ficar até seu aniversário de, sei lá, trinta anos. Agora vai se vestir.

Depois de ouvir isso, consigo respirar com mais facilidade no caminho para o colégio.

Já estou meio acostumado com todos os olhares e sorrisos e sussurros pelas minhas costas durante as duas últimas semanas, por causa da camiseta gay. Mas, assim como era de esperar, hoje é o auge disso tudo.

– Como você vai convidar ele para o baile, Sky?

– Peraí… o Ali é gay? Ou é tudo armação?

– Se eu for para a praia mais tarde, vou perder a cena? Tenho uma consulta no dentista de manhã, e depois minha irmã tem um jogo de futebol, mas acho que consigo chegar por volta das três horas.

– Fica tranquilo, Sky. Com certeza o Ali vai dizer "sim". Eu acho. Estou torcendo.

– Você, Ali e Bree são um trisal? Fiquei sabendo que são…

Desvio da maioria das perguntas, evitando com sucesso dar qualquer resposta definitiva. Mas parece que minha resistência a responder aumenta ainda mais as especulações de algo que nem vai se concretizar.

Pensando melhor agora, me parece estupidez não ter conversado com o Ali sobre o que vai acontecer na Festa dos Formandos na Praia. Mas, quando decidimos fazer as camisetas, ficou claro entre a gente que o convite para o baile não iria acontecer. Tudo sempre foi sobre as mensagens que as camisetas passavam.

Mas, agora que tudo acabou ganhando vida própria – uma vida muito maior do que eu e Ali esperávamos –, estou achando que seria esperto ter um plano na manga.

Ou então estou armando um desastre contra mim mesmo.

Bree, Marshall e eu almoçamos na ala de Ciências do segundo andar em vez de no corredor da Winter, que fica numa parte mais movimentada do colégio, então consigo evitar a maré de perguntas sobre o baile e a festa na praia.

– Alguém sabe onde está o Ali? – pergunto. Ainsley e Dan estão terminando uma prova, e Teddy tem uma reunião com o treinador. Estou feliz por estarmos só nós três aqui. Não me leve a mal, os outros são ótimos. Mas nós somos o trio original.

– Ele disse que ia pro Clube de Improviso – responde Bree, bebendo um gole de refrigerante.

Engasgo com o biscoito de queijo. Bree empurra sua bebida em minha direção, para que eu beba um gole e escape da morte.

– Por que a surpresa? – pergunta Marshall depois que volto a respirar normalmente.

– Eu nem sabia que o colégio *tinha* um Clube de Improviso – comenta Bree.

Não tinha contado a eles sobre o desejo secreto de Ali. Não porque os dois poderiam achar estranho, mas porque aquela conversa no porão dele ainda parece íntima e especial para mim, apesar de eu não ser mais obcecado por Ali. Ele é só um amigo. Na verdade, a conversa é íntima e especial *justamente* por eu ser seu amigo agora, em vez de alguém que está obcecado por ele.

Bebo mais um gole do refrigerante da Bree para limpar a garganta.

– Acho que Ali vai mandar muito bem no improviso, só isso.

Os dois me olham desconfiados, sabendo que não é só isso, mas decidem que não vale a pena me interrogar, levando em conta tudo que está acontecendo. Bree volta para seu sanduíche e Marshall pega o celular.

– Cara, você ficou famoso de verdade – diz ele, olhando para a tela com um sorriso. – Tá todo mundo postando fotos vestindo a camiseta gay. Tem até uma hashtag rolando.

– Mentira! – Bree se arrasta pelo chão para ver o celular do Marshall. Ela fica boquiaberta. – Ai, meu Deus. Tem cinquenta e sete posts na hashtag #GayPeloSky! E nenhum parece ser trollagem.

Os dois olham para mim, sorrindo feito bobos.

– Isso é *demais* – diz Marshall, balançando a cabeça.

– Me dá um autógrafo? – brinca Bree.

Assinto e entro na brincadeira, fingindo dar um autógrafo num papel imaginário.

Mas os dois estão muito mais empolgados com isso do que eu. Não consigo esquecer por completo o que aconteceu ontem.

Porque, assim que tudo isso acabar amanhã, Bree e Marshall vão voltar a planejar seus anos de universidade longe de Rock Ledge. E eu vou ficar preso aqui, "praticamente desabrigado", como Gus disse. Sei que deveria ser mais otimista. É legal *mesmo* ter tanta gente no colégio torcendo por mim.

Mas ontem foi horrível.

Enquanto caminhamos para a sala da Winter, decido perguntar a Marshall sobre Teddy. Porque ainda tenho, tipo, noventa por cento de certeza de que ele é hétero. Mas quando ele viu Marte na praia, tinha *alguma coisa* no jeito como ele tocou meu braço. E ele querendo ver se eu estava bem na casa. E a maneira como ele ficou todo orgulhoso de mim depois que eu contei sobre os meus planos de jantar com Gus e minha mãe. E aquele sorriso charmoso dele.

Na real, sei lá. Acho que tenho uns setenta por cento de certeza de que ele é hétero. Ou, tipo, sessenta por cento.

Cinquenta por cento?

– Ei, hum, por acaso o Teddy está caidinho por alguma garota? – A pergunta soa esquisita e bizarra tanto para Marshall quanto para os meus próprios ouvidos.

Ele cerra os olhos para mim.

– Você disse mesmo "caidinho por alguma garo…"?

– Quer dizer, ele está a fim de alguém? Namorando?

Marshall dá de ombros enquanto descemos a escada, ainda de olho na hashtag #GayPeloSky.

– Por quê?

– Ele já disse alguma coisa sobre, tipo… – Tento jogar um verde sem dar muito na cara.

Marshall tira os olhos do celular.

– Hã?

– Ele já…

– Puta merda! – Bree grita, esfregando o celular na nossa cara e quase caindo escada abaixo. – Puta *merda*.

– Que foi?

– A Carolyn pegou ele. Ela pegou o *maldito*.

O celular do Marshall vibra. E o meu também.

Carolyn mandou mensagem para nós três, junto com uma foto.

CULPADO! KKKK, diz a mensagem. **vcs estão me devendo uma agora (brinks rsrs) bjsss** 🖤

Ela mandou um print da foto que Brendon enviou por e-mail para Cliff da festa do Ali, à 1h39 da madrugada. Uma foto em que eu e Ali estamos sentados no sofá.

A foto em que eu e Ali estamos sentados no sofá.

Eu, Bree e Marshall nos entreolhamos, paralisados na escada, completamente chocados.

É isso. A última evidência de que precisávamos.

~~De alguma forma, a pessoa conseguiu uma foto da minha parede.~~

~~De alguma forma, a pessoa acessou o Memórias e hackeou o e-mail.~~

~~De alguma forma, a pessoa tirou nossa foto juntos na festa do Ali.~~

– Vamos! – Bree ordena, se virando para correr até a sala da Winter.

– Peraí! – Seguro os ombros dela. – Não é melhor chamarmos o Ali antes?

– Não! Ele está brincando de improviso, sei lá. Anda!

Desço a escada atrás deles e corro pelo corredor até a sala do Anuário, passando por um grupo de alunos do segundo ano com camisetas gays e dois Capangas do Cliff, que rapidamente saem do *nosso* caminho. O que é bem legal de ver.

– Ei! – grita Bree, parando bruscamente na porta.

Winter, que está almoçando na mesa, derruba uma banana com o susto.

– Desculpa, mas precisamos falar com você.

Ela nos chama para dentro, refletindo nossa urgência. Fechamos a porta assim que entramos.

– Foi Aquele Que Não Deve Ser Nomeado – suspira Bree, se abanando.

– Cliff Norquest – explica Marshall. – Cliff hackeou o e-mail.

– Nós sabemos porque Rence Bloomington, primo do Cliff, estava trabalhando na reforma do porão onde Sky está morando porque a mãe dele o expulsou de casa por ser gay, mas você já sabe disso. – Bree para e respira. – Temos provas de que Rence estava trabalhando na minha casa *no mesmo dia* em que tiraram uma foto da parede. Como sabemos? Porque a data bate com a contagem regressiva que aparece na foto enviada. Faz todo o sentido. – As palavras saem dela como se ela tivesse ensaiado. Coisa que, conhecendo a Bree, ela fez.

Winter tenta falar alguma coisa.

– Brandstone…

– Sabemos que Cliff conseguiu acessar o Memórias para hackear o e-mail porque ele manipulou Christina no dia seguinte à festa do Ali – explica Marshall. – Ela nos disse. E a planilha de acessos confirma.

Winter tenta interromper, mas Bree continua, quase sem controle.

– Além disso, agora *também* temos prova de que Brendon Pastures fotografou o Ali e o Sky no sofá, usando o celular do Jeff, e mandou para Aquele Que Não Deve Ser Nomeado…

– *Ei!* – Winter levanta a mão, balançando a casca de banana na ponta dos dedos. – Eu sei. Sei que foi o Cliff.

A sala fica em silêncio.

– Qu-quê? – Bree gagueja.

– Como? – pergunta Marshall.

– Ele confessou.

– Pra quem?

– Pra mim.

– Quando?

– Hoje de manhã. – Winter suspira. – Eu ia contar pra vocês antes da aula que começa em… – Ela olha para o relógio. – Cinco minutos.

Nós três nos entreolhamos, embasbacados.

– E? – Bree demanda, boquiaberta.

– E o quê? – responde Winter.

– O que aconteceu?

– Eu o levei até a sala do diretor Burger.

Mais silêncio.

– Só… *isso?* – indaga Marshall.

– Qual foi a punição dele? – pergunta Bree, cada vez mais frustrada. – Ele tomou suspensão, né?

– Ainda não sei – responde Winter. – Vou conversar com o diretor Burger depois da aula. Acho que vocês deveriam saber que o Cliff disse que foi o peso na consciência que o fez confessar…

– Isso deveria significar alguma coisa pra gente? – Bree interrompe, furiosa. – É pra gente sentir pena porque ele se sente culpado por ser um ser humano horrível?

– Não – diz Winter. – De forma alguma.

Nós três não sabemos o que dizer.

Passamos dias trabalhando nesse caso. Finalmente as peças do quebra-cabeça se encaixam. E ele simplesmente… se rendeu? Conseguiu acabar com a graça da Operação Detonar Aquele Que Não Deve Ser Nomeado.

Agora já era.

Winter percebe que eu não disse uma palavra.

– Você está bem, Baker?

As últimas vinte e quatro horas foram tão incríveis e tristes e confusas, tudo de uma vez, e agora *isso* – Cliff martelando o último prego no seu próprio caixão? Me sinto ainda mais atordoado.

Pensei que ficaria mais feliz ao ver a justiça sendo feita contra o pior ser humano que já pisou em Rock Ledge. Mas seja lá qual for a satisfação que imaginei que tomaria conta de mim neste momento, não está rolando. Os altos e baixos do último mês acabaram anulando uns aos outros, acho, e agora só me sinto… apático.

Quero sair dessa montanha-russa.

Porém, não vou dizer tudo isso à Winter. Não agora. Então só respondo:

– Sim, estou bem.

Ela me olha desconfiada.

– Podemos conversar rapidinho?

Assinto. Bree e Marshall me olham com desânimo antes de saírem para o corredor.

Winter gesticula para que eu me sente. O único barulho na sala é o zumbido dos computadores quentes e velhos.

– Você parece que está de cabeça cheia – diz ela, se apoiando na mesa.

– Bem… sim, estou.

– Com o quê?

Eu a encaro.

– Você não viu *tudo* que aconteceu no colégio este mês?

Ela assente e abre um sorriso gentil antes de encarar o chão, pensativa.

– Quero que você saiba – diz ela, cada palavra intencional e séria – que estou incrivelmente orgulhosa de você, Sky.

Engulo em seco.

Winter geralmente não diz esse tipo de coisa. Ninguém tem momentos assim com ela. Ela é o tipo de professora rígida que você ama porque precisa dar duro para receber o menor dos elogios. Winter verbalizando que está *incrivelmente orgulhosa* de mim? Isso está mesmo acontecendo?

Não sei o que dizer.

Ela dá a volta e para na frente da mesa, mas se inclina para trás de novo, cruzando os braços.

– Você está feliz com a confissão do Cliff?

Abro a boca, mas a fecho em seguida sem dizer nada.

Não sei ao certo como responder.

– Entendo – diz ela, depois do meu silêncio. – Às vezes a justiça não traz toda a emoção que a gente espera.

– É isso que estou descobrindo agora – digo. – Tipo… no começo eu queria chamar o Ali para o baile na praia, na frente de todo mundo, como uma forma de me impor contra o Cliff e os merdinhas dos amigos dele.

– Olha a boca.

– Desculpa. Os amigos *idiotas* dele. Queria mostrar que tudo que eles dizem para mim, as provocações, o modo como imitam meu jeito de andar, tudo isso não iria me impedir.

– Te impedir do quê?

– De ser eu mesmo.

Ela sorri. Sorrisos como esse também são raros vindo dela. Porque geralmente Winter só curva os lábios para cima quando quer acalmar quem quer que esteja falando com ela. Mas, agora, suas covinhas aparecem com tudo. Rugas suaves contornam seus olhos.

– Isso faz muito sentido – diz ela. – Mas, sério, você nunca vai precisar se provar para qualquer pessoa que não te aceita do jeito que você é.

Reviro os olhos e sorrio, porque ela fica tão brega dizendo uma coisa dessas.

– Eu sei.

– Estou falando sério. Que se danem eles!

– Isso.

– Posso perguntar qual foi o momento mais feliz deste último mês?

– Como?

– Qual foi o momento, ou dia, ou semana, em que você se sentiu feliz de verdade, mesmo com tudo que aconteceu por causa daquele e-mail?

Paro e penso.

As últimas semanas foram um furacão. Mal consigo lembrar como me senti nos últimos cinco minutos, que dirá no mês inteiro.

– Não sei… quando a gente estava fazendo as camisetas na casa da Bree? Ou o dia em que voltei para o colégio e todo mundo foi muito legal comigo? – Também lembro de quando nadamos na praia depois de planejarmos o Baile do Anuário esta semana e ninguém pareceu se importar com Marte. Mas devo essa boa memória ao Teddy.

Não quero falar disso com Winter agora.

– Você sente que esses momentos foram mais importantes do que se vingar do Cliff?

– Claro – respondo, como se fosse óbvio.

– Não me surpreende – diz ela, se agachando na minha frente. Agora nossos olhos estão no mesmo nível, e seus brincos cor-de-rosa cintilam com um raio de sol que atravessa a janela. – Olha, sinto muito orgulho de você por ter se posicionado, pelas camisetas, por ter se recusado a ser silenciado por aquele presidente de classe com suas opiniões… hum… *fortes*, e por ter enfrentado o diretor Burger. – Ela sorri. – Mas pela sua mente, pelo seu bem-estar, é importante tirar um segundo e se lembrar das pessoas que te amam e te apoiam. As pessoas que te fazem feliz. As pessoas que te tornam uma pessoa de sorte.

Uma pessoa de *sorte*?

Nunca me vi desse jeito.

Minha mãe basicamente me renegou, e estou quase desabrigado. Meu único irmão me odeia. Ainda não sei como vou me bancar na faculdade no próximo semestre. E sou uma pessoa de sorte?

Não tenho nada.

– Não me sinto muito sortudo.

– Entendo – diz ela. – Foi um ano muito difícil. E você merece muito mais; dos seus colegas de classe, do seu colégio, da sua mãe, desta cidade. Mas também tem dois melhores amigos que iriam até o fim do mundo por você.

Dou uma risada.

– Estou falando sério – diz ela, quase ofendida. – Eu vejo como a Bree e o Marshall te amam, Baker. Eles se inspiram em você todos os dias. Amigos assim são mais raros do que você imagina.

– Se inspiram em mim? – Winter deve estar chapada.

– Sim, se inspiram. É só ver como eles estão usando as camisetas cheios de orgulho. Eles te admiram porque você é uma pessoa admirável. – Ela se levanta, puxando o longo rabo de cavalo para a frente. – Se eu fosse você, jamais abandonaria amigos como eles.

– Vou *tentar* – digo. – Mas são eles que estão me abandonando.

– Como assim?

– Dentro de alguns meses, Marshall vai estar morando a três horas daqui, e Bree terá se mudado para três fusos horários de distância.

– Bem… lute.

– Hã?

– Lute para mantê-los na sua vida. Por amigos como Bree e Marshall, vale a pena lutar. – Ela faz uma pausa. – Queria que alguém tivesse me dito isso quando eu tinha a sua idade.

Sei que há muito mais a ser dito. Sei que ela quer divagar, mas pensa duas vezes.

Então o sinal toca e encerra nossa conversa. A turma do Anuário começa a entrar na sala, e acho que vejo Winter piscar para esconder uma lágrima antes de voltar para o modo professora-severa.

Uma pessoa de sorte.

Juntando toda a distração que a conversa com a Winter causou e minha tentativa de processar a confissão do Cliff, nunca estive tão improdutivo durante uma reunião do Anuário antes. Sério. Mal encosto na minha página de filmes, o que é um problema, porque todas as páginas precisam estar cem por cento prontas na semana que vem se quisermos mandar para a impressão a tempo. (Sem contar que a Bree me mataria se perdêssemos o prazo de publicação por culpa minha.)

Bree e Marshall estão igualmente meio pra baixo, porque também acharam a resolução da Operação Detonar Aquele Que Não Deve Ser Nomeado bem deprimente e anticlimática. Não sei como esperávamos que a missão terminaria – Cliff sendo preso no estacionamento para o colégio inteiro assistir? Bree esfregando todas as evidências na cara dele no meio do corredor até ele começar a chorar? –, mas, com certeza, não era uma confissão silenciosa para a Winter e uma ida discreta à sala do diretor.

O sinal toca e todos se dispersam. Viro à esquerda ao sair da sala da Winter – a mente ainda embaçada por toda a insanidade do dia de hoje – e encontro a última pessoa que esperava ver caminhando em minha direção no corredor. Por um segundo penso que estou alucinando.

Charlie.

Meu corpo praticamente entra em convulsão.

Ele parece confuso, os olhos passeando entre um pedaço de papel que tem nas mãos e todas as salas de aula ao nosso redor.

Corro até ele, cobrindo a camiseta GAY PELO ALI com o suéter para evitar qualquer pergunta.

– Hã… oi?

Seus olhos encontram os meus.

– Sky – ele suspira, aliviado ao ver meu rosto. – Como você está?

– Estou bem, mas… o que você está fazendo aqui?

– Estou procurando a sala… – ele olha para o papel, um bilhete da secretaria – …quarenta e nove. A secretária não mencionou o nome da professora, então…

– A sala quarenta e nove é a do Anuário.

– Sim – diz ele, o sorriso se desfazendo quando percebe como estou envergonhado. – Olha, Sky, não sei se você viu que eu te liguei…

– Eu vi. Desculpa por não ter retornado.

– Tudo bem. Você não me deve nenhuma explicação. Mas quero apoiar o Anuário mesmo assim. – Ele puxa o talão de cheques do bolso. Ai, meu Deus. Depois de tudo, ele ainda quer pagar pela página. – Eu estava pensando em deixar isso com a professora…

Pego Charlie pelo cotovelo e corro com ele para a sala de computação abandonada que ninguém usa há anos. A maioria dos colégios precisa lidar com a superlotação, mas o fracassado Colégio Rock Ledge foi construído quando a cidade tinha o dobro do tamanho, então em todo corredor existe uma sala empoeirada, cheia de relíquias acadêmicas. Está abafado aqui dentro, o ar tem cheiro de naftalina e as luzes nem acendem quando você liga o interruptor, mas é melhor prender Charlie aqui, mesmo com o risco de inalar amianto, do que deixar a Winter descobrir que quebrei as regras da venda de anúncios ao prometer uma página inteira para o amigo do meu pai morto.

– Você não pode entrar na sala do Anuário – digo com severidade. – Sinto muito, mas não pode.

– Por que não?

Começo a me mover para a frente e para trás, sobrecarregado com a pressão desta semana. Deste mês. Do meu ano letivo inteiro.

Posso tentar pensar em alguma coisa para cobrir meus rastros. Jogar mais algumas mentiras para salvar meu ego de ser eternamente ferido. Mas não posso continuar mentindo para o Charlie. Preciso assumir meus erros. Assumir como me meti nessa encrenca.

Suspiro e balanço a cabeça, segurando lágrimas inesperadas.

– Não sou Justin Jackson.

Ele sorri.

– Bem, sim. Eu sei disso – diz ele, caminhando até a janela e abrindo a persiana para deixar entrar um pouco de luz. – Não reparou que eu estou te chamando de Sky?

– Também não fui até a sua casa para vender uma página do anuário.

Ele abre a janela. Uma brisa leve e alguns pássaros cantando quebram o silêncio sufocante.

– Eu meio que imaginei isso.

– Como você soube quem eu era naquele dia na sua cozinha? – Não sei por que estou perguntando. Já sei a resposta. – Foi Marte que me entregou, não foi?

– Marte?

– Minha cicatriz.

Charlie se lembra – fechando os olhos e jogando a cabeça para trás, como se fosse um idiota por ter esquecido.

– Ah, sim. Marte.

Ele afrouxa a gravata cinza e coloca as duas mãos nos bolsos antes de caminhar até a frente da sala. Para assim que chega na lousa, ainda empoeirada com os gizes de aulas do passado, e gira nos calcanhares para me encarar em meio ao mar de carteiras vazias. A sala de aula combina muito com ele, com seu cabelo grisalho e seus óculos de aro preto.

– Foi essa sala mesmo – diz ele.

– Que sala?

Ele olha para mim.

– Aula da professora Babcock. História. Eu me sentava bem ali. – Ele aponta para a esquerda. – Acho que seu pai se sentava… – Ele pensa por um momento, analisando o ambiente. – Curiosamente, bem aí. – Ele aponta para a carteira mais perto de mim.

Imagino meu pai adolescente sentado aqui, a poucos centímetros de distância. Parece um abraço esquisito, mas acolhedor. Como dois universos paralelos de duas eras diferentes colidindo da melhor maneira possível.

– Sério?

– Sério. – Ele sorri. – A gente se sentava junto por alguns dias, mas seu pai sempre arrumava confusão. Daí separavam a gente. Rápido assim.

– Ele era problemático?

– Não, não. – Ele balança a cabeça com veemência. – Um garoto que gostava de provocar? Claro. Um garoto que não sabia ficar de boca fechada durante as provas? Com certeza. Mas um garoto *problemático*? Não. Nunca. – Ele quase solta uma risada com a lembrança. – Seu pai tinha um coração de ouro.

Caminho até a carteira que Charlie apontou e passo os dedos pela superfície desgastada. Essa não deve ser exatamente a mesma mesa que meu pai usou, é claro. Aposto que centenas de alunos e dezenas de faxineiros já trocaram as carteiras de lugar ao longo dos anos – isso se o colégio ainda usar as mesmas. E Charlie pode ter se confundido e essa nem ser a sala da professora Babcock, pra começo de conversa.

Mas não importa. Sinto meu pai aqui do mesmo jeito. Assim como foi na sala do Charlie pela primeira vez, descobrindo o que o fez chamá-lo de *durão*. Ou quando eu estava no carro da Bree depois da aula, no estacionamento, encarando a tela azul infinita lá no alto.

– Mas, sim, você tem razão – conclui Charlie, caminhando pela fileira de carteiras em minha direção, as mãos ainda nos bolsos. – Você está muito diferente de quando era criança. Mas me pareceu familiar no momento em que te conheci. E, quando vi Marte de novo, tudo se encaixou. E eu soube que você era o filho do Henry.

O sinal toca de novo, confirmando que com certeza vou me atrasar para a próxima aula.

– Você já tinha visto Marte antes? – questiono.

– Sua mãe me mostrou fotos da cicatriz alguns meses depois que seu pai morreu – explica ele. – Ela sabia que eu estava estudando dermatologia.

– A gente já se conhecia na vida real? – pergunto. – Eu te vi alguma vez depois do acidente?

Ele respira fundo, visivelmente desconfortável pela primeira vez desde que eu o conheci.

– É complicado.

– Como assim?

– Sua mãe meio que… como posso dizer? – Ele finalmente solta o ar de novo. – Ela se afastou de muita gente depois que seu pai morreu, Sky. Eu te vi uma vez, antes do acidente, quando você tinha essa altura aqui. – Ele aponta para a própria coxa. – Mas foi só isso. Vi as fotos do que acabou se tornando Marte, dei os melhores conselhos médicos que consegui na época, mas nunca mais ouvi falar de você.

É difícil ouvir isso. Mas também não me surpreende.

Não lembro de quase nada do que aconteceu antes da morte do meu pai, mas entre as fotos felizes da família, tiradas antes do velório, e as histórias que Gus me contava sobre uma mãe que xingava, fumava maconha e era *legal* e desapareceu junto com nosso pai, sempre soube que ela havia deixado muita gente para trás – assim como deixou sua verdadeira essência.

Charlie deve ter sido uma dessas pessoas.

– Sinto muito – digo, e percebo minha voz vacilar um pouquinho. Tento me segurar. – Sinto muito por ela ter feito isso com você. E por não ter te conhecido melhor há mais tempo.

– Eu também. – Ele sorri. – Mas estou muito feliz de poder te conhecer agora.

– Você conhece a senhora Brandstone? – pergunto.

Charlie pensa por um momento.

– Na verdade, você deve se lembrar dela como Jennifer Graham – digo.

Ele pensa mais um pouco.

– Jennifer Graham… O nome não me é estranho, mas não consigo lembrar.

Estou mais do que envergonhado para continuar explicando. Mas Charlie tem sido maravilhoso comigo. Devo minha sinceridade a ele.

– Ela é mãe da minha amiga – continuo. – Fez o Ensino Médio aqui, na mesma época que você e meu pai. Acho que ela sabia que vocês dois eram amigos e quis me conectar com você porque… – Penso em falar sobre a minha parede, sobre o e-mail, sobre o meu surto, mas não consigo agora. Isso vai ficar para outra hora. – Ela sabia que eu estava passando por um momento difícil.

Charlie assente, apertando os lábios.

– Acho que ela pensou que te conhecer me ajudaria a, tipo… entender melhor as coisas – explico. – Acho que ela pensou que me faria mais durão.

– Entendi.

– Mas eu dei pra trás. Estava nervoso. Inventei aquela coisa toda de Justin Jackson e vendi uma página de mentira no anuário. Foi muita estupidez da minha parte.

– Não, não foi. – Charlie se apoia sobre a mesa que tecnicamente, mas provavelmente não, foi do meu pai e cruza os braços sobre o peito. Ele tem muita coisa importante para dizer, dá pra perceber, mas está segurando a vontade de botar tudo pra fora agora. Em vez disso, pensa em cada palavra antes de falar.

– Lembra quando você estava na minha casa e eu fiquei perguntando sobre as festas na fogueira e a Sexta do Nugget e todas aquelas coisas que eu lembrava com carinho dos meus anos dourados aqui?

– Sim.

– Bem, não se deixe enganar. Para cada festa na fogueira e Sexta do Nugget, tenho umas vinte lembranças horríveis desse lugar. – Ele analisa uma parede cheia de cartazes amarelados e rasgados sobre como um projeto de lei se torna lei. – Crescer aqui foi difícil. Foi muito, *muito* difícil. Mas eu não mudaria nada. – Ele pigarreia. – Fiquei meio casca-grossa, o que pode ser bem útil às vezes. Me tornei muito mais durão. – Ele pisca para mim. – E conheci muitas pessoas maravilhosas, incluindo meu melhor amigo.

O último sinal toca, ecoando pelos corredores já vazios. Vou me atrasar muito para a próxima aula, do outro lado do prédio.

Olho para Charlie.

– Preciso ir.

– É claro – diz ele. – Não quero te meter em encrenca.

– Posso te pedir um favor?

– Qualquer coisa.

– Por favor, não vá até a sala do Anuário. Eu meio que quebrei uma regra quando te ofereci aquela página.

Ele ri.

– Ainda quero te vender a página inteira! – esclareço. – Só preciso conversar com a equipe de vendas antes. E dessa vez *prometo* que vou te ligar pra gente planejar os detalhes.

Ele dá um tapinha no meu ombro, curvando os lábios e mostrando as covinhas.

– Combinado, Sky.

Sem pensar, me inclino para abraçá-lo. Acho que o peguei de surpresa, porque ele fica sem reação por um segundo. Porém seus braços me envolvem e ele me abraça também. Sinto a delicadeza do seu suéter na minha bochecha, e isso é muito bom.

– Obrigado, Charlie – digo antes de pegar minhas coisas e sair correndo da sala.

Pelo resto do dia, me sinto uma bola de… alguma coisa. Muitas coisas. Nervos? Pavor? Empolgação? Alívio? Tudo isso junto, na verdade.

Não sei exatamente o porquê, mas a confissão do Cliff continua pairando em cima de mim como uma nuvem de chuva. E, aos poucos, cai a ficha de que a Festa dos Formandos na Praia está a apenas *horas* (e não dias) de distância, o que me deixa morrendo de medo. Mas abrir o jogo com Charlie tirou um milhão de toneladas dos meus ombros – um milhão de toneladas que eu nem percebi que passei dias carregando –, e tudo que Winter me disse na nossa conversa mais cedo continua rodopiando dentro da minha cabeça como uma música que não consigo parar de cantar.

Uma pessoa de sorte.

Na última hora, tive uma ideia meio doida. Uma que pode me ajudar a impedir que a bola de Nervos-Pavor-Empolgação-Alívio bata com tudo no pé da montanha. Não faço ideia se Bree vai topar, mas não custa nada tentar.

– Ei – digo a ela enquanto atravessamos o estacionamento no fim do dia e sua camiseta dizendo FALTA 1 DIA brilha com a luz do sol. – Sei que você já enviou a newsletter do Anuário na segunda-feira, mas seria muito esquisito enviar mais uma na sexta?

Ela olha para mim como se eu estivesse tramando alguma coisa.

– O que você tem em mente?

O i, gente,

Sou o formando Sky Baker. Quis mandar esta edição especial de sexta-feira da nossa newsletter para falar sobre uma coisa importante para mim, para o colégio e, sinceramente, para a cidade inteira. É agora ou nunca.

Como muitos de vocês viram, duas imagens muito infelizes foram compartilhadas no lugar desta newsletter algumas semanas atrás. Um aluno que não faz parte da equipe conseguiu acessar o sistema e subir duas fotos pessoais minhas e de outro formando. Também foram usados insultos contra nós dois.

Mas isso não é sobre o aluno em questão ou sobre o e-mail enviado.

É sobre o que aconteceu depois.

Eu sempre odiei o colégio. Tipo, sempre o chamei de "inferno heterossexual" (mentalmente, pelo menos). E não é como se agora eu tivesse passado a amá-lo. Continua sendo o mesmo Colégio Rock Ledge. O elevador do corredor B CONTINUA quebrado. A ala de Ciências continua com cheiro de morte (formol e incenso). Ainda temos alunos homofóbicos e racistas aqui. E ainda não conseguimos ganhar um jogo de basquete que seja. Sem ofensa, time de basquete.

Porém, nas duas últimas semanas, vi um novo lado de Rock Ledge.

Depois que o e-mail foi enviado, muitos de vocês – MUITOS. DE. VOCÊS. – me apoiaram. De imediato. Não apenas meus amigos, ou a turma do Anuário, ou os outros formandos; pessoas com as quais eu nunca sequer conversei. Vocês me mandaram mensagens para saber como eu estava, me bombardearam com emojis de coração, sorriram para mim nos corredores, vestiram suas camisetas gays com orgulho, acenaram para mim e provaram que estavam ao meu lado.

Para o que desse e viesse.

Muitos de nós nos sentimos excluídos aqui. Sei que não sou o único. Me senti excluído a vida inteira. Mas, nas duas últimas semanas, e pela primeira vez na vida, não senti que isso é algo ruim.

Me senti uma pessoa de sorte.

Obrigado por todo o amor, Rock Ledge. 🖤

Gay por vocês,
Sky

P.S.: Só para avisar, não vou convidar o Ali para o baile na Festa dos Formandos na Praia. Vamos todos nos divertir e tomar um solzinho. Turma de 2021. 🖤

P.P.S.: Por favor, não se desinscreva se não gostou deste e-mail. Nossa editora-chefe, que tem trabalhado muito durante todo o ano, pediu que eu avisasse que o apoio de vocês, leitores, é muito importante para nós.

Quando acordo na manhã seguinte, finalmente me sinto bem comigo mesmo de novo. Na verdade, me sinto bem comigo mesmo pela primeira vez na vida.

Subo a escada até a cozinha dos Brandstone. O canal de esportes está ligado no último volume, embora ninguém esteja assistindo. Clare, vestindo um avental coberto de farinha, está gritando com Petey por ele ter colocado o dedo na massa de bolo que ela está batendo. Ray não para de cantar aos berros um verso de uma música dos Beatles. Bree discute com o pai sobre os nutrientes do seu chocolate quente. Thelma e Louise latem para um esquilo que se balança do lado de fora da janela, como se estivessem defendendo a casa de um assalto. Um sábado como outro qualquer.

— Bom dia, Sky — diz a Sra. Brandstone ao me ver. — Quer mingau de aveia?

— Claro, obrigado. — Subo na banqueta ao lado de Bree, que nem me dá oi antes de me passar um de seus fones para que eu escute seja lá qual for o podcast que ela está ouvindo.

Mas antes que eu consiga ouvir, o Sr. Brandstone, tendo colocado um ponto-final no debate sobre o chocolate em pó, pede a atenção de todo mundo:

— Atenção. Sei que *você* tem um negócio na natação, e *você* vai filmar um vídeo para o YouTube na casa de uma amiga, *vocês dois* têm a festa na praia e *você* quer ir ao santuário dos animais, *mas* — ele fica sério — hoje é o dia. Faxina de primavera. Quero todo mundo se apresentando no quintal antes de sair de casa.

Petey solta um grunhido em protesto.

– Ninguém vai se safar disso – o Sr. Brandstone o interrompe, balançando a cabeça. – Vamos logo.

Engulo o mingau de aveia e estou prestes a seguir os gêmeos para fora, mas o Sr. Brandstone entra na frente da porta, bloqueando minha passagem. Estamos sozinhos dentro de casa.

– Isso chegou pra você pelo correio – diz, e tira um envelope grosso de papel pardo de trás das costas e entrega para mim. O remetente diz "Ensino Público de Rock Ledge".

– Ai. – Meu coração para. A bolsa de estudos. – Será que... *é aquilo?*

Ele dá de ombros.

– Acha que eu consegui? – pergunto.

Ele parece estar escondendo um sorriso.

– Tem muito papel aí dentro pra ser uma carta de rejeição. Mas quem sou eu para dizer?

Respiro fundo lentamente, passando os dedos pela aba do envelope.

– Quer que eu te deixe sozinho? – pergunta ele ao notar minha hesitação.

Não achei que ficaria tão nervoso assim. Não sabia que iria querer privacidade. Mas faço que sim com a cabeça.

Ele deixa o sorriso transparecer, diz um "Tudo bem" com delicadeza e se junta ao resto da família do lado de fora.

Me sento no topo da escada para o porão, Thelma e Louise se aproximam, uma de cada lado, cutucando meus ombros com o focinho úmido. Não acho que elas queiram carinho, só que eu saiba que estão comigo.

Respiro fundo mais uma vez e abro o envelope.

Caro Sr. Sky Baker: Parabéns! é a primeira e única coisa que eu leio.

Dou um salto, jogo as mãos para o alto e grito. Thelma e Louise ficam agitadas.

Consegui a bolsa de estudos! Vou para a faculdade!

Corro para a porta da frente, balançando o envelope no ar.

– Consegui! – Todos se viram para mim. – Consegui a bolsa de estudos!

O Sr. e a Sra. Brandstone correm para me abraçar. Bree começa a dançar o *moonwalk* no quintal. Petey pula de um lado para o outro como se tivesse acabado de ganhar uma competição de nado, e Ray o acompanha – embora eu ache que nenhum dos dois saiba muito bem o que está acontecendo. Até Clare sorri pra mim.

– Incrível! – grita a Sra. Brandstone, radiante. Ela se aproxima para ler a carta de aprovação na minha mão. – Nossa. Que fantástico, Sky!

– Estou muito orgulhoso. – O Sr. Brandstone bagunça meu cabelo. – Mas isso não te livra da faxina de primavera, tá?

O clima está ensolarado e ameno. Não é o ideal para ir à praia, mas em abril, no norte do Michigan, é praticamente um milagre.

O Sr. Brandstone encarrega Bree de preencher os buracos ao redor dos pinheiros com adubo avermelhado, e eu fico na "patrulha das ervas daninhas", como a Sra. Brandstone chama. Normalmente isso seria uma tortura, mas estou nas nuvens agora. Eu poderia passar o dia inteiro limpando o cocô de Thelma e Louise e, ainda assim, continuaria sorrindo de orelha a orelha.

Faculdade. *Eu vou para a faculdade.*

Dou a volta no quintal enorme, que parece ainda maior quando seu trabalho é arrancar qualquer planta indevida, tentando encontrar as danadas. Quando estou quase acabando, encontro uma pequenininha saindo de uma rachadura na calçada, mas decido deixá-la ficar. Aqui é Rock Ledge, afinal de contas. Temos calçadas rachadas por toda parte, e às vezes uma erva daninha encontra um lar perfeito ali.

Sei bem como é se sentir assim.

Quando o adubo está colocado, as ervas daninhas estão (quase) aniquiladas, a varanda, varrida e o quintal, livre de todas as folhas mortas que deram as caras agora que a neve derreteu, é hora de me arrumar. Porque hoje é o dia.

Zero dia, caramba!

Pulo no chuveiro para tirar toda a gosma de fim de inverno das mãos, joelhos e rosto. Não tenho nenhum sonho molhado dessa vez.

Estou de pé no banheiro, encarando meu reflexo, quebrando minha regra número um de propósito. Lá está Marte. Me encarando de volta. Sim, ela está um milhão de vezes mais vermelha do que o normal. Mas estou de boa com isso. Ela até parece um pouquinho irada.

Alguém bate na porta.

– Sky? – É a Sra. Brandstone.

– Um segundo! – Enrolo a toalha na cintura e visto uma regata. – Pronto, o que foi?

A porta se abre, e a armação vermelha dos óculos dela aparece na fresta – bem mais hesitante do que há trinta dias.

– Oi.

– Oi.

– Tem uma caixa com coisas de praia do lado de fora do seu quarto, caso você e Bree queiram levar algo. Pode ser divertido.

– Legal. Obrigado.

– Eu avisei a Bree, mas aposto que ela vai esquecer. Tem um frisbee, uma daquelas camas elásticas pra jogar bola… essas coisas.

– Ótimo. Vou dar uma olhadinha, com certeza.

Ela sorri para mim e suspira, começando a fechar a porta.

– Então tá bom…

– Ei! – Me viro do espelho para dar atenção total a ela. – Só queria dizer que sou muito grato por tudo que você e o senhor Brandstone fizeram por mim nesses últimos meses.

– Ah, não foi nada de mais, querido.

– Não, sério. – Enfatizo, porque acho que ela não está entendendo. – Me ajudar com a bolsa de estudos e me dar um lugar pra ficar, deixar a turma do Anuário vir pra cá fazer as camisetas; foi tudo… muito gentil. Não sei o que seria de mim sem vocês dois e a Bree. E a Clare, o Petey e o Ray. E a Thelma e a Louise. Tenho sorte de ter vocês.

Ela ri antes de empurrar os óculos para cima.

– Nós é que temos sorte em ter você, Sky.

✕ ✕ ✕

Mais tarde, Marshall chega pontualmente para nos dar carona até a praia.

– Oi, gente – diz ele, enquanto eu e Bree entramos no banco de trás do carro com nossas toalhas, óculos escuros e bolsas de praia.

Ainsley está no banco do passageiro. Ela usa um chapéu tão grande que praticamente poderia causar um eclipse.

– Quem quer chiclete? – pergunta ela, esticando o braço para trás para nos oferecer.

– Obrigado, mas o chiclete pode esperar – digo. – Porque eu tenho boas notícias…

Marshall olha para mim, parecendo assustado.

– Consegui a bolsa de estudos!

O carro é uma explosão de gritos. Eu e Bree começamos a rir.

– Isso é *fantástico!* – grita Marshall, esticando o braço para chacoalhar meu joelho.

– Tomara que a gente fique junto em algumas aulas no primeiro semestre! – diz Ainsley, antes de colocar as mãos sobre a boca com empolgação. – Ai, meu Deus. Estou tão aliviada por ter alguém que eu conheço na faculdade. Migos de estudo!

Marshall abaixa o vidro e começa a dirigir rumo à praia.

Quando deixamos o bairro da Bree, ele coloca música também.

Alta.

– Nossa! – grita Bree, animada com o grave pulsando. – O Senhor Marshall De Setenta Anos soltou o som?!

Eu e Marshall nos olhamos pelo espelho retrovisor.

Trocamos sorrisos.

Não quero trazer má sorte para o momento, mas tudo parece bem pela primeira vez em muito tempo. Não estou com uma carga de emoções causada por uma camiseta que diz GAY PELO SKY – uma que sei que vai bater uma hora ou outra –, nem chorando no travesseiro com Louise ao meu lado, desejando nunca ter nascido.

Estar neste carro, com essas pessoas, me parece o certo.

– O Dan vai encontrar a gente depois da praia? – grito para Bree, enquanto o vento balança seu cabelo de um lado para o outro feito um boneco do posto. Lembro da última vez que stalkeamos o Ali juntos, porque seu cabelo estava do mesmo jeito naquele dia.

– Quê? – ela grita de volta.

– Eu perguntei – falo mais alto – se o Dan vai encontrar a gente mais tarde?

Ela faz que sim.

– Você deveria convidá-lo para o baile hoje.

– Quê?

– Eu disse que você deveria convidá-lo para o baile hoje!

Ela sorri.

– Ah, é?

– Sério!

Eu não estava falando sério da primeira vez. Mas, pensando bem, os dois seriam um par perfeito para o Baile do Anuário.

– Na verdade, eu queria te contar uma coisa – diz ela, deslizando pelo banco do carro para não precisar gritar. – Tenho uma confissão a fazer.

Fico tenso.

– O que foi…?

– Lembra quando você achou que eu estava chateada com você no fim de semana da festa do Ali?

Com tudo que aconteceu depois da invasão do e-mail, quase esqueci o mau humor terrível da Bree naquele fim de semana.

– Sim?

– E eu te disse que não estava, mas, tipo… nunca expliquei o motivo de eu estar tão pê da vida?

– Sim?

– Bem, eu não menti. Não estava *mesmo* chateada com você. Mas com o Dan… O Dan terminou comigo naquele fim de semana. Na festa do Ali.

– Quê?

– Eu disse – ela aumenta o tom de voz um pouquinho – o Dan terminou…

– Não, eu entendi essa parte, é só que… – Arregalo os olhos, sorrindo de orelha a orelha. – Por que você não me contou que estava namorando com ele?

Ela sorri de volta, dando de ombros.

– Surpresa!

Faz todo o sentido. Eu estava tão envolvido com as minhas próprias preocupações que deixei de ligar os pontos. Bree derrete feito manteiga sempre que o Dan chega. E quando Bree começa um dos seus discursos – tipo quando ela estava atualizando ele de todo o drama durante aquela tarde no capô do carro, ou falando sobre as ideias para o Baile do Anuário na cozinha –, ele fica com um brilho nos olhos.

Eu já devia ter suspeitado.

– Bem – começo, sem saber o que dizer em seguida e tentando digerir a novidade. – Que pena que ele terminou com você.

– Desculpa por não ter te contado antes – Bree me interrompe. Dá pra ver que ela estava morrendo de vontade de falar sobre isso. – Ele estava tentando lidar com toda essa coisa de se assumir, e a gente preferiu não contar para ninguém até que ele se sentisse mais confortável em Rock Ledge.

– Eu entendo, não se preocupe. – Apoio meu braço sobre a coxa dela.

– Obrigada. – Bree retribui o gesto apoiando seu braço sobre a minha. – Mas sim. É por isso que eu estava mal-humorada naquela manhã, e é por isso que Aquele Que Não Deve Ser Nomeado conseguiu invadir o e-mail. Queria chegar na escola cedo para tentar conversar melhor com o Dan, e não para conferir se estava tudo certo com a newsletter – ela fala mais baixo, envergonhada. – Por isso não fiz a revisão final. Eu errei. E menti. Me desculpa.

– Brandstone. – Eu a empurro carinhosamente com o ombro. – Não precisa pedir desculpas.

Ela me envolve com os braços, mais forte do que nunca, arrancando todo o ar dos meus pulmões.

– Obrigada.

– Vocês dois estão tendo um momento? – pergunta Marshall, abaixando o volume da música e nos espiando pelo retrovisor com um sorriso. – Vou ficar com ciuminho!

– Fica frio – diz Bree. – Depois eu te explico.

– Então parece que você e Dan continuam amigos, certo? – sussurro para ela depois que Marshall volta a olhar para a estrada.

– Ah, a gente voltou. Ele só terminou comigo porque não queria me arrastar para a coisa toda de se assumir trans no colégio. Ele só queria me proteger. Mas eu sei cuidar de mim.

– Peraí! – Eu a encaro nos olhos. – Quer dizer então que você tem um *namorado*?

Ela me olha de volta.

– Sim?

– Está me dizendo que eu sou o último *solteiro* do grupo?

– Me parece que sim.

– Talvez ainda haja esperança para mim.

Marshall para no estacionamento da praia, que já está lotada de formandos. Todos os atletas estão andando de um lado para o outro sem camisa, pra todo mundo ver, e suas namoradas gatas já ocupam a melhor parte da areia. Como era de esperar, há muita pele à mostra, mas também muitos casacos e calças jeans. Não está fazendo nem vinte graus, o que mais eu poderia esperar?

Mas não vou deixar o vento gelado ser uma desculpa para ficar coberto. Chegou a hora de Marte conhecer o mundo.

Saímos do carro e, após calçarmos os chinelos e enchermos nossas bolsas com os lanches que trouxemos no porta-malas, começamos a procurar por rostos familiares no meio da orla. Com sorte, a turma do Anuário conseguiu um bom lugar pra gente se juntar.

Então Marshall tira a camiseta. E chega a minha vez de fazer o mesmo.

Respiro fundo – me lembro de ser durão – e tiro também. A brisa atinge meu peito, e a luz do sol toca meu rosto. O mundo não acabou. Ainda não.

Então decido deixar a onda me levar.

Caminhando pela areia atrás dos outros, sinto os olhos de todo mundo em mim. É como se toda a Rock Ledge estivesse me observando – na minha cabeça, pelo menos. Meu quadril balança, mas não muito. Nem pouco. Está balançando no ritmo certo. Porque é assim que eu ando.

É assim que eu sou.

Encontramos Ali, Christina e Dustin, junto com vários outros alunos do Anuário, e caminhamos em direção ao grupo. Eles estenderam um monte de toalhas para formar uma área enorme, com cestas de piquenique, guarda-sóis e caixas de som. Ainda estou nervoso, mas a ansiedade causada por Marte vai aos poucos sendo substituída pela empolgação e pelo cheiro inebriante de protetor solar.

Ali acena para mim quando nossos olhos se encontram.

– Sky High!

Aceno de volta.

Com sorte, pessoas o bastante leram meu e-mail e sabem que não vou convidar Ali – ou *qualquer outro garoto*, por assim dizer – para o baile. Quero me divertir. Só isso.

Assim que escolhemos um lugar para declarar como nosso, percebo uma coisa... acontecendo.

Uma coisa estranha.

– Quero que você saiba – Bree sussurra no meu ouvido quando a turma do Anuário se levanta – que isso não foi ideia minha.

Olho para ela.

– O que não foi ideia sua?

Todos estão sorrindo para mim. Então, um monte de outros alunos ao redor começa a se levantar também. Eles estão vestindo camisetas brancas sobre seus peitos nus e biquínis. Não são todos os formandos na praia, mas são muitos deles. Dezenas até.

E todas as camisetas dizem GAY PELO SKY.

Meu coração acelera.

– Hum... – Engasgo enquanto Marshall, Ainsley e Bree se viram para mim, radiantes. O calor sobe pelas minhas bochechas, e calafrios descem pelas minhas costas.

– O que está rolando? – repito várias vezes, mas ninguém me responde.

– Oi – diz Teddy, aparecendo do nada, seus olhos verdes brilhando com a luz do sol. Alguns grãos de areia no rosto. Seus lábios se abrem em um sorriso.

Um Sorriso do Teddy.

E meus joelhos quase cedem, juro por Deus. Acho que minhas cordas vocais também esqueceram por um segundo como funcionam. Então elas finalmente tomam jeito.

– Oi. – É tudo que consigo murmurar no momento.

Ele não está com uma camiseta com os dizeres GAY PELO SKY. Está com seu uniforme laranja do time de atletismo.

– Queria me vestir como todo mundo – diz ele, a voz tremendo um pouquinho, enquanto olha para o mar de camisetas GAY PELO SKY. – Mas o Marshall disse que você gosta mais desta aqui.

– Peraí... quê?

Eu me viro para encarar Marshall, que está rachando o bico.

– Foi mal, cara – diz ele, balançando a cabeça. – Mas não podia deixar essa passar.

Teddy tira rosas amarelas de trás das costas, junto com o menor envelope que já vi na vida. Pego tudo com as mãos tremendo – tudo isso parece muito mais surreal do que meus sonhos molhados mais insanos – e abro o envelope. Lá dentro estão os ingressos de cinema do primeiro filme que vimos juntos. Aquele da DuVernay.

Então a ficha cai.

Foi tudo um plano do Marshall. Por *semanas*.

Aquelas perguntas irritantes sobre como convidar a Ainsley para o baile. As rosas amarelas. Os ingressos de cinema. A roupa que ele deveria usar. Era tudo sobre *isso*. O tempo todo.

Minha mente recapitula todos os pequenos momentos no último mês em que Teddy tentou puxar assunto, tentou quebrar o gelo, tentou se aproximar. Quando ele elogiou meu tênis trinta dias atrás no pátio do colégio. Quando tentou me perguntar sobre a página de filmes na festa do Ali, mas eu estava distraído demais para me importar. Quando me mostrou a conta de memes de *Para todos os garotos que já amei* depois da aula, mesmo com o carro da Bree estando longe do seu caminho para o treino. Quando ele voltou para a casa dos Brandstone depois de pular no Lago Michigan só para ver como eu estava.

Talvez eu tenha sido o Ali Rashid do Teddy esse tempo todo.

Olho em volta, incapaz de processar o que está acontecendo. Dustin e Christina estão ao nosso lado, tirando fotos. Carolyn, toda emocionada, parece estar caindo no choro. Vejo Ali também, abrindo o maior Sorriso do Ali de todos. Marshall ri mais ainda, totalmente satisfeito por ter ajudado a organizar tudo isso.

– Já faz um bom tempo que eu sou gay por você, Sky – diz Teddy para mim com a voz suave. – Quer ir ao Baile do Anuário comigo?

As coisas se acalmam depois da Festa dos Formandos na Praia. Graças a Deus!

Como eu disse: setenta por cento introvertido. Tem noção do estrago que os últimos meses conseguiram fazer em uma pessoa como eu?

Quer dizer, claro, esse semestre foi de longe o melhor da minha vida. Mas ainda assim.

Finalmente consigo voltar a focar nas aulas sem toda a atenção gay em cima de mim e as sobrancelhas do Ali me distraindo. Convenço a Sra. Diamond a me deixar entregar alguns trabalhos atrasados – provando que *sei, sim*, o que é gonorreia –, uso o horário de almoço para refazer os testes de Anatomia que zerei e absorvo a quantidade ideal de informação nas aulas de Trigonometria para conseguir passar de raspão. O Sr. Kam não está muito impressionado comigo, mas eu com certeza estou!

Não preciso mais ficar me lembrando de ser durão o tempo todo. Eu meio que... sou?

Às vezes, andar do meu jeito me sentindo bem é o bastante para me sentir invencível, só isso. Ser durão me faz bem.

Mas hoje é o grande dia. Estou ansioso por três motivos.

Pra começar, é meu aniversário (conforme Ray me lembrou aproximadamente um milhão de vezes esta manhã na cozinha). Dezoito anos. Oficialmente um adulto.

Apesar de ter se recusado no começo, a Sra. Brandstone acabou cedendo na semana passada e me prometeu manter a data bem discreta.

Tipo, eu fiz ela jurar sobre uma Bíblia empoeirada que eles guardam no armário da sala de estar que não haveria nenhuma surpresa de aniversário.

Clare fez uma torta de creme (minha favorita) para a noite de hoje, e Ray desenhou um monte de plaquinhas surpreendentemente elaboradas dizendo *18! 18! 18!* que ele espalhou pela casa. Teddy decorou meu armário, como a pessoa mais fofa que ele é, e Winter amarrou algumas bexigas amarelas na minha cadeira antes da aula.

Depois de um semestre como esse? Isso é o máximo de extravagância que sou capaz se aguentar, sem brincadeira.

Em segundo lugar, os anuários chegaram hoje. Eu estava louco para ver como nosso ano inteiro de trabalho ficou na versão impressa. (Toda a minha ansiedade não é nada comparada com o que Bree tem passado. Ela está literalmente há dias sem dormir.)

E, por último, mas não menos importante, Teddy vai me levar para encontrar com o Charlie depois da aula, para lidar com toda a situação da Marte.

– Está pronto? – Teddy coloca o cinto de segurança.

Respiro fundo e solto um gemido ansioso.

– Claro.

Ele segura uma risada e fecha o zíper do seu moletom marrom, ficando ainda mais fofo hoje.

– Tá nervoso?

– Sim!

– Vai dar tudo certo. – Ele me dá um beijo na bochecha e aponta para fora do carro, pela janela do banco do passageiro.

Abaixo o vidro.

– Qual é a boa, Christiansen?

Dan se curva para ver nós dois dentro do carro.

– Só tentando sobreviver a esse… como foi mesmo que você chamou no seu e-mail? Inferno heterossexual?

– Bingo!

– Sim, isso aí. Tentando sobreviver. Aliás, feliz aniversário.

– Obrigado!

– Nossa! – O rosto de Dan se ilumina quando ele vê o anuário novinho em folha no meu colo. – Tinha esquecido, eles chegaram hoje! Parabéns, cara! Preciso pegar o meu.

– Obrigado – digo, olhando para a capa preta do livro. – Acabou de sair do forno. Não sei como a Bree ainda não te obrigou a folhear o dela umas quatrocentas vezes.

– Não se preocupe. – Dan suspira. – Ela vai fazer isso.

Ainda não abri o meu. Sei que pode parecer esquisito, mas quero ver sozinho na casa dos Brandstone, quando puder ler palavra por palavra, admirar cada página e absorver tudo. Agora só preciso usar todo o meu autocontrole para não o abrir neste exato momento.

– Queria te contar – diz Dan para mim. – Já temos dezenove pessoas. Te mandei um e-mail com a lista atualizada de membros uma hora atrás, mais ou menos.

– Caramba – digo. – Dois dias atrás eram onze.

Ele dá de ombros, sorrindo.

– Como posso dizer? Você ajudou muita gente a derrubar a porta do armário.

– Nós *dois* ajudamos.

Eu e Dan estamos tentando deixar tudo pronto para o GLAM este ano, para que ele esteja pronto para ser o presidente do grupo no semestre que vem. Winter convidou a Sra. Choi – a nova professora de Biologia, que é lésbica – para ser a conselheira do GLAM também; ela está superempolgada em ajudar.

Estranhamente, por mais que eu esteja contando os minutos para sair do Ensino Médio, estou meio triste por perder os encontros do GLAM.

– Aliás, isso pode parecer estranho, mas – Dan se inclina para mais perto do carro – Cliff que falar com você.

Não perdi um segundo pensando naquele idiota desde que enviei meu e-mail semanas atrás.

– Como assim?

– Por quê? – Teddy pergunta por cima do meu ombro. – Você é amigo dele?

– *Não* – Dan rebate. – Mas ele mora no meu bairro, e ontem me viu fazendo umas cestas na minha garagem e parou pra conversar.

– Você devia ter jogado a bola de basquete no vidro do carro dele – diz Teddy, uma brincadeira com um fundinho de verdade.

– Ele ficou sabendo do GLAM, e que você e Ali são meus amigos. Pediu desculpas pra mim por causa do e-mail e me pediu para perguntar se você e Ali topariam almoçar com ele algum dia desses. Parece que uma suspensão pode mudar uma pessoa. – Dan levanta as mãos para me acalmar, prevendo minha reação. – Mas eu entendo totalmente se você não quiser.

– Não faz isso – alerta Teddy. – Ele não merece, Sky.

– Eu concordo, a não ser que um pedido de desculpas signifique alguma coisa pra você. – Dan se estica e põe a mochila nas costas. – Mas a escolha é sua. Só estou avisando mesmo.

– Obrigado. – Não sei o que pensar. – Vou ver direitinho com o Ali.

– Que horas é melhor eu chegar na Bree amanhã para os preparativos do baile?

– Umas cinco, mais ou menos. Te mando mensagem.

– Perfeito – diz Dan, dando um tapinha no teto do carro. – Até mais, lindas. – Ele dá uma piscadinha e vai embora.

Teddy percebe que estou mais calado do que o normal no caminho para a consulta.

– Está tão nervoso assim por causa da Marte, é?

– Não é isso – digo, encarando as árvores. – Não sei o que fazer com essa coisa do Cliff.

– Odeio saber que você está perdendo tempo pensando naquele idiota.

Ele provavelmente tem razão.

Fico enojado só de me imaginar no mesmo ambiente que Cliff de novo. Encontrar com ele seria como perdoá-lo facilmente pelo que fez, ou qualquer coisa assim. Tipo, não devo a ele a oportunidade de se desculpar. Não devo nada a ele, na real.

Assim como também não devo nada à minha mãe.

Ainda é impossível pensar em uma pessoa homofóbica sem lembrar imediatamente de que também existe outra. Como naquela vez que o Cliff zombou de mim na aula de Educação Sexual. Os dois são farinha do mesmo saco.

Cliff pelo menos quer falar comigo. Pelo menos está tentando fazer as pazes. Pelo menos não apresentou nenhuma condição, nem falou sobre um acampamento/culto de verão.

– Ei – diz Teddy, provavelmente notando meus pensamentos confusos. – Faça o que você achar certo. Eu vou sempre te apoiar.

Sorrio para ele e empurro meus pensamentos sobre Cliff e minha mãe para o mais longe possível. Isso é coisa para outro dia.

Chegamos ao local, e o frio no meu estômago está mais congelante do que nunca. Porque hoje, provavelmente, é o dia em que vou me despedir da Marte.

Bem, mais ou menos. Marte vai ganhar uma transformação impactante.

– Sky! Feliz aniversário! – Brian grita, saindo de trás do balcão do seu estúdio de tatuagem usando um chapeuzinho de aniversário e radiante como uma explosão de fogos de artifício. Não consigo nem piscar: ele me dá o abraço de urso mais forte do que meu corpo é capaz de suportar. Fiz Charlie e Brian prometerem que ficariam de boa com a coisa do meu aniversário também, mas isso não os impediu de pendurarem enfeites no teto.

– Você deve ser o Teddy – Brian me joga para o lado e quase arranca o braço do Teddy com um dos apertos de mão mais agressivos que já vi. Mas Teddy aguenta firme. Ou tenta, pelo menos.

Charlie, também com um chapeuzinho de festa, chega da sala dos fundos. Ele não está tão eufórico quanto o filhote de cachorro que é seu namorado, mas com certeza parece feliz em me ver. Nos abraçamos também, e ele cumprimenta Teddy.

– Dezoito, né? – Ele suspira, cruzando os braços. – Como se sente?

Dou de ombros.

– Esquisito.

– Faz sentido. – Brian sorri.

– Estou muito feliz que vamos fazer isso, Sky – diz Charlie.

– Jura? – digo, meio brincando. – Porque eu estou morrendo de medo.

– Eu também. – Ele ri. – Vamos fazer logo antes que eu mude de ideia.

– Peraí! – Brian segura minha mão e me puxa para trás da mesa, onde há um tablet para agendamento de horários e pagamentos. – Sei que é seu aniversário, mas, tecnicamente, também é seu primeiro dia de trabalho, lembra? Precisamos de um treinamento rápido antes.

Semana passada, Brian me ofereceu uma vaga de recepcionista, que eu aceitei em cerca de zero ponto cinco segundos. Sim, é uma longa viagem de Rock Ledge até aqui, mas Bree não vai levar o carro para a Califórnia, então ela me deixou pegar emprestado por tempo indeterminado. Além do mais, Charlie e Brian disseram que posso ficar na casa deles sempre que quiser, o que eu acredito que vai acontecer *com frequência*. Passar o verão no lago, curtindo com Bob e Teddy? Sim, por favor!

A melhor parte é que o trabalho de recepcionista paga dezoito dólares por hora, o que significa que não apenas vou conseguir pagar o aluguel para os Brandstone, como também vou ter dinheiro o bastante para sair com Ainsley e Dan, e até visitar o Marshall durante um fim de semana no outono.

Depois que Brian me explica o básico sobre os telefonemas e como marcar horários, chegou a hora. Vamos mesmo fazer isso.

– Preparado? – pergunta Charlie, se sentando na cadeira ao meu lado.

– Mais do que nunca.

Brian pega suas ferramentas e uma folha de papel com a imagem que criou para mim e para o Charlie: as iniciais HRB – de Henry Robert Baker – em uma caligrafia preta perfeita.

– Últimas palavras? – provoca Brian com um sorriso.

– Hum… – Solto o ar antes de tirar a camiseta. – Não. Vamos nessa.

– Prometi a mim mesmo que nunca me sentaria nessa cadeira. – Charlie suspira, balançando a cabeça rendido. – Mas ainda assim – ele se vira para mim com um sorriso –, cá estou eu.

Brian pressiona a imagem com delicadeza sobre Marte. O traçado das iniciais do meu pai cobre boa parte da minha cicatriz rosada.

– Você deveria se sentir orgulhoso, Sky – diz ele, puxando o papel gentilmente. Quase não consigo mais enxergar Marte. – Charlie é resistente a tatuagens desde que a gente se conheceu. Você fez o que ninguém mais conseguiu fazer.

– Aposto que meu pai teria apoiado a ideia também – digo.

– Eu tenho *certeza* – Charlie confirma.

– Precisa de alguma coisa? – Teddy pergunta, colocando uma cadeira ao meu lado e segurando minha mão. Ele parece tão nervoso quanto eu. – Lenços? Um copo d'água?

– Talvez eu te peça pra me mostrar uns memes de *Para todos os garotos* em algum momento – digo. Isso provavelmente ajudaria a acalmar minha ansiedade, pensando bem.

– Relaxa, vai ser rápido e… quase não vai doer – acrescenta Brian, preparando a área de trabalho ao seu redor. – Quando você se der conta, já vai ter acabado.

Claro, pode-se dizer que essa foi uma decisão meio apressada, levando em conta que tive a ideia de homenagear meu pai com uma tatuagem quatro dias atrás, então Brian preparou o desenho menos de vinte e quatro horas depois. Eu provavelmente deveria tirar um tempo para pensar melhor por mais uma semana antes de cobrir metade do meu peito para sempre com tinta preta. Mas isso me parece tão certo. Toda vez que estou com Charlie e Brian, conforme percebi, *tudo* parece absolutamente certo.

Os pais de qualquer pessoa diriam para não fazer tatuagem por impulso porque é algo permanente. Tipo, o Sr. Brandstone teria me trancado no quarto hoje de manhã se soubesse o que eu estava vindo fazer. Mas acho que o fator permanente é o que eu mais amo nisso tudo. Não apenas terei um pedaço do meu pai comigo para onde eu for, como terei essa ligação inesquecível com Charlie e Brian também.

Não é apenas uma tatuagem em memória do meu pai, é mais um primeiro passo para finalmente conhecer quem ele foi – como o filho durão que ele gostaria que eu fosse, com a nova família que eu sei que ele gostaria que eu tivesse.

A máquina de tatuagem do Brian começa a vibrar. Teddy aperta minha mão com força.

– Ei – Charlie sussurra baixinho o bastante para que só eu escute. – Que bom que você veio me vender uma página de mentira no anuário, Sky.

Dou uma risada antes de me preparar para o impacto da agulha.

– Que bom mesmo.

Quem diria? Dormir com uma tatuagem nova no peito não é nada divertido. Chocante, eu sei.

Precisei passar a noite toda de barriga para cima, sem um lençol ou um cobertor para me cobrir, só encarando o teto e concentrando toda a energia para não coçar Marte, repassando a lista mental de todas as coisas que preciso fazer antes do Baile do Anuário.

Foi péssimo. Mas valeu a pena.

A tatuagem ficou ainda mais bonita do que eu esperava. E Charlie também amou a que ele fez. Ficou todo choroso depois que Brian terminou o trabalho e nos olhamos juntos no espelho. Só pra deixar registrado: decidi acabar oficialmente com a minha regra número um.

A manhã de sábado é insana. Eu e Bree corremos para a lojinha de um e noventa e nove para comprar serpentinas, balões e pratos descartáveis, depois passamos no restaurante do pai da Christina para finalizarmos os pedidos de comida e corremos até uma loja fora da cidade para buscar os últimos materiais necessários para o cenário onde os alunos vão tirar suas fotos. Parados na fila do caixa da loja, nós dois estamos um pouco mal-humorados de tanta fome, porém felizes porque tudo está dando certo.

– Ah, o que você achou dos livros? – pergunta Bree, empurrando nosso carrinho ao lado de uma prateleira de revistas perto do caixa. – Não acredito que ainda não falamos sobre isso!

– Quais livros?

Ela me encara.

– Os *anuários*.

Ah, sim.

– Esqueci de ver minha cópia ontem à noite.

– Como você esqueceu? Eu li tudo, do começo ao fim, pelo menos umas cinco vezes antes de sair do colégio. Não encontrei nem um errinho de digitação sequer, aliás. – Ela sorri, toda orgulhosa.

– Eu saí correndo para fazer a minha tatuagem, e fiquei superdistraído com o que Dan me disse, e queria ler o livro num lugar tranquilo, sozinho, o que é meio esquisito, mas…

– Peraí, peraí. – Ela levanta as mãos. – O que o Dan te disse?

Droga.

Eu não ia contar para a Bree sobre a coisa toda do Cliff. Porque, dentre todas as pessoas, ela é a que ficaria mais irritada com a *possibilidade* de eu dar confiança para o Cliff. E ela provavelmente está certa de pensar assim.

Começo a colocar nossos itens sobre a esteira do caixa.

– Dan me disse que o Cliff quer se encontrar comigo e com o Ali para pedir desculpas…

Faço uma pausa, esperando uma explosão imediata. Um grande drama. Um monólogo feroz sobre como Aquele Que Não Deve Ser Nomeado é basicamente o Diabo e merece apodrecer na cadeia, e não uma oportunidade de se desculpar.

Mas Bree só dá de ombros, colocando uma tela em branco na esteira.

– Não vai falar nada? – pergunto.

– Sei lá – diz ela. – Faça o que achar melhor.

– Essa não é a reação que eu esperava de você.

– Bem, eu estava conversando com a Clare esses dias, e ela disse algo que faz muito sentido. – Ela pega uma barra de chocolate na prateleira ao lado do caixa e joga na esteira. – Cliff não merece todo o tempo que passei sentindo raiva dele. Ele é um babaca inseguro que vê o mundo de um jeito triste e distorcido. Entende?

– Você disse o nome dele.

– Hã?

– Você disse "Cliff", e não "Aquele Que Não Deve Ser Nomeado".

– Ah, sim. Isso é outra coisa – diz ela, sorrindo. – Nunca mais vou deixar um cara ter esse tipo de poder sobre mim. Que se dane. Vou dizer o nome daquele cuzão o quanto eu quiser.

Pagamos pelos itens e começamos a empurrar o carrinho para fora da loja.

– Meu ponto é: – continua ela – faça o que achar melhor. Se você quer um pedido de perdão, vá em frente. Se já superou tudo isso, ignore o Cliff e nunca mais fale com ele.

– Sim.

– Peraí... não estamos esquecendo nada? – Ela para bruscamente no estacionamento, e nós dois olhamos para o carrinho. – Telas, ripas de madeira, cola quente...

– Ah! Minha tinta!

Esqueci completamente. Prometi à Sra. Brandstone que pintaria meu quarto antes do Baile do Anuário. Essa era literalmente a única coisa que os pais da Bree me pediram em troca de morar com eles esse tempo todo sem pagar aluguel. Não *posso* deixar de fazer isso hoje.

– Já volto – digo, correndo para a loja.

– Anda rápido! Estamos atrasados!

Encontro o corredor de tintas, onde sou imediatamente surpreendido pela infinidade de opções de cores me encarando. Aparentemente, existem dez milhões de variações de cinza – rio de ferro, prata cintilante, dia nublado – e cem milhões de variações de verde – brisa de primavera, frescor da natureza, floresta selvagem –, e uma pessoa indecisa como eu poderia passar um ano neste lugar, atormentada pelo medo de escolher a cor errada.

– Posso te ajudar? – pergunta uma garota com o uniforme da loja e cabelo rosa-choque. Ela aparenta ser mais nova do que eu. – Você parece estar em dúvida.

– Sim. Estou procurando por uma cor.

Ela ri.

– Isso eu percebi. Qualquer cor?

– Qualquer uma serve.

– Temos muitas opções.

Começo a bater o pé no chão, sabendo que Bree está esperando impaciente no carro. Imagino-a tocando a buzina, como naquela manhã em que a Sra. Brandstone interrompeu meu sonho molhado. – Preciso de tinta para as paredes de um quarto no porão.

– Quer saber um truque que eu inventei pra ajudar clientes como você? É meio aleatório, mas acho que funciona.

– Claro.

– Beleza. – Ela se vira para encarar a parede de cores. – Pensa na melhor pessoa do mundo.

– Hã?

– A melhor pessoa.

– Como você define "melhor"?

– Não precisa pensar muito.

– Tá…

Winter me vem à cabeça.

Eu provavelmente deveria ter pensado em, sei lá, Malala Yousafzai, ou Teddy, ou Greta Thunberg.

Mas é a Winter.

– Certo – digo. – Pensei.

– Qual cor essa pessoa te lembra?

– O azul daqui é mais azul – murmuro sem nem pensar. A frase da Winter que nunca mais esqueci.

– Quê? – A garota de cabelo rosa se inclina em minha direção.

– Nada, desculpa. A pessoa me lembra a cor azul, acho.

– Começa ali, então, amigo. – Ela aponta para a seção das tintas azuis. – Já é um bom jeito de filtrar as opções.

Sigo na direção que o dedo dela aponta. Assim como os cinzas e verdes, há um bilhão de tons de azul disponíveis.

– Valeu – digo, quase com sarcasmo. Grande ajuda…

Peraí. Parece que ela não estava tão errada assim.

Não sei se é Deus, ou o destino, ou uma coincidência cósmica esquisita, mas – dentre todas as cores na minha frente – meus olhos caem imediatamente na amostra perfeita.

Céu Azul.

× × ×

De volta a casa, vem a calmaria antes da tempestade.

O Sr. e a Sra. Brandstone levaram Ray para jogar boliche. Clare saiu para caminhar com Petey, e Bree está na casa do Dan, ajudando-o com o terno e a gravata, porque "todos os garotos são uma negação pra se vestir", segundo ela – apesar de o Dan ser mais estiloso do que qualquer outro garoto que eu conheço. Então, eu, Thelma e Louise temos a casa só pra gente.

Não vou conseguir pintar o quarto inteiro antes que Teddy, Dan, Marshall e Ainsley cheguem para arrumar o porão para o Baile do Anuário – principalmente porque sei que as paredes vão precisar de uma segunda demão –, mas é melhor já mostrar aos Brandstone que comecei o trabalho. Coloco uma música pra tocar e começo a pintar.

Paro quando estou prestes a cobrir com a tinta a parede de ideias. Porque ela mudou meu último ano no colégio. Mudou minha *vida*, na real.

É meio agridoce me despedir dela.

Por um lado, ter todo o colégio descobrindo essa parede foi um grande trauma. Por outro, isso com certeza me tornou um cara mais durão.

Tiro uma foto antes que as palavras desapareçam no Céu Azul.

SKY É GAY PELO ALI: IDEIAS PARA O CONVITE DO BAILE

FALTAM 0 DIAS.

Meus olhos começam a lacrimejar. Parece que tudo está chegando ao fim.

O fim das risadas com Bree no porão, separados por várias paredes dos humanos mais próximos. O fim das nossas idas ao CELM com Marshall, onde a gente ri e discute sobre filmes e escapamos numa sala de cinema escura por tempo suficiente para esquecer que o mundo exterior existe. O fim das aulas da Winter – o único lugar do colégio em que eu não me sentia excluído.

Queria que alguém tivesse me dito isso quando eu tinha a sua idade.

Penso no conselho da Winter naquele dia. A sexta-feira em que mandei meu e-mail para todo mundo. Ela me disse para lutar para manter a amizade com Bree e Marshall. Para ficar perto das pessoas que amo. Da minha família de verdade.

E é isso que planejo fazer.

Meu celular toca. É a Bree.

– Te amo – cuspo as palavras antes que ela consiga dizer "alô".

– *Ai, não. Você está maratonando* This Is Us *de novo?*

– Não. Só pintei a parede de ideias, só isso. Acredite ou não, estou triste de um jeito meio esquisito.

A chamada fica silenciosa por um momento. Por mais tempo do que eu esperava.

– *Sim* – diz ela. – *Sei bem o que você quer dizer.*

Mais uma pausa longa.

– *Eu volto no feriado de Ação de Graças, Sky* – diz ela.

– Eu sei.

– *E as férias de fim de ano são, tipo, um mês depois.*

– Sim.

– *Daí eu te arrasto pra Los Angeles comigo.*

Dou uma risada.

– Beleza. Vamos ver.

Tenho a sensação de que ela quer dizer mais alguma coisa, mas não diz. Por fim quebro o silêncio.

– Enfim. – Pigarreio. – O que foi?

– *Pode me fazer um favor?*

– Manda.

– *Dá um pulo no quarto dos meus pais e vê se meu pai tem uma gravata vermelha?*

– Por quê?

– *A gravata do Dan não é… da cor certa.*

– *É, sim, Sky!* – Ouço Dan gritar em desespero ao fundo. – *Não dê ouvidos à Bree! Ela só está rabugenta!*

– *A combinação do vermelho com o rosa está cafona demais* – sussurra ela no telefone.

– Me dá um segundo – digo, subindo a escada.

Entro no quarto dos Brandstone. Nunca pisei aqui antes.

– Que esquisito – digo, caminhando na ponta dos pés até o closet.

– *Como assim?*

– Seus pais *se pegam* neste quarto.

– *Ai, meu Deus. Cala a boca.*

– Tudo bem. – Acendo a luz do closet. – Ele tem algumas amarelas, uma azul, uma rosa...

Uma caixa chama minha atenção. Vejo um anuário de 1996 do Colégio Rock Ledge em cima de um monte de tralhas. A capa é escarlate e azul.

– *Sky? Tá vivo?*

– Ah... sim, é só que...

– *Tá tudo bem?*

Estou tão confuso.

– Te ligo de volta em um minuto.

Desligo assim que ela começa um sermão sobre a importância da estampa das gravatas e pego o anuário. As páginas estão cheias de assinaturas antigas e recados de colegas de classe.

– Puta m... – murmuro, folheando o livro. Porque todos os recados são para Jennifer. Tipo, Jennifer Graham. *Este* é o anuário da Sra. Brandstone.

Meu coração acelera. Muito.

Porque isso quer dizer que...

Corro para o meu quarto no porão, pego minha mochila e tiro o anuário de 1996 que ficou comigo esse tempo todo – o que de fato foi deixado na varanda da casa com um bilhete anônimo dentro. Diferentemente do da Sra. Brandstone, este livro não possui nenhuma assinatura ou recadinhos carinhosos.

De quem pode ser este anuário?

A bola começa a rolar na minha mente, ganhando velocidade numa colina de perguntas críticas que não sei responder. Fecho os olhos e foco a respiração, como os terapeutas de filmes ensinam a fazer. Surpreendentemente, até que funciona. Abro na página um. Porque deve ter alguma coisa em *algum lugar* deste livro que revele a identidade do dono. Preciso encontrar.

Procuro pelas primeiras vinte páginas. Nada. Nenhum carimbo dizendo ser da biblioteca local. Nenhuma foto circulada com marca-texto amarelo. Nenhum coração desenhado com caneta vermelha ao lado da foto de alguma paixãozinha do colégio.

Procuro pelas próximas vinte. Nada. Noto que, apesar de serem do mesmo ano, estas páginas são mais limpas e novas comparadas com as do anuário da Sra. Brandstone – nenhuma marca de café, nenhuma borda rasgada. O dono deste livro não o mostrou para ninguém. Ele ficou guardado em algum lugar seguro.

Apenas quando chego ao final – numa página branca brilhante, logo antes da contracapa – é que eu vejo. Um recado escrito em letras miúdas no cantinho esquerdo superior.

Não é à toa que eu nunca tinha reparado.

PENELOPE,
SE DIVIRTA EXPLORANDO!
MAS VOLTE RÁPIDO.
O AZUL DAQUI É MAIS AZUL, AFINAL.
TE AMO,
HENRY B.

Henry B.? *Quê?* Meu pai assinou este livro?
A única Penelope que eu conheço é… Penelope Winter.
O azul daqui é mais azul, afinal.
Minha nossa.
Minha nossa *mesmo.*
Caio pra trás e, levando em conta que minha cabeça não se quebra em um milhão de pedaços contra o chão de concreto, presumo que o futon amorteceu minha queda. As paredes estão girando, como se eu estivesse preso num globo de neve azul e inquieto. Talvez seja o cheiro da tinta, mas provavelmente é o fato de que *esse tempo todo eu estava com o anuário da Winter.*
Ela o deixou na varanda.
Winter deve ter sido amiga do meu pai.
Subo a escada correndo até a cozinha e procuro pela chave de qualquer carro antes de me lembrar que todos os moradores da casa – e seus respectivos veículos – saíram. Sem nem pensar, pego o casaco de unicórnio da Clare e saio de casa usando os chinelos do Sr. Brandstone.
Não ligo para como estou vestido, preciso conversar com a Winter.
Corro pelo bairro dos Brandstone, enquanto carros que eu nunca vou conseguir comprar buzinam para mim quando me distraio e ando fora da calçada. Viro à direita e aperto o passo, me dando conta de que estou a

três quilômetros do meu destino. Há uma loja da Construtora Wing, por onde já passei um milhão de vezes, mas só fui reparar agora; o quiosque de sorvete onde atendi turistas metidos que menosprezavam a vista do lago; os cruzamentos para a Avenida Ashtyn, onde eu e Bree costumávamos vir para stalkear o Ali. Bato o dedão no meio-fio ao virar o pescoço pra ver se o carro dele está na garagem.

Uma parte de mim acha que eu nunca vou superar *totalmente* o Ali Rashid.

Meus pés doem quando finalmente chego à casa da Winter. Estive aqui no semestre passado – Bree precisou deixar umas provas do anuário –, mas parece que já se passaram décadas. Uma vida inteira, na verdade. Sou uma pessoa completamente diferente, vivendo sob circunstâncias completamente diferentes.

É uma casa pequena, porém charmosa, escondida na sombra de uma clareira arborizada, com um salgueiro enorme abrindo seus galhos sobre o gramado. As cortinas são de um vermelho desbotado, e duas cadeiras de balanço rangem com a brisa na varanda. É estranho. Assim como a sala de aula da Winter, alguma coisa neste lugar faz com que ele pareça antigo e aconchegante – como se estivesse aqui desde que as ondas do Lago Michigan começaram a bater na costa, a alguns quilômetros de distância.

Bato na porta e escuto movimento do outro lado. Alguns segundos se passam, acompanhados pelo som dos saltos no chão, até a porta se abrir.

– Sky? – Winter arregala os olhos.

Ela está com um vestido verde-musgo com detalhes em renda no colo e nos braços. Brincos prateados se destacam contra seus cabelos escuros. É a primeira vez que a vejo usando batom. Esqueci completamente que a arrumação do Baile do Anuário deve começar daqui a pouco na casa da Bree.

– O que houve? – pergunta ela, olhando para os meus pés e ficando preocupada. – Você está sangrando.

Me dou conta de como devo estar acabado, com o casaco de unicórnio da Clare, o rosto coberto de suor e, provavelmente, terra, e um dedão machucado sujando o tapete dela de vermelho.

– O azul daqui é mais azul – digo, segurando o anuário dela. – Você conhecia o meu pai.

Winter coloca uma jarra de limonada na mesa entre nós antes de se sentar na cadeira de balanço ao lado da minha na varanda.

– Vou te contar, esses carinhas são selvagens. – Ela suspira, apontando para um grupo de esquilos marrons de rabo peludo que estão brigando debaixo do salgueiro. – Todo dia eles estão aqui brigando por alguma coisa.

Ela joga um Band-Aid no meu colo. Me curvo para colocar o curativo no meu dedão bem na hora em que meu celular começa a tocar. Percebo que perdi três mensagens da Bree na minha jornada atravessando metade de Rock Ledge.

Eeeei achou a gravata?

SKY BAKER vc está 🏷️**??**

ok sério me liga. O terno do Dan é uma emergência nacional kkkkk precisamos resolver isso

– Precisa falar com alguém? – pergunta Winter.

– Não, de boa. – Viro o celular no braço da cadeira para não olhar a tela.

Alguns carros passam pela rua, pássaros cantam ao fundo e uma brisa leve faz o sino dos ventos tocar em cima da porta. Em teoria, essa é, tipo, a combinação perfeita pra me relaxar, mas há essa ansiedade presente no espaço entre nós dois, implorando que eu faça todas as perguntas que rodopiam no meu cérebro. Porém, não tenho ideia de como começar. Sempre me senti confortável com a Winter, mas na maioria das vezes estamos com outros alunos – ou, no mínimo, com Bree e Marshall.

Agora somos só nós dois.

– Então…

– Seu…

Interrompemos um ao outro. Depois rimos.

Meu celular toca de novo.

– É melhor você atender, Sky – diz Winter. – Hoje é um grande dia. Ela pode estar precisando de você.

Não quero adiar essa conversa. Não quero estar em nenhum outro lugar que não nesta varanda, sentado ao lado da Winter enquanto os esquilos brigam aqui perto, mergulhando numa história de família que eu nem sabia que existia. Mas ela tem razão.

Então atendo.

– Oi.

– *Cadê você, porra?* – grita Bree. Afasto o celular do ouvido para não ficar surdo.

– Olha a boca, Brandstone – diz Winter com a voz imposta em minha direção, sorrindo.

Bree pausa antes de baixar a voz.

– *Foi a Winter que disse isso?*

– Sim – respondo. – Estou na casa dela.

Bree fica em silêncio por uns três segundos, confusa. Consigo praticamente vê-la boquiaberta do outro lado da linha.

– *Por que você está na casa dela?*

Eu e Winter nos entreolhamos.

– Longa história – respondo.

– *Você está me escondendo alguma coisa, Sky.*

– Óbvio, né?

– *O que está acontecendo?*

– Te explico depois.

– *Estou indo praí.*

– Quê? Bree, não…

Mas ela já desligou.

– Ela está vindo – digo envergonhado. – Desculpa.

Winter sorri para mim.

Começo a girar meu copo de limonada em círculos no braço da cadeira, emocionado demais para beber.

– Foi *você* quem quis me conectar com o Charlie?

– Sim.

– Então… você e Charlie eram amigos no Ensino Médio também?

– Sim, éramos.

Eu sabia que a Winter tinha mais ou menos a idade do meu pai, e que ela também havia estudado em Rock Ledge, mas nunca parei pra pensar nisso. Winter e meu pai orbitavam dois sistemas solares completamente diferentes na minha cabeça. Ver esses dois universos colidirem nunca pareceu uma possibilidade.

A ideia de que os dois eram *amigos*? Praticamente impossível.

– Você não contou para o Charlie que me mandou procurá-lo, né? – pergunto.

Porque, se ela fez isso, Charlie teria me contado. Ele saberia desde o começo que eu *não era* Justin Jackson – e sim o filho do Henry, aluno da Penelope. A não ser que ele e Brian sejam excelentes atores, sem chance.

– Não contei ao Charlie. – Ela toma um gole de limonada e umedece os lábios. – Descobri o endereço dele por um amigo de um amigo, mas eu e Charlie… – Ela para pra pensar. – Não nos falamos há um bom tempo.

– Por quê?

– É complicado.

– Vocês brigaram?

– Não, não, nada desse tipo. – Ela balança a cabeça e cruza as pernas, a barra do seu vestido verde-musgo dança com o vento. – Se lembra do conselho que eu te dei naquele dia em que você descobriu que foi o Cliff quem hackeou o e-mail?

Minha mente volta para aquela sexta-feira esquisita, logo antes da Festa dos Formandos na Praia. Ela me disse muita coisa naquele dia, mas – assim como literalmente qualquer palavra que a Winter diz – lembro da conversa inteira. Sei exatamente do que ela está falando agora.

– Você disse que eu deveria lutar para manter Bree e Marshall na minha vida – digo, relembrando a firmeza na sua voz, a seriedade nos seus olhos. – Me disse para lutar pra manter amigos como eles por perto.

Ela me encara por um momento, os olhos começando a lacrimejar, antes de olhar para os galhos do salgueiro balançando sobre o telhado.

– Sim – diz ela. – Exatamente. Queria saber isso quando eu tinha a sua idade. Que pessoas como Bree e Marshall são raras, e que vale a pena lutar por amizades assim. – Ela faz uma pausa, o pescoço ainda esticado em direção à árvore. – O que quero dizer é: eu não lutei pelo Charlie, Sky, e não lutei pelo seu pai.

A tristeza toma conta do meu corpo inteiro. Consigo ouvir o arrependimento na voz dela – como ela quis me confessar isso por todos os meses –, e é como ser atravessado por uma faca.

O que quer que tenha acontecido – que ela tenha feito ou deixado de fazer para manter Charlie e meu pai por perto – ainda a assombra. Durante todos esses anos que se passaram antes de finalmente *virar adulta*, como ela sempre fala, Winter deixou Charlie e meu pai para trás. E ela não quer que eu faça o mesmo com Bree e Marshall agora.

Ela se levanta e se inclina sobre a cerca da varanda para ver melhor a copa do salgueiro. Ou talvez esteja olhando para o céu – limpo e sem nuvens hoje. Ela acha que o azul daqui é mais azul. E estou começando a acreditar nisso também.

Ela começa a limpar os restos de folhas mortas e poeira acumulados na cerca. O jeito como suas mãos deslizam pela madeira, como seus olhos decidem quais imperfeições limpar – ela se move da mesma forma quando está organizando sua mesa no colégio. É estranho vê-la focando esse espaço, longe dos alunos agitados e sem ter que lidar com um milhão de coisas ao mesmo tempo. A vida da Winter é calma e simples aqui, acho.

Um pouco solitária também.

Ela para e se vira para mim.

– Eu não queria te contar antes da formatura que conhecia seu pai.

– Por quê?

Ela hesita.

– Professores precisam tomar cuidado ao tratar desse tipo de coisa com seus alunos.

– Mas eu não sou um aluno *qualquer*, né? – digo. – Sou filho do Henry Baker.

Ela inclina a cabeça para mim com um sorriso.

– Talvez. Talvez você não seja um aluno qualquer. Mas a última coisa que eu queria era te deixar desconfortável.

– Então por que você não fez isso?

– Por que eu não te deixei desconfortável?

– Por que não esperou até a formatura? Por que correu o risco de que eu visse o bilhete do meu pai no seu anuário?

Ela se senta de novo ao meu lado.

– A invasão do e-mail – explica ela, terminando sua limonada. – Pensei que encontrar o Charlie poderia te ajudar a entender que não precisa lutar sozinho, Sky. Você não está sozinho nessa luta, nunca *mesmo*.

Um nó começa a se formar no fundo da minha garganta.

– Acho que você é durão pra caramba, e sei que seu pai acharia o mesmo – continua ela. – Mas mesmo as pessoas mais duronas precisam saber que são amadas, precisam saber que podem contar com os amigos.

Se Rock Ledge me ensinou uma coisa este ano, foi que eu com certeza posso contar com meus amigos. Daqui a muitos anos – quando todo mundo já tiver se esquecido que vestiu uma camiseta com os dizeres GAY POR BATATAS FRIAS ou planejou uma surpresa épica para mim na Festa dos Formandos na Praia –, eu ainda vou lembrar. Vou lembrar que as pessoas desta cidade-não-tão-horrível ficaram do meu lado.

O silêncio na rua da Winter é invadido de repente por um som grave ecoando da rua. É a nova música da Ariana Grande em que a Bree ainda está viciada.

Porém não quero que esta conversa acabe.

Não quero ir embora desta varanda.

– Ah – suspira Winter, esticando o pescoço em direção à rua. – Um carro tocando música alta. O doce som de estudantes com tempo de sobra.

No momento seguinte, o carro da Bree para bruscamente no meio-fio ao lado da caixa de correio da Winter. A janela do passageiro se abre, e Marshall coloca metade do corpo pra fora.

– Oi, Winter! – grita ele.

– Oi, Jones – ela responde, feliz.

– O que vocês estão fazendo? – grita Bree do banco do motorista, claramente estressada. – Temos literalmente um *baile inteiro* pra organizar.

O vidro de trás também é aberto, e o rosto radiante de Teddy aparece. Dan está ao lado dele.

– Baile este que começa daqui a uma hora! – Teddy já está com seu terno cinza e uma gravata amarela pendurada em volta do pescoço. Quase me mata de tão lindo.

– Quer uma carona lá pra casa, Winter? – Bree pergunta, abaixando a música da Ariana. – Temos que pegar o Ali e a Ainsley também, então deve ficar meio... apertado.

– Por mais irrecusável que seja a oferta de ficar apertada no banco de trás do carro com três adolescentes, pode deixar que eu vou sozinha daqui a pouco, Brandstone. Mas obrigada mesmo assim. – Ela se vira para mim. – A gente conversa mais tarde.

Tenho tantas perguntas. Nem falamos sobre meu pai ainda, e estou morrendo de curiosidade para saber o que Winter tem a dizer sobre ele.

Ele era um cara legal? O que meu pai, Charlie e Winter faziam pra se divertir? Ele arrumava muita encrenca, como Charlie mencionou? Os três eram fãs da Sexta do Nugget? E das festas na fogueira? Eles matavam muita aula? Como era ser amiga dele?

Ele foi apaixonado pela Winter?

A Winter já foi apaixonada por ele?

Sei que tem muito mais coisa nessa história. Mas também sei que essa é a primeira de muitas conversas que vão acontecer nesta varanda. Tenho o verão inteiro pra conhecer meu pai.

– Te vejo na Bree daqui a pouco – digo, entregando o anuário de 1996 para sua devida dona. – Obrigado por tudo.

Ela pega o livro.

– Conte comigo, Baker.

– Você já pensou em entrar em contato com o Charlie? – digo enquanto ando de costas em direção ao carro, passando pelo salgueiro crepitante. – Ele é um cara incrível. Acho que iria gostar de te ver de novo.

Sua boca se abre em um grande sorriso, os olhos brilhando sob o sol.

– Talvez eu dê uma ligadinha para ele.

Pulo no banco de trás, dou um beijo no Teddy e sorrio para o Dan.

Espero ser soterrado de perguntas vindas do banco da frente sobre o motivo de eu estar na casa da Winter, mas isso não acontece. Bree e Marshall apenas olham para trás e sorriem para mim. Marshall aumenta o volume, Bree pega a estrada e o carro vai embora.

Agradecimentos

Obrigado um milhão de vezes para:

Minha agente, Moe Ferrara, da BookEnds Literary – a primeira pessoa a acreditar na história do Sky. Sou eternamente grato por sua visão, seu comprometimento com a inclusão e a paciência para responder às infinitas perguntas estúpidas de um autor iniciante. (Por favor, agradeça ao Winston, o corgi estagiário, com um carinho na barriga.)

Minha editora, Amanda Ramirez, e a equipe extraordinária da S&S BFYR. Amanda, suas ideias sobre balas puxa-puxa são inestimáveis, e sua habilidade de usar memes para os comentários de edição é magnífica. Não sei como você foi capaz de peneirar um manuscrito tão bagunçado e encontrar uma história brilhante como joias (bruxaria?), mas sou eternamente grato por você ter conseguido. Desde o começo, Sky Baker estava em boas mãos.

Aos leitores incríveis da Salt & Sage Books, Cameron Van Sant e Helen Gould. Vocês dois me ajudaram a criar moradores autênticos de Rock Ledge, acrescentando profundidade e amor ao meu livro de um jeito que eu jamais conseguiria criar sozinho.

Minha mãe, meu pai, Melanie, Doug, Carson, Parker, Max, Sean, Vy e Carlee. "Lar são pessoas. Não um lugar." A escritora Robin Hobb escreveu isso, e eu concordo com ela. Todos vocês são meu lar. E eu nunca conseguiria ter criado a história do Sky sem o impacto de vocês na minha vida.

Pra todos os meus amores do grupo (vocês sabem quem são). Suas piadas, GIFs inapropriados e incentivo sem fim me deram forças para escrever este livro de maneiras que vocês nem imaginam. Amo vocês. Quando é o próximo encontro?

E para cada professora Winter, Sr. e Sra. Brandstone e Charlie Washington que deixam o céu um pouquinho mais azul para jovens LGBTQ em cada cantinho do mundo.